U0945434

大家读诗经

风

余世存——译注

北京联合出版公司
Beijing United Publishing Co.,Ltd.

序

在五千多年的历史长河中，中华民族形成了特有的博大精深的传统文化体系，这一体系主要体现在灿若星辰的各种传统文化经典中，这些文化经典所包含的精神内核和文化意义根植在每一位中国人的血液里。

季羡林先生认为："中国从本质上来说是一个文化大国。最有可能对人类文明做出贡献的是中国文化。21 世纪将是中国文化的世纪，要无愧于这样的光荣使命，不光是我们这一代人要努力，也要让孩子们从小吸取传统文化的滋养，继承我们民族的优秀品格。"

国学经典不仅是中国悠久传统文化的明证，也是每一个中国人立身处世之本，更是我们不可或缺的精神力量。传承和发展中华优秀传统文化，不仅是一种责任和义务，更是中国人建立知识结构不可或缺的部分。这些经典是国人与历史的衔接点，是增强民族认同感的有效方式，也是国人安顿心灵、获得生活和生命自得的重要途径。

近年，不仅国家大力提倡重视传统文化经典，欧美学生也掀起了学习中国文化的热潮。然而在文献典籍浩若烟海的当下，传承至今的汉民族典籍就有20万种。这些学术性版本艰涩难读、晦涩高深，并不适合普通大众阅读和学习。有些企业甚至为了追求低成本，将普通的中国古代公版内容简单地复制，造成精神产品的营养缺乏。

楼宇烈先生认为，经典的书是最根本的。一些有见解的学者对于传统文化的诠释，也会启发到读者。楼先生向中国文化的学习者们提出了“四通”的要求：中西东、古近现、儒释道、文史哲相通，只有“四通”，才能“八达”。

为了让国内更多初中以上文化程度的学生及传统文化的爱好者真正读懂古典文学，了解传统文化的内涵，北京市委宣传部出版处组织了权威学者、资深出版专家、专业的项目团队，共同推出了这套适合普通大众阅读的“中华优秀传统文化经典著作大家读系列（名典名选丛书）”。此系列丛书甄选权威版本为底本，将疑难字词深入浅出地进行解释，力求达到辅助读者阅读和理解的目的。同时，用通俗易懂的解读文字满足大众阅读的需求，增强民族认同感，使读者通过阅读来安顿心灵，获得生活和生命的自得。此外，本书还将具有现代审美的绘画融入经典阅读中，提高了读者阅读的兴趣，真正地做到了“通达”。

本书为“中华优秀传统文化经典著作大家读系列（名典名选丛书）”之《诗经》。《诗经》是我国第一部诗歌总集，收录了从西周初期到春秋中叶大约五百年间的三百零五篇诗歌，分为风、雅、颂三大类。风即十五国风，是周代各诸侯国和地区的风土歌谣；雅是正声雅乐，有小雅、大雅之分，大多产生于周王朝直接统治的地区；颂是朝廷和贵族宗庙祭祀的乐歌，有周颂、鲁颂、商颂等。《诗经》很多字的读音已和现在有所差距，对于疑难字、异读字，本书均予以标注读音，为读者排除阅读障碍，本书的注释力求准确、严谨，以便读者能够更好地理解这部经典。

激活经典、融入当下，以优秀传统文化滋养当代读者。品味《大家读诗经》之美，传递中国古典文化的隽永魅力；品读《大家读老子》，感受道法自然的真谛；阅读《大家读庄子》，感受他的哲学观念是放眼于广大的自然界，而不仅局限于人事界。愿此项凝聚众多学者、专家和编辑心血的艰辛工作，能对中国优秀传统文化的继承和传播起到积极的作用。

中华优秀传统文化经典著作大家读编委会

导言

《诗经》作为古代中国的六艺之一（在后来的儒家经典里，《诗经》又是“五经”之一、“十三经”之一），在传统中国有着崇高的地位。作为中国语言文字的源头之一，《诗经》深刻影响了汉语言的言说方式。孔子最早道出了《诗经》的秘密：“不学诗，无以言。”《诗经》在传统中国有着极为广泛的应用，它是通用的教材，是宴飨、节日祭祀时的必用材料，是交流、言谈时称引的知识背景和情感共识。直到清末科举废除之前，《诗经》都是传统中国士子、缙绅阶层、士大夫们的必读书。

作为中国文化的经典文献，《诗经》在古代交往中也起了重要作用。在春秋时代，《诗经》是列国外交场合征引最多的经典。丝绸之路的开通，不仅令西域各国能够学习《诗经》，甚至连波斯、罗马等地的饱学之士也对《诗经》不再陌生。《诗经》传入越南，也成为其科试内容，影响了越南文学的发展。《诗经》传入朝鲜，成为官吏的必读书。《诗经》传入日本，影响了日本诗歌的形式和内容……

新文化运动以来，《诗经》不再是国人的必读书，《诗经》从必读书退居为参考书，从经学的讲论内容退居为学科研究的对象。从文学的角度，人们也只是把它当作远古的诗歌集子来欣赏。现代研究多半以为，《诗经》只是具有“历史与民俗价值”“礼乐文化价值”，跟现代社会的情感、生活相距甚远。文学家们则站在现代的立场对《诗经》的形式和内容进行评判，如说《诗经》的四言体过于简单，满足不了思维长足发展的需要，故必然为五言、七言乃至更自由的多言句型取代；如说《诗经》的段落多重复，虽然有一唱三叹之效果，但终不免幼稚、简单；如说《诗经》是中国文化童年期的产物，已经不能满足现代人的需要，等等。可以说，现代中国人已经放弃了《诗经》，《诗经》不再是现代人的知识、情感和文本共识。

对《诗经》的研读（研究和欣赏）多流于义务或好奇，如此不免轻视，更不利于其传播。研读者大概很少思考过，这样一部“古代歌谣的总集”（胡适语）和“中国最古的诗选”（鲁迅语），何以升格到“经”的地位，成为历代士人阶层耳熟能详的学问？研读者大概也没有理解，《诗经》作为“六艺”之首，是如何跟《书》《礼》《乐》《易》《春秋》等经典一道构成传统中国教化的整体的。即在传统中国，《诗经》的功用远非现代的文学欣赏所能涵盖，它起到的是教化的作用。汉学家们看到了《诗经》的独特性，如费德林说：“《诗经》是中国古代的一部独具一格的百科全书。”

就是说，《诗经》不仅仅是诗歌，跟《诗篇》《雅歌》、希腊史诗、印度史诗等轴心时代的其他文化的诗篇相比，《诗经》的地位要高得多。甚至从纯文学的角度来看，《诗经》的意义也大得多，木心先生曾说：“如果中国有宏伟的史诗，好到可比希腊史诗，但不能有中国的三百零五首古代抒情诗。怎么选择呢？我宁可要那三百零五首《诗经》抒情诗……我爱《诗经》之诗。任何各国古典抒情诗都不及《诗经》，可惜外文无法翻译。”

跟现代教育最先用儿歌、诗词对儿童进行诗教一样，《诗经》就是古典中国的诗教。比起现代人摘选的诗歌，《诗经》要完整得多，它是一个时代的百科全书。孔子为此发现，《诗经》可以“兴”“观”“群”“怨”，换句话说，《诗经》兼具一个人成长时期所需要的文学、史学、社会心理学、组织管理学等内容。在孔子等人对《易经》《尚书》《春秋》《礼记》等经典的阐发中，《诗经》都是重要的参赞者。

这里面其实有《诗经》的特殊性。它确实是一种文化童年时代的产物，但这一经典，用马克思的话说，是“将继续供给我们以艺术的享受，而且在某些方面成为一种标准和不可企及的规范”。如果用当代的话语来说，《诗经》有我们文化的“初心”，不忘初心不仅是一种责任，更是一种生命意义的必需。《诗经》的诗教是一种系统性的教育，它是立人的，比起现代人受过高等教育仍无知于两性关系、男女爱情、社会交往，仍需要交各种“智商税”或付出极大的代价才能解决自处或与外界相处的诸多问题，《诗经》的作用就在于修身成人。

甚至可以说，《诗经》的全部意义就在于“成人”，在中国文化语境里，就是“爱人”，就是“己欲立而立人”，就是“我欲仁斯仁至矣”。《诗经》相当于中国文化春天的乐音，是角音，闻角音使人恻隐而爱人。因此，这一仁学经典跟希腊史诗、印度史诗拉开了距离。这就是古典中国在数千年的演进中仍不放弃《诗经》的秘密。

现代人生活在钢筋水泥森林之中，生活在智能机器的包围之中，在这样的生活中，现代人还能拥有柔软的、博爱的、社会化的心灵吗？在现代人类为民粹主义、左右之争撕裂时，人们还能找回仁者之心吗？显然，《诗经》仍有意义，我们需要激活、发扬《诗经》的文本意义。据说早就有科学家说过，人类要生存下去，就应该回到孔子那里寻找智慧。而回到孔子，不仅是熟悉孔子一两句名言，更要回到孔子的系统思想中。在孔子的思想中，《诗经》是起点。

这就是古人都知道的，“兴于诗”。

余世存

2021年10月9日

目 录

风

周南

关雎 2
葛覃 6
卷耳 9
樛木 11
螽斯 13
桃夭 16
兔罝 18
芣苢 20
汉广 23
汝坟 26
麟之趾 28

召南

鹊巢 31
采蘩 33
草虫 35
采蘋 37
甘棠 39
行露 42
羔羊 44
殷其雷 47
摽有梅 50
小星 52
江有汜 54
野有死麕 56
何彼襛矣 59
驺虞 60

邶风

柏舟 63
绿衣 67
燕燕 72
日月 75
终风 77
击鼓 79

凯风 82
雄雉 85
匏有苦叶 87
谷风 89
式微 93
旄丘 96
简兮 98
泉水 101
北门 104
北风 106
静女 108
新台 111
二子乘舟 113

鄘风

柏舟 115
墙有茨 117
君子偕老 120
桑中 123
鹑之奔奔 126
定之方中 127
蝃蝀 130
相鼠 132
干旄 134
载驰 137

卫风

淇奥 141
考槃 143
硕人 145
氓 151
竹竿 156
芄兰 158
河广 160
伯兮 162
有狐 164
木瓜 166

王风

黍离 169
君子于役 173
君子阳阳 175
扬之水 176
中谷有蓷 180
兔爰 182

葛藟 184

采葛 187

大车 190

丘中有麻 192

郑风

缁衣 195

将仲子 197

叔于田 200

大叔于田 202

清人 205

羔裘 208

遵大路 210

女曰鸡鸣 212

有女同车 215

山有扶苏 217

萚兮 219

狡童 221

褰裳 223

丰 225

东门之墠 227

风雨 229

子衿 231

扬之水 235

出其东门 237

野有蔓草 239

溱洧 240

齐风

鸡鸣 244

还 246

著 248

东方之日 250

东方未明 252

南山 254

甫田 257

卢令 259

敝笱 260

载驱 262

猗嗟 264

魏风

葛屦 267

汾沮洳 269

园有桃 271

陟岵 273

十亩之间 276
伐檀 277
硕鼠 282

唐风

蟋蟀 285
山有枢 287
扬之水 290
椒聊 292
绸缪 294
杕杜 296
羔裘 298
鸨羽 300
无衣 302
有杕之杜 304
葛生 305
采苓 308

秦风

车邻 311
驷驖 313
小戎 315
蒹葭 318
终南 323
黄鸟 325
晨风 328
无衣 331
渭阳 334
权舆 335

陈风

宛丘 338
东门之枌 340
衡门 342
东门之池 344
东门之杨 345
墓门 347
防有鹊巢 349
月出 350
株林 353
泽陂 355

桧风

羔裘 358

素冠 359

隰有苌楚 361

匪风 363

曹风

蜉蝣 366

候人 368

鸤鸠 370

下泉 372

豳风

七月 376

鸱鸮 384

东山 386

破斧 389

伐柯 391

九罭 394

狼跋 396

周南
召南
邶风
鄘风
卫风
王风
郑风
齐风
魏风
唐风
秦风
陈风
桧风
曹风
豳风

关　雎

关关雎鸠[1]，在河之洲[2]。
窈窕淑女[3]，君子好逑[4]。
参差荇菜[5]，左右流之[6]。
窈窕淑女，寤寐求之。
求之不得，寤寐思服[7]。
悠哉悠哉，辗转反侧。
参差荇菜，左右采之。
窈窕淑女，琴瑟友之。
参差荇菜，左右芼之[8]。
窈窕淑女，钟鼓乐之。

注释

1. **关关**：水鸟鸣叫的声音。**雎鸠**：一种水鸟。
2. **洲**：水中的陆地。
3. **窈窕**：内心、外貌美好的样子。**淑**：好，善。
4. **君子**：古代对统治者和贵族男子的通称。**逑**：配偶。
5. **参差**：长短不齐的样子。**荇菜**：一种多年生长的水草，叶子可以食用。
6. **流**：用作“求”，意思是选取，择取。
7. **寤**：睡醒。**寐**：睡着。**思**：语气助词，没有实义。**服**：思念。
8. **芼**（mào）：采摘。

译　文

睢鸠应和相鸣唱，在那河中小岛上。
美丽善良好姑娘，她是我的好对象。
荇菜有高又有低，左挑右选忙采摘。
美丽善良好姑娘，一心梦里想求娶。
求娶心思未实现，日夜把她勤思念。
愁思绵绵把忧添，翻来覆去难入眠。
荇菜高低一棵棵，左挑右选忙采摘。
美丽善良好姑娘，弹琴奏瑟相亲热。
荇菜高低一棵棵，左挑右选忙采摘。
美丽善良好姑娘，敲钟打鼓逗她乐。

解读

《关雎》是我们非常熟悉的一首诗，也许大多数人无法准确地说出《诗经》有多少篇，但几乎所有的中国人都知道《诗经》中的第一首是："关关雎鸠，在河之洲。"《关雎》不仅是《诗经》的首篇，更是《国风》的首篇。在文学史上，一直有"风始《关雎》，雅始《鹿鸣》"的说法。那为什么《关雎》可以成为首篇？首先我们要更正一个一直以来都存在的误会，这并不是一篇鼓励"自由恋爱"的诗歌，也不是在表达"封建礼教压制之下年轻男女对于爱情的渴望"。《关雎》是一首婚礼上用到的赞歌，也许是我们后人逐渐弱化了婚礼的神圣性和仪式感，所以渐渐地对这首诗产生了误会。实际上，它的意义远大于一首爱情诗。

从内容上说，这是一首叙事诗，从一个男子追求姑娘的角度去写，全篇记录了男子从对一个姑娘一见钟情，到慢慢追到她，到最后和和美美地结婚的全过程。如果我们不用现代语言习惯去解读《关雎》，其实很容易就可以了解它的内涵。“窈窕”，并不是我们今天讲的苗条，而是内外兼修、贤良淑德的女子。“君子”，也并不是和“小人”相对的那个君子，而是当时的“贵族”阶层。“逑”也不是追求，而是指“配偶”，那么连起来就很容易理解：贤良淑德的女子，是当时贵族小伙儿的好配偶。这显然是以结婚为目的的追爱，而不是荒山野岭间的一见钟情。既然是叙事诗，那么必然也是有过程的：“寤寐求之”，醒着和睡着都想追她；“寤寐思服”，虽然没追到，但依旧日思夜想；“悠哉悠哉”并非闲适，而是“思念又细又长，绵延不断”；最后到了“辗转反侧”的地步。这个过程如果用今天影视化手段来表达，相当于半部恋爱剧。然而，这首诗并不止于恋爱，因为后面接着讲“琴瑟友之”“钟鼓乐之”，这才是重点。琴瑟是典礼上给歌曲伴奏的乐器，钟鼓是贵族典礼上才能使用的乐器，可见，这是一场婚礼，而这首歌，是男女结婚典礼上，现场奏响的“婚礼进行曲”。

▶ 关雎

“诗三百，一言以蔽之，曰‘思无邪’。”男子弹琴鼓瑟，女子美丽善良，水中荇菜高低参差，鱼儿自在悠然往来，自古及今，不论是东方中国还是西方古希腊，人们都对朴素单纯的美好爱情推崇备至。与此同时，《关雎》更是一首“婚礼进行曲”，寄寓着人们对步入婚姻殿堂的恋人们的殷殷祝福。

今天我们经常注意到的是“寤寐思服”和“辗转反侧”这样求爱的过程，却习惯性地忽略了《关雎》中的时间概念：开始的“关关雎鸠，在河之洲”，雎鸠是候鸟，雎鸠在沙洲上鸣叫捕鱼，这是一幅很美的画面，描写的是春天。甚至我们可以理解为，中国诗歌开篇的第一句，给我们呈现了一幅富有生机的春景。万物复苏的季节，爱情也发芽了，在这样的季节里，自然适合男女完成婚配。

《关雎》距离我们的生活已经有两千多年了，值得我们关注的，除了它的文学价值，还在于它鼓励的是中国传统的婚姻观念。这种观念和我们当下理解的“婚姻不过是一张纸”完全不同，周人认为婚姻的意义非常重大，这是“两姓之好”，而不是“两性之好”，只有两个姓氏之间的联姻，才是不断扩大族群、稳固氏族的根本之道。周人对于婚姻的重视，影响了中国。西方人认为亚当夏娃偷吃禁果，缔结婚姻，是人类原罪的开始；而中国人认为，有夫妻，才会有父子，有父子才会有君臣社会，所以，夫妇之道才是人伦的开始。这似乎也就解释了为什么《诗经》始于《国风》，而《国风》又始于《关雎》。

葛覃

葛之覃兮[1]，施于中谷[2]，维叶萋萋[3]。
黄鸟于飞[4]，集于灌木，其鸣喈喈[5]。
葛之覃兮，施于中谷，维叶莫莫[6]。
是刈是濩[7]，为絺为绤[8]，服之无斁[9]。

言告师氏[10]，言告言归[11]。
薄污我私[12]，薄浣我衣[13]。
害浣害否[14]，归宁父母[15]。

注释

❶ **葛**：葛藤，一种多年生草本植物，纤维可以用来织布。**覃**：长。
❷ **施**（yì）：蔓延。**中谷**：谷中，即山谷当中。
❸ **维**：语气助词，没有实义。**萋萋**：茂盛的样子。
❹ **于**：语气助词，没有实义。
❺ **喈喈**：鸟儿鸣叫的声音。
❻ **莫莫**：茂密的样子。
❼ **刈**（yì）：用刀割。**濩**（huò）：煮。
❽ **絺**（chī）：细葛纤维织成的布。**绤**（xì）：粗葛纤维织成的布。
❾ **服**：穿着。**无斁**（yì）：心里不厌弃。
❿ **言**：语气助词，无实义。**师氏**：女师。
⓫ **归**：指回娘家。
⓬ **薄**：语气助词，没有实义。**污**：洗去污垢。**私**：内衣。
⓭ **浣**：洗涤。
⓮ **害**（hé）：曷，何，什么。
⓯ **归**：回家。**宁**：使……安心。

译　文

葛草儿到处生长，藤条伸向谷中央，叶儿繁茂色郁郁。黄莺儿低空翱翔，聚集在灌木丛上，喈喈和鸣在欢唱。葛草儿蔓延生长，藤条伸向谷中央，叶儿繁茂色葱葱。割葛煮藤日夜忙，织成细布织粗布，穿在身上乐洋洋。忙把心事告女师，我要回家看父母。内衣污垢快洗除，外衣洗净莫耽误。哪件该洗哪不洗，出嫁安慰父母心。

解读

这是一首讲述妇女婚前接受妇德教育的诗歌。

现在一般认为，所谓妇德、三从四德等对妇女的规范，是封建时代专属的。其实，对妇女的压迫和偏见是一直存在于历史上的，这首写于先秦的诗歌就证明了这一点。中国是农业大国，在生产力极其低下的周代，就算是贵族家庭，也要进行农耕，所以女性当然就成了男性的附庸。但沦为附庸还远远不够，为了能够继续生男子、多子多孙、振兴家业，就要挑选一个完全符合男性传宗接代、光宗耀祖要求的女子。所以在周代就有了“妇德、妇言、妇容、妇功”四项对妇女“德”的要求，以便于女子嫁过门时就能让男方满意。

这首诗就是侧重“妇功”方面的。所谓妇功，就是做好妇女该做的活，诗中的洗衣织布就是了。在过去，贵族人家的女儿要更早地接受妇德教育，往往在出嫁之前就要找个“老师”，专门培训，教她怎样做个规矩的女人；定下来要入哪家男方的门后，那就直接针对男方的眼光和要求进行培训，于是更是被严加看管了。所谓“老师”即诗中的“师氏”，也就是个老保姆，用现在的话说就是“过来人”，要五十岁以上经验丰富的，但是不能有子女。诗中到最后流露出了欢快的气氛，是因为女子最终通过了考验，达到男方的标准，是有“德”妇女了，可以“归宁”回家了。

虽然那个时代的女子还没有后来缠足那样惨烈，但是我们也可以清晰地看出条条框框早就在缠绕和束缚她们了。身为贵族女儿的她们都要像工具一样任人摆布，直到别人满意，那么平民人家的女孩呢？所以身处新时代的女性们在抚今追昔的同时也要认识到，从几千年的男权时代翻过身来是何等不易！

卷　耳

采采卷耳[1]，不盈顷筐[2]。
嗟我怀人，寘彼周行[3]。
陟彼崔嵬[4]，我马虺隤[5]。
我姑酌彼金罍[6]，维以不永怀。
陟彼高冈，我马玄黄[7]。
我姑酌彼兕觥[8]，维以不永伤。
陟彼砠矣[9]，我马瘏矣[10]，
我仆痡矣[11]，云何吁矣！

注释

1. 采采：采了又采。卷耳：野菜名，又叫苍耳。
2. 顷筐：浅而容易装满的竹筐。
3. 寘（zhì）：放置。周行（háng）：大道。
4. 陟（zhì）：登上。崔嵬：山势高低不平。
5. 隤（tuí）：因疲乏而生病。
6. 姑：姑且。金罍（léi）：青铜酒杯。
7. 玄黄：马因病而改变颜色。
8. 兕觥（sì gōng）：犀牛角做成的酒杯。
9. 砠（jū）：有土的石山。
10. 瘏（tú）：马疲劳而生病。
11. 痡（pū）：过度劳累。

译　文

采卷耳啊采卷耳，久采未满斜口筐。
可叹我把丈夫念，搁下浅筐大路旁。
我已登上高山顶，马儿疲劳上山难。
且把浊酒来斟满，借此免把亲人念。
我已登上高山冈，马儿累得毛黑黄。
且把浊酒来斟满，借此浇去久忧伤。
我已登上多石山，马儿累倒在山间。
车夫累病难向前，许多忧痛心不安！

解读

这是一首关于男女相思的诗歌，但是如此明确的主题，却引得古今众说纷纭，其中不乏文史大家。这到底是怎么回事呢？

原来，这首诗的“我”，并不是同一个“我”。明显可以看出，在诗之首章的“我”有“采”这个行为。在《诗经》中，无论是《关雎》的采荇，还是采桑、采蘋等采集活动，都是女性的专属活动，所以首章之“我”应为女子，怀人应为怀夫；而后三章的骑马饮酒等意象，明显是男子的行为。第一章妇怀夫，剩余部分夫思妇，这种分配不均、人称不协调的现象在《诗经》中是罕见的。此诗的出现，引起了诸多怀疑和推测，直到近代钱锺书《管锥编》中给出了一种新奇的说法：此诗使用了章回小说“话分两头”的写法，以作者之口，代言两“我”，以此抒情。如果真是如此，那么这是一种在当时非常超前的艺术手法。

然而在近年出土的《孔子诗论》中，孔子的一句话却使得钱锺书之说又有歧义。孔子说：“卷耳不知人”，意思是卷耳此诗的两个“我”是互不相知的陌生人。孔子是《诗经》的主要编纂人，也是离《诗经》最近的编纂人，他如此说，大概是因为他亲耳听过《卷耳》的音乐。古时《诗经》乃歌谣，是可以传唱的，孔子亲耳聆听，知道这一男一女是在互不相识的情况下对唱此歌的。既然如此，那就真相大白了：原来《诗经》是以礼乐为先，只不过后世因乐谱丢失，才给它强加了文学性，实际上这就是一曲男女对唱的歌词啊！

不论此诗在内容理解上有何机关，我们可以确定看到的是两位主人公的形象和场景。边采卷耳边怀人的女子，让人想起后来古典诗词中许多思妇的形象，甚至男性诗人也常常借女性口吻来怀人、怀己：“忽见陌头杨柳色，悔教夫婿觅封侯。”只因这由一筐卷耳、一棵柳树而生的思念之情，其实是古今相通的。而在这位男主人公身上，我们则看到他长吁短叹，借酒消愁，这也可以算是后来以酒解愁的鼻祖了，从曹操的“何以解忧，唯有杜康”，到李白的“举杯销愁愁更愁”，现代人解愁更是离不开酒，郁闷之时三杯酒下肚，顿觉安慰不少，其实早在《诗经》中，古人就已登上那“高冈”，大杯斟满酒，叹一句：“云何吁矣！”

樛 木

南有樛木[1]，葛藟累之[2]。
乐只君子，福履绥之[3]。

南有樛木，葛藟荒之[4]。
乐只君子，福履将之[5]。
南有樛木，葛藟萦之[6]。
乐只君子，福履成之[7]。

注释

❶樛（jiū）木：树枝向下弯曲的树木。
❷葛藟（gě lěi）：蔓草名。累（léi）：纠缠。
❸福履：福禄。绥之：使之太平、安定。
❹荒：覆盖。
❺将：保佑、庇护。
❻萦：回旋缠绕。
❼成：成就。

译文

南国乔木真是高，巨藟依托把它绕。
欢快君子乐陶陶，幸福安乐已来到。
南国乔木真是高，巨藟长蔓覆树梢。
欢快君子乐悠悠，天赐幸福把他保。
南国乔木真是高，巨藟相缭有长藤。
欢快君子乐融融，天降幸福把他成。

解读

这首诗的主题历来有争论，一般认为这是一首祝贺新郎的诗。在《诗经》中，经常有把男性比作树木，把女性比作花草的比兴方式，而此诗中的“君子”，也可以理解成丈夫的意思。樛木是男，葛藟是女，樛木迎合葛藟，就寓意着男子和女子的百年好合，这是近代以来把此诗作为婚礼上的贺词的解释，欢乐的君子，娶得了好妻子，所以享有福禄。而也有说法是，这就是一首单纯说贵族享有福禄的诗歌，与男女无关。此诗所谓“南有樛木”，说明当时周王室已经征服了南方，南方富饶的土地并入了周的版图，得利的当然是贵族，所以贵族生活越来越好，就生出了歌唱贵族好生活的诗篇，也不足为奇。

但如果我们把视野放开阔，会发现这首诗的前后诗歌都是有关夫妻、家庭、子孙的，所以这首诗大概率也是以婚姻为主题的。我们通过这些重复吟唱的诗行，仿佛回到了两千多年前那场欢天喜地的婚礼上，一对新人在热闹的宾客的簇拥下走下了马车，大家举起酒杯，齐声祝福着他们如自然生长的树枝和蔓草藤一样，缠绕在一起，福禄相随，恩爱美满，欢乐的气氛久久萦绕在酒席上，这是多么淳朴而又真诚的祝福！想到我们现代人的婚宴，常常是承包式的酒席，主婚人的精美台词，琐碎的细节，其实让新人和宾客都容易疲惫，倒不如也向古人学习，用一种更朴素简单的方式，来庆祝人生的重要时刻。

螽斯

螽斯羽❶，诜诜兮❷。
宜尔子孙❸，振振兮❹。
螽斯羽，薨薨兮❺。

宜尔子孙，绳绳兮[6]。
螽斯羽，揖揖兮[7]。
宜尔子孙，蛰蛰兮[8]。

注释

1. 螽（zhōng）斯：北方称为蝈蝈。羽：翅膀。
2. 诜（shēn）诜：同“莘莘”，众多的样子。
3. 宜：祝愿之意。
4. 振振：繁盛的样子。
5. 薨（hōng）薨：很多虫飞的声音。
6. 绳（mǐn）绳：如绳索般延绵不绝的样子。
7. 揖（jí）揖：形容螽斯群飞的状声词。
8. 蛰（zhé）蛰：多，聚集。

译　文

蝈蝈儿展翅飞翔，密密麻麻聚四方。
你的子孙多又多，精神振奋个个强。
蝈蝈儿振翅飞翔，两股相摩薨薨响。
你的子孙多又多，成群相聚在一起。
蝈蝈儿鼓翅飞翔，团结飞聚天天忙。
你的子孙多又多，和睦美满乐洋洋。

解读

这是一首祝福曲，婚礼上祝福一对新人多子多孙，类似于民国时期的结婚证书上“瓜瓞绵绵，尔昌尔炽”，到了现代，我们直接简化成了“早生贵子”。多子多孙一直是中国人的传统观念，这背后的道理也简单，农耕时代“人多力量大”，那个时期，生产力非常落后，繁重的农活与赋税的压榨，再加上水旱灾害，人丁不旺的家庭自然难以应对。再往前看，上古先民对于母性的崇拜，甚至一些地区对于生殖的崇拜，就是源于人与自然之间力量悬殊，人们渴望增加力量去获取资源。所以，在先秦时期，有《螽斯》这样的诗歌并不足为奇。

螽斯，是蝈蝈，这是一种繁殖能力非常强的昆虫。这首诗歌非常有特色，一共三章，每章有四句。前两句是描写螽斯，后两句是祝福男女主人公，又是叠句叠词的形式，既工整又有诗歌的代表性。古人非常善于观察生活，今天我们通过科研知道，蝈蝈振动翅膀是在求偶，其实古人早就知道这一点，所以，他们会通过描写螽斯振动翅膀来比喻繁殖。“诜诜”“薨薨”“揖揖”，其实全部都是用来形容蝈蝈振动翅膀的声音很大。每章的三句四句都具有祝福的意义：“振振”，是茂盛的意思，“绳绳”，是绵延不绝，“蛰蛰”，是和谐群居的意思。显然，都是要子孙多的含义。

中国的诗歌有一大特色，就是“言简而意深”。《螽斯》一共就这么短短的三章，但每一章都是在推进，第一章结尾在祝福多子兴旺；第二章就推进到世代昌盛；第三章则祝福聚集欢乐。简单的六个字，就有这么深刻的含义，这就是诗歌的魅力。

中国文化，特别是儒家思想中，是最讲究多子多福的。在历史上，通常把皇帝的后宫比作螽斯，乍听上去似乎有些离谱，甚至有嘲讽的含义，但这的确有祝福和羡慕的含义在。换个角度说，古代女性的生育压力实在太大，如果出嫁之后不能生育，或者不能生育儿子，那结局必然是悲惨的，其中固然有认知上的死角，但这也是农耕时代必然要面临的问题。当然，相较于过去，现代女性也有压力，同样来源于生育。这是一个信息化社会，也是一个老龄化社会，因为工作压力等等，丁克家庭也越来越多。虽然现在提倡鼓励二胎三胎，但很多的人对于生孩子心有戚戚，“养娃太难”这个话题频繁出现在朋友圈，毕竟，一个家庭负担一个“四脚吞金兽”实在是够难的。未来，也许也会有现代诗歌借喻某些生物来歌唱当下的状况。

桃　夭

桃之夭夭[1]，灼灼其华[2]。
之子于归[3]，宜其室家[4]。
桃之夭夭，有蕡其实[5]。
之子于归，宜其家室。
桃之夭夭，其叶蓁蓁[6]。
之子于归，宜其家人。

注释

1 夭夭：桃树含苞欲放的样子。
2 灼（zhuó）灼：花开鲜艳的样子。华（huā）：花。
3 之：这，这个。子：指出嫁的姑娘。归：女子出嫁。
4 宜：和顺，和善。室家：指夫妇。
5 蕡（fén）：果实很大的样子。
6 蓁（zhēn）蓁：树叶茂盛的样子。

译文

桃树茂盛幼枝发，枝枝绽放花鲜艳。
这个姑娘要出嫁，善待夫婿大家夸。
桃树茂盛幼枝发，桃子嫩白多肥大。
这个姑娘要出嫁，善待夫婿大家夸。
桃树茂盛幼枝发，叶儿繁多压枝杈。
这个姑娘要出嫁，善待夫婿大家夸。

解读

与桃花有关的诗很多，《桃夭》未必是最有名的，但却一定是举足轻重的。很长一段时间里，不少人认为这是一首赞美女性容貌的诗，其实，它是一首送女儿出嫁的诗。作者从桃花写到果实，又写到桃叶，这样一个看似自然的过程，寓意着充满希望，也寓意着婚后开枝散叶，幸福美满。相比起我们今天常说的“白头到老，早生贵子”，这首诗的寓意深刻而优美。

全篇三章中，每一章都以“桃之夭夭”开始：在古汉语中，“夭夭”的第一层意思就是“样貌漂亮”，作者一开篇就赞颂桃花开得漂亮，这是春天最美的一幅景象；“夭夭”的第二层意思，就是用来形容桃花在枝头摇摆颤抖的状态，是一副动态的画面。三章连起来，就是桃花鲜艳、果实硕大、桃叶繁茂，这是在祝福女孩出嫁之后可以尽快开枝散叶。在古代，子孙众多自然就是家族兴旺的象征，所以，每一章的结尾才会有“宜室宜家”。

《桃夭》是中国第一首用桃花来喻人的诗，在此之后，以桃花喻美人的名篇佳句层出不穷。最有名的是唐代崔护的“去年今日此门中，人面桃花相映红。人面不知何处去，桃花依旧笑春风”。在中国诗词达到巅峰之前的另一个风流盛世——魏晋，也有人用桃花写人，阮籍说：“幺幺桃李花，灼灼有辉光。”在中国古典诗词中，人面桃花，桃花美人，早已形成了一种特殊的意境，这都是源于这首《桃夭》。

“之子于归，宜其室家”，在古代，人们认为女儿出嫁才是“归家”，在此之前在娘家的生活只是暂时的，从出嫁这一刻起，这种“暂时”结束了，她有了“归宿”。“宜室宜家”这个成语就是从《桃夭》中衍化出来的，在古代，女孩的使命就是“宜其室家”，生儿育女，繁衍后代，这放在当代是难以理解的。我们今天读《诗经》，就要从中去看待时间的改变，并能够看待生活方式的相同与不同。今天衡量女性当然不是仅仅有“宜室宜家”一个标准，但换个角度说，“宜室宜家”对一段婚姻来说，真的没有意义吗？这是我们今天应该思考的。

兔罝

肃肃兔罝[1]，椓之丁丁[2]。
赳赳武夫[3]，公侯干城[4]。
肃肃兔罝，施于中逵[5]。
赳赳武夫，公侯好仇[6]。
肃肃兔罝，施于中林[7]。
赳赳武夫，公侯腹心[8]。

注释

❶ 肃肃：密密的样子。兔罝（jū）：捕兔的网。
❷ 椓（zhuó）：敲击。丁（zhēng）丁：敲击木桩的声音。
❸ 赳赳：威武的样子。
❹ 干城：干为盾牌，城为城郭，这里比喻坚强的护卫者。
❺ 逵：四通八达的大路。
❻ 仇（qiú）：同"逑"，指同伴。
❼ 施：设置、安放。中林：林中，树林里。
❽ 腹心：心腹，忠心的人。

译　文

网眼密密是兔网，打桩叮当设兽网。
威武雄壮好勇士，他是公侯好护卫。
网眼密密是兔网，放在大路的中央。
威武雄壮好勇士，他是公侯好帮手。
网眼密密是兔网，安放郊野树林里。
威武雄壮好勇士，他是公侯好亲信。

解读

这是一篇赞美诸侯武士的乐歌。

在周代，尤其是西周后期，周王室衰微，而动乱频仍、战事不断，周王室无力调遣军队，只好以征召的名义，倚仗诸侯的军队来四处征战，也兼有保卫王室的作用，用后来的话说就是"率兵勤王"。这首诗应该就是写于西周末期的，很可能就是某诸侯率兵取胜或者勤王之后，王室犒军行赏之时歌唱的一首赞歌。天子去歌颂诸侯的武士何等

“雄赳赳，气昂昂”，从侧面反映出周王室日薄西山的卑微处境。

那么既然是歌颂武士，和兔子有什么关系？仅仅单纯是因为比兴的关系吗？原来在古时，打猎与行军有着十分紧密的联系。在《周礼》中就有明确记载，将军以狩猎来操演军事和阵法。在《三国演义》中，也有“许田打围”等桥段。所以狩猎可以用来演习军事，也可以彰显出军人的武力和威严。此诗以打猎起兴，就是这个原因。

不管怎样，在这首狩猎之歌中，英姿威武的勇士被描述得神采飞扬，是公侯的骄傲和倚仗。但我们脑中同样也浮现出《采薇》中那位久役难归的老兵，来时是“赳赳武夫”，战争的风沙逐渐掩埋了那些思家的哭号：“曰归曰归，岁亦莫止”。“春秋无义战”，夸耀的背后又有多少普通人的辛酸。所以我们赞美武夫的同时，也希望他们是在一个和平的年代发挥才力，少一些悲哀和眼泪。一个和平的世界才是一个有温度的人的世界，在今天回望过去，我们都应该更加珍惜当下所处的和平环境，感念那些曾经和正在保护我们的人。

芣 苢

采采芣苢[1]，薄言采之[2]。
采采芣苢，薄言有之[3]。
采采芣苢，薄言掇之[4]。
采采芣苢，薄言捋之[5]。

采采芣苢，薄言袺之[6]。
采采芣苢，薄言襭之[7]。

注释

[1] 芣苢（fú yǐ）：植物名称，即车前草，种子和草可作药用。
[2] 薄言：发语词，没有实义。采：采摘。
[3] 有：得到。
[4] 掇（duō）：拾取。
[5] 捋（luō）：用手握物，向一端滑动。
[6] 袺（jié）：用手提着衣襟兜东西。
[7] 襭（xié）：把衣襟别在腰间兜东西。

译 文

我们采车前草啊，赶忙把它采下来。
我们采车前草啊，赶紧把它摘下来。
我们采车前草啊，迅速把它取下来。
我们采车前草啊，快速把它捋下来。
我们采车前草啊，急用衣襟揣起来。
我们采车前草啊，忙用衣襟兜起来。

解读

这首诗又提到了《诗经》中的普遍活动：采集行为。但不同的是，往往其他诗篇中的采集活动都是比兴，以采集活动引出下文的具体实事，可此诗却没有起兴，而是在整首诗中单纯地只写采芣苢这一件事，所以现在普遍认为这是一首单纯的劳动欢歌。

此诗采用重章叠句的形式，就是为了凸现欢歌之“欢”，写出了先秦劳动人民在劳动过程中获得的快乐以及对生活的乐观态度。具体说来，这应该是一首劳动妇女齐声合唱的歌谣。采集行为本是妇女专属，从诗句的朗朗上口以及现实角度考虑，很可能是妇女们共同劳作时为了解闷而编唱的歌。清代袁枚曾经以此诗来评价《诗经》，说如果谁写诗都像这首诗一样，一件事重复一整首诗，也没有说清主题和意义到底在哪里，那怎么能称得上是好诗呢？他还举了一个例子，说“点点蜡烛，薄言点之。剪剪蜡烛，薄言剪之。”这样的诗难道不令人发笑吗？可是他忽略了一个重要问题，就是《诗经》根本就不是文学读本，它的创作者和编者也没想到它会变成文学读本，它仅仅是一部礼乐、歌谣的合集而已。所有诗中的所谓文学审美性，都是后人发现的，而不是《诗经》本身的目的。所以这篇《芣苢》本身就是首歌曲，只是我们非要赏析其文学性而已。

也有人说这首诗是祈望多子多福的，因为古人认为吃了芣苢就对生孩子有利，这种说法也能得到考证，但是略显复杂。车前草，在古代被认为可以治妇人不孕和难产，乡野之人也会采来做食物用，以诗中的轻松气氛来推理，想必这些妇女，便是在风和日丽的日子，一边唱着歌儿一边采摘。即便生活是艰辛的，淳朴的人们也依然在劳作；即便这劳作是重复的，日子依然在往前静静地流淌。穿越时空，我们仿佛看到了古人始终在努力生存的模样，正因如此，才有了生生不息的人、生生不息的歌。

汉广

南有乔木[1]，不可休思[2]。
汉有游女[3]，不可求思[4]。
汉之广矣，不可泳思[5]。
江之永矣[6]，不可方思[7]。

翘翘错薪[8]，言刈其楚[9]。
之子于归，言秣其马[10]。
汉之广矣，不可泳思。
江之永矣，不可方思。

翘翘错薪，言刈其蒌[11]。
之子于归，言秣其驹[12]。
汉之广矣，不可泳思。
江之永矣，不可方思。

注释

1 **乔木**：高耸的树木。
2 **休**：停靠、休息，在树下停靠、休息。**思**：语气助词，没有实义。
3 **汉**：指汉水。**游女**：在汉水岸上出游的女子。
4 **求**：追求。
5 **泳**：泅渡。
6 **江**：指长江。**永**：水流很长。
7 **方**：渡河的木排。这里指乘筏渡河。
8 **翘**（qiáo）**翘**：树枝挺出的样子。**错薪**：杂乱的柴草。
9 **刈**：割。**楚**：灌木的名称，即荆条。

⑩ 秣：喂马。
⑪ 蒌（lóu）：蒿草。
⑫ 驹：小马。

译 文

南方有树高又高，不能乘凉树荫间。
汉水有女在游玩，不能求爱吐真言。
汉水河面宽又宽，不可渡河到对岸。
长江水流长又长，不可乘船到对面。
薪柴众多杂又乱，我割荆条放一旁。
这个姑娘要出嫁，我喂马驹忙又忙。
汉水河面宽又宽，不能游泳到对面。
长江水流长又长，不可坐舟过大江。
薪柴众多杂又乱，我割蒌蒿置身旁。
这个姑娘要出嫁，我喂马驹忙又忙。
汉水河面宽又宽，不能游泳到对面。
长江水流长又长，不可坐船过大江。

解读

《诗经》里面爱情诗很多，有求之不得的，有欣喜若狂的，有娇憨泼辣的……有人就将《汉广》定义为求之不得的单恋情诗。后人解读《诗经》很有趣，经常把爱情诗当作树立礼法道德的劝诫诗，反过来又把劝诫诗当作是情诗。这首《汉广》就是一首劝诫诗，它在劝诫那些傻小子们，千万要擦亮眼睛，不要把渣女当仙女。关于这首小诗，我们只要知道几个信息，理解它并不难。

首先，这篇乍看上去像是一个樵夫在独自感叹，其实他是在苦口婆心地告诉大家，汉水之南的女子，一定不能追啊。这段谆谆劝告一共分三章，第一章开宗明义地告诉小伙子们：汉水之南的“游女”，绝对不可以惦记。这里面有两个信息点：汉水和游女。汉水是哪里？其实大致就是指我们今天的长江支流汉江。游女，有人说是在汉江里游泳的女子，如果更明确一点，指的是“心性不定，不遵礼法”的女子。接下来，第二章和第三章的开头，作者营造了一种假象，好像这个汉水之南的姑娘真的要嫁给你一样，但后面紧跟着重复第一段的那句话：“汉之广矣，不可泳思；江之永矣，不可方思”。连着三章都告诉你：汉水那么宽广，不要想着可以游过去，江水那么汹涌漫长，小小的木筏子是漂不过去的。用现代语言说：你这样单纯的人，是逃不出如此深的套路的！

全诗一共就三章，每章八句，但有四句用三个章节来重复，这是多么严重的劝告啊。为什么我们说这是一首劝诫诗？因为，这和历史背景有关，有史料证明，周征服汉水以南之后，在那里驻军，但军队纪律不太好，总是骚扰当地的女子，一来二去，当地女子必然开始报复，于是就有了“游女”的说法，用现在的话说：连蒙带骗不着调，祸害死人不偿命。当然，也有另一种说法，周朝以礼乐治天下，而刚刚被征服的汉水之南显然还没有受到礼乐教化，那么必然民风开放，这里的女子必然不像都城女子那么循规蹈矩，估计那时候周人看汉女，想必就跟第一次知道“走婚”是一样的。所以，必然要劝告大家：“这样的女人不可以惦记”。

历史上，很多人将《汉广》作为情诗的典范，据说特别符合西方文学里的浪漫主义情调，如果我们不考虑时间背景，的确可以这样看。毕竟是两千多年前的事情，作为后人我们也只能根据自己所知去推测和解读。但是，如果把它看做一首劝诫诗的话，那么，就今天而言，它也是有意义的，毕竟，现在的渣女也不少。作者在诗里面前后八次提到“不可”，这可不是感叹“得不到”的意思，而是明确的陈述句：“不可以”。恋爱的确让人上头，但再上头也要擦亮眼睛，防火防盗防渣女，当然，同时也要防渣男。爱情是美好的，失恋也是一种人生经历，可渣女和渣男的套路，还是不要经历的好。

汝坟

遵彼汝坟❶，伐其条枚❷。
未见君子，惄如调饥❸。
遵彼汝坟，伐其条肄❹。
既见君子，不我遐弃❺。
鲂鱼赪尾❻，王室如燬❼。
虽则如燬，父母孔迩❽！

注释

❶ **遵**：循，沿着。**汝**：水名，即汝水，淮河的支流。**坟**：堤岸。
❷ **条枚**：枝干。树枝叫条，树干叫枚。
❸ **惄**（nì）：忧愁。**调饥**：即朝饥，指早上饥饿思食。调，早上。

❹肄（yì）：树枝砍后再生的小枝。
❺遐弃：远离。遐：远。
❻赪（chēng）尾：红色的鱼尾巴。
❼燬（huǐ）：烈火焚烧。
❽孔：很、非常。迩：近。

译文

顺着汝堤我前行，砍下枝干来烧火。
未见丈夫回故乡，忧如早晨特饥渴。
顺着汝堤我前行，砍下新枝来烧火。
看见丈夫来眼前，欣喜他未远弃我。
鲂鱼疲劳尾巴红，朝政暴虐似火烧。
虽然朝政如火烧，亲近父母是礼道！

解读

看到这个标题，是不是有人会不寒而栗呢？估计有的人会理解成“你的坟”吧！这就是所谓的直译。而实际上，坟是指堤岸，这是一首发生在汝河堤岸的故事。

此诗中的君子，就是夫君的意思。“我”思念夫君，那“我”当然就是妻子了。妻子为何思念丈夫？结合汝河的方位，我们可以得知，这就是西周末期南方大起战乱的缘故，大批的男丁被充作征夫前往沙场，无数美满的家庭因此破碎。诗的前两章中，伐木的行为本是家中男子应做的，现在却由“我”这个女子来做了，这就进一步说明因为男子的外出，家庭生活日益艰辛。不过，这篇诗歌中的女子是幸运的，在那个人命贱如草芥的时代，战场之上，新鬼烦冤旧鬼哭，可她最终等到了丈夫的归来。然而因为“王室如燬”的缘故，周王室江河日下，战事一天天紧急，“不我遐弃”又怎能最终实现？不过是一种期愿罢了。

虽然不想让丈夫再去出生入死，但这毫无实现的可能。可是，我们惊异地发现，这位女子对生活的态度却依旧坚韧不拔。诗的最后一章说，就算王朝濒临毁灭，我们的父母还近在眼前呢。这是什么意思呢？就算天崩地裂，我们也还是有家的啊。这是丈夫临行前妻子对他的鼓励，更是妻子自己对生活的坚定决心。国破山河在，就算国破了，父母还在；父母还在，家就还在；小家还在，何谈国灭？有家在身后作为坚强的支撑，不管是多艰苦的岁月，哪怕面对的是随时丧命的风险，我们也要挺过去啊！

几千年前的人们在面对亡国丧家的厄难之时就有如此情怀，真是不得不让人动容。中华民族的家国情怀，大概在那时就扎根了吧。

麟之趾

麟之趾❶，振振公子❷。于嗟麟兮❸！
麟之定❹，振振公姓❺。于嗟麟兮！
麟之角，振振公族❻。于嗟麟兮！

注释

❶ 麟：麒麟。趾：脚。

❷ 振（zhēn）振：仁厚的样子。公子：诸侯的儿子。
❸ 于嗟：叹词，相当于“啊”“呀”。
❹ 定：额头。
❺ 公姓：公孙，诸侯的子孙。
❻ 公族：诸侯的宗族子弟。

译　文

麒麟有蹄不踢人，公子振奋大有为，仁义之极好麒麟！
麒麟有额不抵人，公孙振奋大有为，仁义之极好麒麟！
麒麟有角不顶人，公族振奋大有为，仁义之极好麒麟！

解读

一直以来，人们都无法确定这首诗的主题，但唯一能确定的是，主题与贵族公子有关系。麒麟这种尊贵的神兽，比喻为贵族应该没有什么问题。可是这首诗到底在说什么呢？

近年，湖北孝感出土的一批青铜器上，镌刻的铭文就有“振振”二字。通过对铭文的考证和翻译得知，“振振”是有关检阅军队的形容词，形容军威严正，那么此篇诗歌的主题也就豁然开朗了。这是一篇在阅兵仪式上唱诵的军歌，而军队不是别人的军队，正是贵族的贴身亲兵。因为只有如此，对他们的形容才能尊贵且亲近，一唱三叹，比之为麟。那么如果这是一首军歌，无论歌唱的是何军队，这都是中国有史可考的最早的军歌。

可以想象，在声声“振振”之中，骄傲尊贵的王公子弟兵潇洒地走过指挥台，而贵族老爷们则在台上志得意满，好像最威风的事不过如此了。在以血缘为重要纽带的古代社会，这可以说是一种最朴素的情感表达。其实即便在现代，普通人对亲近的子女或后辈也满怀着类似的情感和期待，在后代身上体现出来的，不仅是他们自己，更是父辈延续的希望，所以人们都以最美好的词汇来祝福和讴歌新生命，为他们的成功而自豪，为他们的失落而失落。

鹊　巢

维鹊有巢[1]，维鸠居之[2]。
之子于归，百两御之[3]。
维鹊有巢，维鸠方之[4]。
之子于归，百两将之[5]。
维鹊有巢，维鸠盈之[6]。
之子于归，百两成之[7]。

注释

1. **维**：发语词，无实义。
2. **鸠**：布谷鸟。传说布谷鸟不筑巢。
3. **百两**（liàng）：很多车辆。**两**：同“辆”。**御**：迎接。
4. **方**：占有，占据。
5. **将**：护送。
6. **盈**：满，充满。
7. **成**：完成了结婚的仪式。

译　文

树顶喜鹊把窝做，布谷鸟儿来居住。
这位姑娘要出嫁，百辆车儿接她去。
树顶喜鹊把窝做，布谷鸟儿来占据。
这位姑娘要出嫁，百辆车儿送她去。
树顶喜鹊把窝做，布谷鸟儿住满巢。

这位姑娘要出嫁，百车送婚礼周到。

解读

《鹊巢》是一首很有争议的诗，历代学者都不能给出一种明确而统一的解读。有两种截然不同的说法：一种说这是一首婚礼赞歌，另一种说这是一首弃妇诗，用“鸠占鹊巢”来斥责丈夫喜新厌旧。当然，古代还有另一种更迂腐的解法，说这是一首赞颂后妃之德的诗。今天很多时候我们无法理解古人的脑回路，但关于《鹊巢》，有两点是我们今天应该看到的，第一，它的确是在描写婚礼的场面，这个婚礼的规格也很高；第二，鹊是喜鹊，鸠是布谷鸟。在民间有个说法，喜鹊善于筑窝，而且特别爱干净，所以，布谷鸟会故意弄脏它的窝，这样喜鹊就会放弃这个筑好的巢，结果显而易见，布谷鸟轻而易举地有了新家。

这首诗不长，一共三章，每一章只有四句，看上去很简单，而且每一章之间只有两个字有变化，但是描写的却是婚礼的全过程。“之子于归”是指女性出嫁；“百两御之”是指有一百辆车去迎接这个姑娘，“百两将之”是指男方接完亲在返回的路上，“百两成之”是指迎回家、礼成了。“方”，是居住；“盈”，是住满，这就很有趣，从准备占据你的巢，到居住进来，再到把这里全都布置上我的物品，这的确是个“登堂入室”的过程。

三章中，只变化几个动词，就将一件事情的过程交代清楚了。所以，中国古代诗词中没有一个字是不讲究的。这样一场盛大的婚礼，有两个关键的信息，一个是房子，一个是车。如果我们以此来看，这场婚礼应该不是平民百姓的，而是一个贵族的婚礼。但如果我们把它看作是一首弃妇诗的话，就会发现，同样是描写婚礼，但其中却有了语气和立场的变化。我们可以想象这样一个场景：妻子和丈夫开创家业，有车有房之后，丈夫却用这些排场去迎娶新人，对这个原配来说，我辛苦经营的一切，即将被一个“小三”占据，她将住进我的房子，并且把这里布置成她的家，这无异于是“鸠占鹊巢”了。

以往大家解读这首诗的时候，通常会讲到古代社会女性没有地位，是属于男性的附属品，所以，面对丈夫喜新厌旧，移情别恋，女性似乎除了抱怨哀叹之外也没有其他办法。毕竟古代法律不健全，没有婚姻法。但如果放在现代，这位正室应该就不是写首诗这样简单了，财产分割也好，搜集证据也好，毕竟“找小三”不仅仅是道德层面的问题，还涉及法律和原配的权益等问题。

采蘩

于以采蘩[1]？于沼于沚[2]。
于以用之[3]？公侯之事[4]。
于以采蘩？于涧之中[5]。
于以用之？公侯之宫[6]。
被之僮僮[7]，夙夜在公[8]。
被之祁祁[9]，薄言还归[10]。

注释

1 于以：到哪里去。蘩（fán）：水草名，即白蒿。

❷ **沼**：沼泽。**沚**（zhǐ）：水中小洲。
❸ **用之**：使用它。
❹ **事**：祭祀之事。
❺ **涧**：山间水道。
❻ **宫**：宗庙，代指祭典。
❼ **被**（bì）：同“髲”，意思是女子戴的装饰头发的假发。**僮**（tóng）**僮**：光洁整齐。
❽ **夙夜**：早晨和晚上。**公**：公家之事。
❾ **祁**（qí）**祁**：头发散乱的样子。
❿ **薄言**：语助词，放在动词之前，无实义。

译 文

我们何地采白蒿？就在那边沚与沼。
什么地方用白蒿？公侯祭祀正需要。
我们何地采白蒿？山涧水边到处有。
采来白蒿用哪里？公侯祭典正需求。
头饰繁多又美好，人人为公昼夜忙。
头发散乱多劳碌，着急归来回家去。

解读

要想了解此诗的主题，就要清楚一件事：采来的蘩到底是做什么的。

诗中说采来的蘩是为“公侯之事”，那么到底是什么事呢？据《左传》记载，如果一个人真的心诚的话，那么很微薄的菜蔬也是可以献给神明的，其中这种“很微薄的菜蔬”就提到了蘩。那么可以确定，诗中的“公侯之事”就是祭祀之事了。

在典籍《夏小正》中，多有对蘩这种水生植物的记载。在远古时祭祀神灵，要做到“天之所生，地之所长”的“尽物”，每一个领域内的生物都要供奉得上，才算是对神灵的尊重，所以必然要有水生植物。这也可以解释《诗经》中为何频频出现采荇、采蘋、采蘩等等，这也算是一种信仰或习俗吧。

草虫

喓喓草虫[1]，趯趯阜螽[2]。
未见君子，忧心忡忡[3]。
亦既见止[4]，亦既觏止[5]，我心则降[6]。
陟彼南山，言采其蕨[7]。
未见君子，忧心惙惙[8]。
亦既见止，亦既觏止，我心则说[9]。
陟彼南山，言采其薇。
未见君子，我心伤悲。
亦既见止，亦既觏止，我心则夷[10]。

注释

❶ 喓（yāo）喓：昆虫鸣叫的声音。草虫：蝈蝈。
❷ 趯（tì）趯：昆虫跳跃的样子。阜螽（fù zhōng）：蚱蜢。
❸ 忡（chōng）忡：心跳动，形容心里不安，心神不定。
❹ 止：语气助词，没有实义。
❺ 觏（gòu）：相遇，遇见。
❻ 降：悦服、平静。

7 言：语气助词，没有实义。蕨：一种野菜，可食用。
8 惙（chuò）惙：忧愁的样子。
9 说：同“悦”，高兴。
10 夷：平静，安定。

译　文

蝈蝈喓喓在鸣叫，蚱蜢时时在跳跃。
没有见到我丈夫，无限忧伤心烦躁。
若能立即见到他，若能立即相遇见，忧愁消除心情好。
登上那边南山坡，我把蕨菜来采摘。
没有见到我丈夫，心中无乐忧伤多。
若能立即见到他，若能立即相遇见，我的心中就快乐。
登上那边南山坡，我把薇菜来采摘。
没有见到我丈夫，心中悲伤无欢乐。
若能立即见到他，若能立即相遇见，我的心中就安定。

解读

“忧心忡忡”是我们耳熟能详的成语，但是又有谁知道这个成语出自这篇《草虫》呢？

“草虫”这种意象是值得分析的，它不是一般的虫，而是“秋虫”，可以是蟋蟀，可以是蝈蝈，一般喜欢在秋天的夜里鸣叫。“自古逢秋悲寂寥”，秋风萧瑟，无限凄凉。这种独立寒秋，聆听虫鸟哀鸣的景象，原来早在先秦时期就让人产生思念和哀愁了，也无怪后世文人伤春悲秋，这都是早有先例啊。

通过“草虫”的渲染，可以知道这首诗的主题依然是思念。思念的“君子”，那就一定是夫君了。夫君去哪儿了？多半是去服役了。行役是当时闺怨的重要主题。在周朝中后期，战乱频仍，家中男丁“上交国家”是再正常不过的事，而家中的妻子就只能陷入无尽的思念了。她们有时是在秋天的夜晚低吟浅唱，有时是在紧急战乱后担惊受怕，有时终于盼回了丈夫，却又不得不由他再次离开……月有阴晴圆缺，人有悲欢离合，此乃古往今来人世间永恒的主题。今天，当我们处在平静的生活中时，应好好去爱身边的人，正因离别苦，更应珍惜可以相守的平淡岁月。

采 蘋

于以采蘋❶？南涧之滨❷。
于以采藻❸？于彼行潦❹。
于以盛之❺？维筐及筥❻。
于以湘之❼？维锜及釜❽。
于以奠之❾？宗室牖下❿。
谁其尸之⓫？有齐季女⓬。

注释

❶ 于以：在哪里。蘋（pín）：水草，可食。
❷ 滨：水边。
❸ 藻：一种水草，可食。
❹ 行（háng）：道路。潦（lǎo）：积水。
❺ 于以盛之：用什么来装它？

❻筐：方筐。筥（jǔ）：圆箩。

❼湘：煮。

❽锜（qí）：三只脚的锅。釜：古代的炊具，相当于现在的锅。

❾奠：放置。

❿牖：窗户。

⓫尸：主持。

⓬齐（zhāi）：同“斋”，斋戒，表示虔敬。季女：少女。

译　文

我们何地采蘋草？就在南边河水旁。

我们何地采藻草？那边水沟好地方。

什么东西装水草？使用方筐和圆箩。

什么东西能煮好？有脚锅来无脚锅。

祭品放置在何地？宗庙窗下最适合。

谁来主持这祭祀？美貌少女主其事。

解读

此诗与前面的《采蘩》极为相似，基本可以说是同一首诗，只不过祭祀的东西不同罢了。以蘋祭祀，同样也是用水生植物来表达对祖先或神灵的崇拜之情。

值得注意的是，这首诗公开提到了，采蘋的主人公应为“季女”，这也就公开表示了所有“采”植物行为的主人公，如无例外，都应该是女性。这里的季女，有研究者认为应该是那个时代的女奴，古时宗庙祭祀行为之前，准备供品的一般都是奴隶。而也有研究者认为，这个季女是“将嫁之女”，因为根据之前的诗歌我们知道，在周代，将嫁的贵族女子是要接受婚前道德教育的，教育结束之后要举办一个祭祖典礼，在这个典礼上就需要这个将嫁之女把她自己亲手采摘的蘋供上桌去。不得不说，古人奇奇怪怪的仪式感还蛮丰富的。

我们现代人或许对此有些疑惑：为何用如此普通的野菜、浮萍来作祭品呢？古人对天地常怀敬畏之心，祭祀所用也应该是精美的玉器之类。但在这首诗歌中，我们却看到一个平凡女子的精神微光，祭品的贵重与否远没有行礼之人的内心重要，即便是简单的野菜，也能寄托庄重的情感。

甘 棠

蔽芾甘棠[1]，勿翦勿伐[2]，召伯所茇[3]。
蔽芾甘棠，勿翦勿败[4]，召伯所憩[5]。
蔽芾甘棠，勿翦勿拜[6]，召伯所说[7]。

注释

❶ 蔽芾（fèi）：树木茂盛的样子。甘棠：棠梨树。落叶乔木，果实甜美。
❷ 翦：意思是修剪。
❸ 茇（bá）：草屋，这里是指在草屋中居住。
❹ 败：破坏，摧毁。
❺ 憩（qì）：休息。
❻ 拜：用作“拔”，意思是拔除。
❼ 说：同“税”，休息，停留。

译 文

堂梨树枝高叶繁，不要剪枝莫砍伐，召伯曾居树阴下。
堂梨树枝高叶繁，不要剪枝莫毁它，召伯曾憩树阴下。
堂梨树枝高叶繁，不要剪枝切莫拔，召伯曾歇树阴下。

解读

《甘棠》是一首非常含蓄的怀人诗，同时，也衍生出一个成语："甘棠遗爱"，表示百姓对贤官廉吏的爱戴或怀念。作者用这首诗来怀念的人也很有名，他是姬昌的儿子，叫姬奭，当时人们又叫他"召公"。姬奭是个很贤明而且能力很强的人，在他治理陕西地区的时候，经常走到田间地头去查看民情，他曾在一棵棠梨树下断案，处理政事，深受当地百姓们的拥护，于是，就有了这首《甘棠》。人们怀念召公不仅是因为他体恤民意，更是因为他辅佐过三代皇帝，开创了四十多年没动用刑罚的"成康之治"，因为有了这样一个很好的基础，周朝得以延续八百多年。

《甘棠》的内容并不复杂，很传统的三章，每章只有三句，每一章的变动也不大，看上去就像是在反复咏叹甘棠树，感觉每一章越描写越轻，但实际上情感却越来越重。从不要砍伐，到不要破坏，再到不要折枝，一层层下来，可见珍爱之情越来越明显。那么，引发这种珍爱的原因是什么？每一章的最后一句都在告诉我们同一个答案：这是召公待过的地方啊！今天我们读诗很容易将这种情感理解为爱屋及乌，因为人们爱戴召公，所以喜爱他待过的甘棠树，但这样理解似乎有些狭隘了。在文学上，这是一种以实写虚的手法，通过反复描绘对甘棠树的喜爱，来彰显对其喜爱的原因，全诗没有一句赞美召公功绩的话，但不可否认的是，这是一首“赞美诗”，因为人们每一点对甘棠的爱，都浓缩到对召公的爱上了。

在中国历史上，去思怀人的诗有很多，从苏轼到纳兰性德，无论是对历史人物，还是对妻子亲人，情感都很浓烈，笔法也各有千秋，所以这些去思怀人的诗值得千古传诵。但如果向上溯源，《甘棠》应该是此类诗的鼻祖。“蔽芾甘棠，勿翦勿伐，召伯所茇”，这是一种赋体，全诗没有任何文字去表达个人情感，但又处处都在流露对召公的怀念，这在后人的怀人诗中，是比较少有的。到明清时期，很多文人学者读《诗经》都对这首诗做出过非常高的评价，其中有个说法，特别符合我们今天的理解：“不言当时之爱，而言事后之爱，则怀其思者尤远。”

因为时间的原因、历史的原因、阅读习惯的原因等等，古往今来对《诗经》中很多篇目的解读都存有异议，而《甘棠》这一首诗，却是从古到今只有一种统一的理解，这也是比较少有的。我们知道，这种统一一方面来源于历史对于姬奭这个人的肯定，司马迁在《史记》中明确地记载了召公在甘棠树下办公的场景，可见《甘棠》这首诗的取材是真实的，绝非杜撰。另一方面，无论时间怎样变化，中国人对于明君贤臣的渴求和爱戴是从未改变的。人们的确是在怀念召公，但其实更是对仁民爱物、体恤民情的官员充满了期待。在历史上，人们对于这样的好官总是不吝笔墨的，无论是各种野史小说，还是地方史志，总是极尽传颂之能事。在古体诗歌中有一种题材叫作“去思”，就是表达地方民众对离职官员的怀念之情，而什么样的官员值得民众去怀念呢？《甘棠》已经给了我们答案。

行露

厌浥行露[1]，岂不夙夜[2]？谓行多露[3]。
谁谓雀无角[4]？何以穿我屋？
谁谓女无家[5]？何以速我狱[6]？
虽速我狱，室家不足[7]！
谁谓鼠无牙？何以穿我墉[8]？
谁谓女无家？何以速我讼[9]？
虽速我讼，亦不女从！

注释

1. **厌浥（yì）**：潮湿的样子。**行（háng）露**：道路上有露水。
2. **夙夜**：这里指早夜，即天没亮的时候。
3. **谓**：同“畏”，畏惧、担忧。
4. **谁谓**：谁说，谁认为。**角**：喙，鸟的嘴。
5. **女**：同“汝”，你。**无家**：没有家室，这里指尚未婚配。
6. **速**：招致。**狱**：诉讼，打官司。
7. **室家不足**：意思是说求为家室的理由不足。
8. **墉（yōng）**：墙，墙壁。
9. **讼**：诉讼，打官司。

译文

道上露水湿漉漉，难道没想早启程？只怕道上露水浓。
谁说麻雀没有嘴？用何啄透我的屋？

谁说你没有家业？为何把官来投诉？
虽然诉讼打官司，强求娶我理不足！
谁说老鼠没有牙？凭何咬破我的墙？
谁说你没有家业？为何诉讼上公堂？
虽然诉讼打官司，决不向你来屈服！

解读

这是一首措辞激烈的诗歌，诗歌的主题和立场极为清晰，就是一首女子拒斥男子的诗歌，因为诗中一针见血地指出：就算你把我告到衙门，我也不嫁给你！

历代分析此诗，都认为此诗的存在太过突兀。结合前后文来看，此诗的上一篇是感念召公的诗歌，与此诗主题毫不相干。但是依然有人把它理解成：召公时期，强暴之男不能欺凌贞洁烈女。但在刘向的《列女传》中，有专门分析过此诗的文章，说在周代，因为生产力极其低下，还要应对大量的战争和徭役，用通俗的话讲，就是周贵族的奴隶越来越不够使了，所以要想维持统治，放开生育、鼓励生育或许是一条明路。因此当时统治者决定，每年的春二月要举行男女的大聚会，就是政府公开做媒，给社会上所有单身男女一次机会。如果放到现在，这种国家的大福利会不会让那些想恋爱的“单身贵族”们乐开花，直呼万岁？可是当时社会不一样，在那个君王至上、不讲情理的时代，无论如何，这都是对女性的一种伤害和歧视。本就是男权社会，还给社会上形形色色的单身男子任意挑选妻子的机会，强行做媒，那岂不是强行剥夺人的自由和幸福？要知在古代，首先是父母之命、媒妁之言；其次是重男轻女，也不必顾及什么女方的想法，直接一定了事，赶紧组建家庭、分担劳力要紧，许多家庭干脆定的是娃娃亲，所以那时婚事远比现在容易得多。因此，在当时没有妻子的男子是多少有点问题的。社会要统一给他们安排妻子，这些被安排的女子怎能甘心？又怎能不为自己的自由和尊严做一次呐喊和反抗？

在这个“大聚会”之后，如诗中所言，男女对簿公堂者数不胜数。这种乱象到底何时废止，我们不得而知，但是这首诗所迸发出的直率的、激昂的妇女之呐喊，确实是难得一见的。从这场最早的抗婚官司中，我们看到的是一个女子坚决捍卫自己的爱情和灵魂的可贵品质。两性关系是永恒的社会话题，今天的我们依然应该学习这种品质，拒绝一切形式的暴力，敢于说“不”，守卫自己的独立人格和爱情尊严。

羔　羊

羔羊之皮[1]，素丝五纥[2]。
退食自公[3]，委蛇委蛇[4]。
羔羊之革[5]，素丝五緎[6]。
委蛇委蛇，自公退食[7]。
羔羊之缝[8]，素丝五总[9]。
委蛇委蛇，退食自公。

注释

❶ 羔羊之皮：小羊软皮袄。
❷ 素：白颜色。纥（tuó）：丝线数，五根丝线为一纥。
❸ 退食自公：吃完公饭回家。
❹ 委蛇（wēi yí）：神态从容自得。
❺ 革：没毛的皮。
❻ 缄（yù）：四纥为一缄。
❼ 自公退食：同“退食自公”。
❽ 缝：缝纫、制作。
❾ 总：细密。

译 文

羔羊的皮需要缝，白丝交叉缝得好。
吃罢公饭往家走，悠闲得意且逍遥。
羔羊的皮需要缝，白丝密密缝得佳。
悠闲得意且逍遥，吃罢公饭方回家。
羔羊的皮需要缝，白丝密密缝得妙。
悠然得意且逍遥，吃罢公饭缓回家。

解读

以清朝为时间节点，这首诗呈现出两种全然不同的主题。清朝之前的人，坚持认为这是一首赞美诗，盛赞官吏纯正节俭的美德。但清朝之后，大家发现这种说法根本就是毫无道理，这分明是一首讽刺诗，讽刺的是在位者每天无所事事，尸位素餐。从我们今天的角度来看，这首诗虽有讽刺的味道，但它更像是一幅白描画，画面中是一位公务员，他穿得不错，在食堂吃完饭，悠闲地下班了。至于诗歌本身讽刺了什么？应该就是讽刺这位公务员太悠闲了，毕竟和《小星》中那个披星戴月的加班的人相比，这位的生活太奢侈了。

《羔羊》内容很简单，一共三章，每章的意思都是一样的，但每一章的四句都可以让我们解读出很多内容。第一句：身穿一件羔羊皮做的皮袄，这显然是一个全景镜头，交代了这个公务员的衣着。第二句：这件羊皮袄是用白色的丝线密密缝制的，这是个特写镜头，对这件衣服的细节进行了交代。第三句：这位在单位食堂吃完饭了，准备下班，这是对一个人行为的描述。最后一句：这个人走路大摇大摆，悠闲自得。这是对一个人体态的描述。只有这样四句，连起来就是一组镜头，清楚地交代了一件事：这位公务员下班了。

其实这四句中信息量是很大的，首先，这不是个普通的公务员，起码也是个中层以上，因为在古代“大夫羔裘以居”，穿羔羊皮的起码是个大夫。其次，用白色的丝线来缝羔羊皮袄，而且是细细密密地缝，可见这件衣服从用料到做工都不一般，毕竟，我们都知道丝线本身就是奢侈品。最后，《左传》里面记录了给大夫的日常伙食标准：“公膳，日双鸡”，这个用餐标准放在现代来看，也是很高了，何况是在生产力非常不发达的古代。

在全篇中反复提到“退食自公”，意思就是退朝进食，而食物出自公家。在我们今人的理解中，这样一位衣着华丽，伙食待遇不错的人，一步三晃、优哉游哉地下班，怎么都不会让人觉得舒服，似乎这就是个尸位素餐的混混。但是古人的解读和我们截然相反，这的确存在一些时代的原因。我们都知道，《诗经》诞生于一个崇尚礼乐的时代，那个时代的官员必然是“合礼”的典范。身着洁白的羔羊皮袄，做工精致，说明这个人仪容仪表很到位，退朝之后走路可谓“仪态端方”，这也符合古人对官员行为的规范。我们在影视剧中经常看到大臣们上朝退朝走路必然是迈着方步的。京剧中文官的步态我们看着夸张，但它的确是源于古代的规矩。所以，前人对于《羔羊》的解读今天我们很难理解。经过了两千多年，古今的文化很难再度统一，但是对《诗经》而言，我们应该看到它多方面的价值，比如：它的叙事方式，它的赋比兴，甚至它对于细节的精到描写等，而不是一味地纠结在古今对错上。

殷其雷

殷其雷❶，在南山之阳❷。何斯违斯❸？
莫敢或遑❹。振振君子❺，归哉归哉❻！
殷其雷，在南山之侧❼。何斯违斯？
莫敢遑息❽。振振君子，归哉归哉！
殷其雷，在南山之下。何斯违斯？
莫或遑处❾。振振君子，归哉归哉！

注释

❶ 殷（yǐn）：形容雷声。
❷ 阳：山的南边。
❸ 斯：这个人。违斯：离开这里。
❹ 或：有。遑：空闲。

❺ 振（zhēn）振：仁厚的样子。君子：指自己的丈夫。
❻ 归哉归哉：回来吧，回来吧。
❼ 侧：两边、两旁。
❽ 遑息：有闲暇休息。
❾ 处：停下来。

译 文

雷声啊殷殷震响，在那南山的南边。丈夫为何离家乡？
不敢稍稍休息啊。忠厚勤奋的丈夫，回故乡呀回故乡！
雷声啊殷殷震响，就在那边南山旁。丈夫为何离家乡？
不敢稍稍闲暇啊。忠厚勤奋的丈夫，回故乡呀回故乡！
雷声啊殷殷震响，在那南山最下方。丈夫为何离家乡？
不敢稍稍停留啊。忠厚勤奋的丈夫，回故乡呀回故乡！

解读

这是一首非常传神的诗，一声雷响，引发了一个独守空闺的妻子的无限思绪，但又不是简单的思念，而是在诉说思念时，把抱怨、牵挂、赞叹与期望等各种复杂的情绪融入其中，这种交融的情感描写，把一个女性的心理刻画到了极致。后世虽然有很多思妇诗和闺怨诗，但如果只是单纯的“思念”，或只是单纯的“抱怨”，都不足以表达一个女性的完整的真情实感。诗中这位妻子对丈夫的爱意，在三章中层层叠加，最终完美呈现出一个女性的复杂心理。

“殷其雷”，“殷”是拟声词，形容雷声轰隆，所以，三章中每一段都是以雷声起兴开篇的，因为雷声，引发了主人公的惊悚，进而产生对丈夫安危的担忧。雷声阵阵，一会儿在山南，一会儿在山侧，一会儿在山下，这应该是一种象征性的表达，以显示雷声由远及近的状态。这时候，她在惊悚的雷声中自言自语：这风雨交加的时候，你为什么不在我身边啊？这是典型的思念之情。但只有思念吗？并不是。有牵挂，“莫敢或遑？”，在极度恶劣的环境下，你有没有忙里偷闲一会儿；也有赞叹，“振振君子”，我的丈夫是一位忠于职守而又忠厚勤奋的人；还有期待，“归哉归哉”，我的丈夫呀，你早点回家吧。这位妻子理解丈夫的上进心，但也关心丈夫是不是太过劳累，她一边忍受着离别的酸楚和无助，一边又因为丈夫是“振振君子”而自豪。

虽然诗依旧是重章叠唱，但这一咏三叹的倾诉非常传神，在妻子眼里丈夫做事的态度是：不敢稍有怠慢、不肯停下喘口气、不愿稍作停留歇一歇，也因此，丈夫是妻子心目中的忠诚仁厚的君子。正因为如此，当妻子预感到某些危险的时候，总是想到丈夫的安危，既体谅丈夫在外奔忙是为了工作，内心又希望丈夫早点回来，这样的转折让一首这么短的诗有了一种百转千回的感觉。

今天我们翻开古典诗词，会发现怨妇诗很多，当然，很多诗的作者并不是女性，所以给我们一种误导，似乎闺怨就永远是在哀愁抱怨，读过《殷其雷》就会发现，其实并不完全是这样的。夫妻之间好的感情，牵挂、思念都是必须的，但理解、包容也是必选项，抱怨确实是会有的，但不应该是全部。无论在何种环境下，都不能只是“抱怨”和“哀愁”，而是要有更多的理解、肯定与鼓励！虽然，抱怨中也含有某种矫情与爱意，但却最容易消磨双方的兴趣与情致。在成熟的感情中，永远不会只有一种情绪，所以，表达爱意的方法，也不应该只有闺怨一种方式。

摽有梅

摽有梅[1]，其实七兮[2]。
求我庶士[3]，迨其吉兮[4]。
摽有梅，其实三兮。
求我庶士，迨其今兮[5]。
摽有梅，顷筐塈之[6]。
求我庶士，迨其谓之[7]。

注释

1 摽（biào）：落下，坠落。有：助词，没有实义。梅：梅树，果实就是梅子。
2 七：七成。
3 庶：众，多。士：指年轻的未婚男子。
4 迨（dài）：及时。吉：吉日。
5 今：今日，现在。
6 顷筐：浅筐。塈（jì）：拾取。
7 谓：以言相告。

译　文

树上有梅纷纷落，还有七成挂枝头。
向我寻爱众小伙，趁着吉日快追求。
树上有梅纷纷落，还有三成挂枝上。
向我求婚众小伙，乘着今日好时光。

树上有梅纷纷落，斜口竹筐取落梅。

向我求爱众小伙，及时说话就可成。

解读

这是一首直截了当、斩钉截铁的女子求爱诗。

所谓“食色，性也”，年少正青春，追求爱情是人之本性，无论男女，都有爱与被爱的权利和资格。我们可以看到，在先秦时期，还没有严苛的封建道统和等级，女性多少还有一点自由呼吸的权利。她们多少还可以说一点爱、谈一点情，面对社会的偏见和世俗的压迫，也多少可以呐喊两声、反驳几句。相比于后来封建社会的裹脚女性，这个时代的女性大概算是自由的了。

“食色，性也”，食物是人赖以生存的根本。这诗中的梅，在当时算是一种什么食物呢？原来硕大成熟的梅子果实，会让情窦初开、青春正盛的男女联想到爱情的果实。而梅字又与“媒”谐音，所以诗歌以此起兴。就好比西方曾说苹果是“爱情果”，或许也与这种想法有关吧。

据闻一多先生考证，所谓“摽有梅”是一种集体活动，在聚会中女子以新鲜梅子投向心仪的情人，对方如果同意就会回礼。若果真如此，那么在先秦时期，我们还真有过一段浪漫无邪、无拘无束的历史。在那个朝堂昏聩的时代，少女们在夏日刚至的梅林里，向心上人大胆地表达炽热的爱情，借此来追逐美好，对抗这世间的苦难，这也许是她们一生之中最美丽的一天吧。

小　星

嘒彼小星[1]，三五在东[2]。
肃肃宵征[3]，夙夜在公，寔命不同[4]。
嘒彼小星，维参与昴[5]。
肃肃宵征，抱衾与裯[6]，寔命不犹[7]。

注释

1 嘒（huì）：暗淡的样子。
2 三五：指数量稀少。
3 肃肃：奔走忙碌的样子。宵：夜晚。征：行走。
4 寔（shí）：即“实”，确实，实在。
5 参（shēn）与昴：参、昴皆星宿名。
6 衾：被子。裯（chóu）：被单。
7 犹：同，一样。

译　文

天空星星闪闪亮，参三昴五挂东方。
匆匆忙忙夜间行，早早晚晚为公忙，命运与人不一样。
天空星星闪闪亮，参星昴星悬东方。
匆匆忙忙夜间行，抱着被子和床帐，命运与人不一样。

解读

无论古人怎样解读这首《小星》，在我们今天看来，它就是一个苦哈哈的公务员在自怨自艾。很多人将它的创作意图归为“影射当时社会不公”的范畴，这未免有些过于上纲上线。纵观中国几千年的历史，每一个时代都有为生计辛苦奔波的人，无论是商人、农民还是公务员，披星戴月的生活本就是普通民众生活的常态，试问谁还没加过班、熬过夜呢？以此为题材创作的文学作品也不少。我们深究作者创作的初衷和手法，完全理解这个小公务员的无奈和自伤，但却没必要上纲上线地去过度解读为普通人的自怨自艾。

《小星》这一篇也很短，但读起来很上口。其中也有我们现代人不太容易理解的地方，比如诗中对于时间的描述。古人以星宿为时间坐标，第一章里，“嘒彼小星，三五在东”，三五用我们今天的理解，可以是“三五星光”或者“星星稀少”，然而，在古人的天文体系里，参宿是三颗星，昴宿是五颗星，所以这里是指参宿和昴宿，它们都属于西方七宿。第二章中，“嘒彼小星，维参与昴”，说的还是这两个星宿。在西方星座体系里，这两个星宿距离比较近，应该都属于猎户座，都属于冬季出现的星宿。所以，这首诗两章的开篇都在交代时间：冬季的凌晨。后面接着说：半夜就在匆匆赶路，早早离开温暖的被窝和家人，一天从早到晚都在为工作奔忙，说到头来真是同人不同命啊！所以，前面两句在写景交代时间，后面三句在叙事并抒情。两章一共就十句，很短，但很精练。

古人对于时间或时空的描写很多都与星宿相关，杜甫有一首很有名的诗：“人生不相见，动如参与商，今夕复何夕，共此灯烛光。”参宿和商宿，一个是冬天出现的，一个是夏天出现的，是永远都无法遇到的，杜甫借以描写距离之远。王勃的《滕王阁序》，“豫章故郡，洪都新府。星分翼轸，地接衡庐。”翼宿和轸宿都属于南方七宿，它们所对应的地面区域，就是洪州。所以，我们再回过头来看这首《小星》，全篇让人动容的有两处，一处是对命运的慨叹，另一处就是对时间的描写，一个小公务员的辛酸就浸润在通宵达旦的奔忙之中。

这首诗距离我们有两千多年，虽然古老，但说的事却并不遥远，很有现实意义。每个城市有太多这样的人，拿着微薄的工资，起早贪黑地工作，人到中年，事业无起色，买不起房，买不起车，但却根本鼓不起勇气去辞职。多年辛苦工作的积蓄全部用来供养家庭和子女，却还捉襟见肘，与妻子的感情也进入冷冻期，感情成了亲情，爱恋也成了习惯，再没有了彼此贴心的话语，剩下的只有指责、功利和抱怨。生活的希冀与甜美，被日复一日的奔忙和无奈剥落，露出狰狞破碎的本相。在某个又被迫加班的半夜，也许会发一条朋友圈，牢骚一下生活，感叹一下命运，于是就成了现代版的《小星》。古往今来，时间在改变，但生活也许并没有本质的不同，不同的只是表达方式而已。

江有汜

江有汜❶，之子归。
不我以❷，不我以，其后也悔❸。
江有渚❹，之子归。
不我与❺，不我与，其后也处❻。

江有沱[7]，之子归。
不我过[8]，不我过，其啸也歌[9]。

注释

1 汜（sì）：分流后汇合的河流。
2 不我以：不用我，不需要我。
3 其后也悔：想必以后会后悔。其，副词，表推测。也，句中语气词。
4 渚：水中的小沙洲。
5 不我与：不同我交往。
6 处：忧愁。
7 沱（tuó）：江水的支流。
8 不我过：不到我这里来。
9 啸：号，心口不平而呼。

译　文

长江流水有支流，我夫北归聚亲去。
不肯友善来待我，不肯友善来待我，料她日后必后悔。
长江洲岛把水分，我夫北归聚亲忙。
不肯友善来看我，不肯友善来看我，想她今后有忧伤。
长江之水有支流，我夫北归聚亲了。
你不找我使人愁，不找我呀心烦闷，悲歌长啸我哀叹。

解读

这是一篇情绪激烈的弃妇诗。

还记得《周南·汉广》吗？在那篇诗歌中，作者提醒男子“游女”不可求，不要随便被南方三心二意的女子迷惑。而这篇诗歌，很可能反映的是北方来的男子始乱终弃。在周王室开拓南方之后，大批北方人觉得可以在广阔而陌生的南方一展宏图、发家致富，于是便来南方“创业”。在南方赚钱以后，就在南方纳妾，潇洒快活一番，然后拍拍屁股，北归而去。这些不速之客破坏了南方本来宁静的生活，王朝的采诗官来到南方，发现大量被抛弃的孤儿寡母，可能就因此记录下了这种主题的诗篇。

值得一提的是，一般《诗经》中“之子于归”“之子归”等说辞都是与女子嫁人有关的。而此诗的“之子归”，单纯是指那个负心汉的北归。北归的薄情郎，你不带我走，今后一定会后悔的！这种无奈的呼喊，写满了那个时代的妇女的无助。如若离开道德的视角，这首诗歌的别致之处又在于女子情感的复杂性，她由爱生恨，报复性地希望男子背弃自己后感到后悔和痛苦。古人将爱情看得如此重要，为它辗转难眠，仰天长啸，不免使我们想起现代人失恋的模样，常常借着酒意，拉黑微信，从此切断联系，看似多了几分洒脱，少了一些执着，但其实心底那种复杂的又恨又爱的情感，和古人又有什么两样呢？

野有死麕

野有死麕[1]，白茅包之[2]。
有女怀春[3]，吉士诱之[4]。
林有朴樕[5]，野有死鹿。
白茅纯束[6]，有女如玉。

舒而脱脱兮[7]，无感我帨兮[8]，

无使尨也吠[9]。

注释

1 麕（jūn）：獐子，与鹿相似，没有角。

2 白茅：一种白而软的草，可用来包裹物品。

3 怀春：对异性产生爱慕。

4 吉士：古时对男子的美称，当指青年猎人。诱：求，指求爱。

5 朴樕（pǔ sù）：小树。

6 纯束：包裹，捆扎。

7 舒：慢慢的，轻柔的。脱（tuì）脱：舒缓的样子。

8 感（hàn）：同“撼”，意思是动摇。帨（shuì）：女子的佩巾。

9 尨（máng）：长毛狗，多毛狗。

译　文

猎获獐子在野外，都用白茅包起来。

有个姑娘思配偶，猎人引诱来求爱。

林中小树嫩又青，郊外猎获那野鹿。

快用白茅捆死鹿，那位姑娘纯如玉。

你的动作需舒缓，别碰围裙莫慌张，

勿使狗儿叫得欢。

解读

这首诗是后世争论极大的一首诗，但是与其他争论极大的诗所不同的是，此诗在宋代一度被腐儒意欲删之而后快。后世评价此诗为“诗三百”第一淫诗。按理来说，《诗经》中男女约会之诗也不少，可这篇诗歌究竟为什么触碰了腐儒敏感的神经呢？

据史料记载，周代男方与女方交往是要交纳礼物的，而这礼物通常即为鹿皮。所以此诗以“死鹿”为起兴也是事出有因，不一定就是男子真的用白茅包裹着鹿肉来和女子分享。虽然在当时的社会，平民吃一顿好饭不容易，但是给我几口鹿肉吃，我就芳心窃喜，暗许此身，那显得也多少浅薄了一些。实际上比兴不一定是写实，这“死鹿”预示着一次成功的猎取，而男子“诱”女子，不也是成功了吗？这才是用“死鹿”比兴的妙处。

最关键的是最后一章，提到了男女的身体接触。两人谈恋爱，有身体接触本属正常，可在封建时代，这种男子欲罢不能、女子半推半就的过程，简直是让人难以启齿、羞得无法见人。后世儒生甚至说，在背这篇诗歌时要闭起眼睛来，生怕被此诗引得“误入歧途”而产生邪念。不得不说，在“灭人欲”的封建时代，这首诗的存在的确是一件罕事，可在当时奴隶社会瓦解、封建制度未兴之时，男女之性出于天然，有这首诗的存在也是可以理解的。而值得一提的是，最后一章中出现的狗，有学者认为就是所谓“礼法”的象征，怕犬吠是对礼法的正视，而不要让犬吠，就是怀春之人出于本性，对礼法的“偷渡”。如果当真如此，那这种思想和手法都是颇有深意的。不得不让人敬佩，几千年前的祖先既有写实的勇气，又有暗示的深意。

读这首诗歌同样也可以得出结论:《诗经》之所以伟大，就是因为它闪耀着人性最本真的光辉。而之所以能如此，也是因为当时的社会环境和条件给予了人自由选择的机会。此后两千多年的封建时代，就再无这样的机会了。

何彼秾矣

何彼秾矣[1]？唐棣之华[2]。
曷不肃雍[3]？王姬之车[4]。
何彼秾矣？华如桃李。
平王之孙，齐侯之子。
其钓维何？维丝伊缗[5]。
齐侯之子，平王之孙。

注释

1. **秾**（nóng）：草木茂盛的样子。
2. **唐棣**（dì）：“棠棣”，李树的一种。**华**（huā）：花。
3. **肃**：庄重。**雍**：雍容安详。
4. **王姬**：君主的女儿。
5. **伊**：作为。**缗**（mín）：钓鱼的绳线。

译文

何物繁茂那样美？乃是棠棣盛开花。
何物雍容特华贵？王女嫁车人人夸。
何物繁茂那样美？如同桃李花儿鲜。
她是平王乖孙女，他是齐侯好儿子。
需拿何物去钓鱼？合成钓绳丝线纯。
他是齐侯好儿子，她是平王好孙女。

解读

这是一首东周王室与齐侯联姻的诗歌。可具体是哪一个东周的王，和哪一个齐侯，历史上的解读却众说纷纭。有人说，“平王之孙，齐侯之子”是指一个人；也有人说这是西周早期的事；还有人说这是东周中期的事。每一种说法都能自圆其说，这或许已成为《诗经》中的一桩悬案。

但是周王室的女儿下嫁给诸侯的儿子，而且还用乐歌的形式大肆鼓吹，这说明的问题是很清楚的：那一定是周王室衰微了。在西周鼎盛时期，不是说周王室不能与诸侯联姻，而是当时的口吻一定是高高在上的，姿态一定是威仪天下的。要知道周代极其重礼法，礼数不周、高低颠倒是万万不可的。以此诗的口吻来看，周王室下嫁女儿，甚至都有一点巴结讨好的意思了，那就必然是平王东迁洛邑之后，礼崩乐坏、国力日下，只能倚仗像齐国这样的大诸侯国了。所以此诗除了表达本身的含义，也可以让我们从中窥见当时的背景和局势，周王朝已经日渐式微了。

从描写的情景来看，和前面的《樛木》比起来，同为描写婚礼的诗，这一首就明显写得沉重且带一些讥讽。虽然场面华丽，但气氛上却不够庄重和睦，也可见得早在古人那里，婚姻的幸福与否，其实更取决于两个人的品德与心意，而与身份、排面无关。

驺虞

彼茁者葭[1]，壹发五豝[2]。于嗟乎驺虞[3]！

彼茁者蓬❹，壹发五豵❺。于嗟乎驺虞！

注释

❶茁：草木初生出来壮盛的样子。葭：初生的芦苇。
❷发：射箭出去。豝（bā）：雌野猪。
❸于（xū）嗟：感叹词。驺虞（zōu yú）：指猎人。
❹蓬：蒿草。
❺豵（zōng）：小野猪。

译文

片片芦苇多繁盛，一箭射中五雌猪。嘿嘿猎人真英雄！
片片蒿草多繁盛，一箭又中五小猪。嘿嘿猎人真神勇！

解读

唐朝王维有诗称赞善射者曰："偏坐金鞍调白羽，纷纷射杀五单于。"这雄壮的诗句，可以让人联想到万箭齐发、如雨而下的战场。想到这个，男青年们应该都热血沸腾了吧！在古时，生产力极其低下，战争就是对肉搏和冷兵器的考验。而弓箭作为可以杀人的远程利器，自从被发明那刻起就脱颖而出，成为战场上的"明星"。一个善射之人，也一定是一个善战之人，《三国演义》中，黄忠以"能开三石之弓"作为未老的证据；而此诗中所讲的狩猎，一手神射同样是必备技能。这些都说明射箭在古时的重要性。

此诗说的是贵族打猎的事。王公贵族或诸侯打猎，有时并不只是玩玩而已，每处的农闲时节，贵族都要举行大猎，有的甚至在打猎之前的典礼上奏乐，这首诗就是这么来的。一则“左牵黄，右擎苍”，显示贵族威严，二则暗中操练军事，以狩猎检阅军队，后世所谓皇帝“猎于”何处就是王朝征服了何处的说法，皆是源于此时形成的传统。驺虞，就是负责王公贵族打猎的人，驺的车驾得好，虞赶猎物赶得好，王公贵族才能玩得开心。所以乐歌称颂驺虞的威风，实则称颂贵族和贵族军队的威风。这些小心思，那时候就很有一套了。但无论如何，诗中描写的场面是生动的，在草木繁茂的野外，天高云淡，猎人轻松地狩猎野猪，获得了丰厚的回报，展现了一种男子汉的淳朴的力量之美。今天我们再读，先民那种原始的生命力依然值得欣美。

柏舟

泛彼柏舟[1]，亦泛其流。
耿耿不寐[2]，如有隐忧。
微我无酒[3]，以敖以游[4]。
我心匪鉴[5]，不可以茹[6]。
亦有兄弟，不可以据[7]。
薄言往愬[8]，逢彼之怒。
我心匪石，不可转也。
我心匪席，不可卷也。
威仪棣棣[9]，不可选也[10]。
忧心悄悄[11]，愠于群小[12]。
覯闵既多[13]，受侮不少。
静言思之，寤辟有摽[14]。
日居月诸[15]，胡迭而微[16]？
心之忧矣，如匪浣衣[17]。
静言思之，不能奋飞。

注释

[1] **泛**：意思是在水面上漂浮。**柏舟**：柏木制成的小船。
[2] **耿耿**：心中忧愁不安的样子。
[3] **微**：非，无，不是。
[4] **敖**：同“遨”，出游。
[5] **鉴**：镜子。

❻ **茹**：容纳，包容。
❼ **据**：依靠。
❽ **愬**：同“诉”，告诉，倾诉。
❾ **棣棣**：雍容闲雅的样子。
❿ **选**（suàn）：通“算”，计算屈挠退让。
⓫ **悄**（qiǎo）**悄**：心里忧愁的样子。
⓬ **愠**（yùn）：心里动怒。
⓭ **觏**：遭受。**闵**：痛苦、忧伤。
⓮ **寤**：醒来。**辟**：同“僻”，意思是捶胸。**摽**：捶胸的样子。
⓯ **居**、**诸**：语气助词，没有实义。
⓰ **微**：昏暗无光。
⓱ **如匪浣衣**：就像没有洗衣服。

译　文

双手划起柏木船，船儿漂荡水中流。
心烦意乱难入眠，如同心中蓄深忧。
不是无酒来浇愁，也非不能去遨游。
我心不是照面镜，不能美丑皆兼容。
虽然亦有亲兄弟，不能前往相依托。

▶ 柏舟

横陈的柏舟顺水漂流，一树红花烂漫也随风飘散了，可心中的忧虑纷繁扰攘、乱作一团，没有地方可以安放。到了后世，中国的文人士子每每借泛舟聊以消愁，其中最有名的恐怕要属苏东坡了，“小舟从此逝，江海寄余生”正是脍炙人口的佳句。

我向他们去诉说，他们怒把我数落。
我心不是小石头，不能随便来翻转。
我心不是一张席，不能随意把它卷。
威仪端庄又娴雅，不能委屈退一边。
我心忧愁甚不安，怨怒相加是奸人。
遭受忧患多又多，蒙受侮辱也不少。
静心细细来思考，醒来拍胸气难消。
太阳月亮挂天上，为何轮番黑无光？
心中烦恼有忧伤，好像没洗脏衣裳。
静心仔细来思量，不能奋力高飞翔。

解读

《邶风》的第一篇，历来被认为是艺术水平极高的一首诗歌。从隐忧言起，再以鉴镜为喻，来表明自己的高傲人格。可是此诗的主题，历来却争议颇多。

人们大多认为此诗是主妇因在家遭到众妾排挤、失宠而作，证据是在诗的第二章，所谓“兄弟”，在《邶风》中经常拿来指丈夫。还有一种说法是用主妇被众妾排挤，形容自己在朝中被群臣排挤的状态，这种说法与战国时期屈原的《离骚》异曲同工，若果真如此，这首诗应当是《离骚》的先驱之作。种种说法不一而足，尚无定论。但无论是哪一种感情，我们从这首诗的众多比喻中，可以明确感受到的是主人公那明辨是非、坚定不屈的内心：“我心匪鉴，不可以茹。”我的心儿啊它不是镜子，任谁都可以容纳；“我心匪石，不可转也。我心匪席，不可卷也”，我的心也不是石头和席子，可以随便转动和开合，一切只因我有我的信念和坚持，这种苦闷却坚定的感情，古人表达得真是再贴切不过了。我们在生活中遇到类似的处境，不妨也这样轻轻吟唱，也许我们没有办法避开他人或世俗的目光，却可以有自由的思想和坚定的内心。

绿 衣

绿兮衣兮，绿衣黄里[1]。
心之忧矣，曷维其已[2]！
绿兮衣兮，绿衣黄裳。
心之忧矣，曷维其亡[3]！
绿兮丝兮，女所治兮[4]。
我思古人[5]，俾无訧兮[6]！
絺兮绤兮[7]，凄其以风。
我思古人，实获我心。

注释

1 里：指在里面的衣服。
2 已：止息，停止。
3 亡：用作“忘”，忘记。
4 女：同“汝”，你。治：纺织。
5 古人：故人，这里指亡故的妻子。
6 俾：使。訧（yóu）：同“尤”，过错。
7 絺（chī）：细葛布。绤（xì）：粗葛布。

译　文

绿颜色啊绿上衣，绿上衣来黄内衣。
睹物忧伤把妻思，忧思何时才能止！
绿颜色啊绿上衣，上衣绿色裙子黄。
睹物忧伤把妻思，忧思何时才能忘！
绿的颜色好细丝，你把衣裙来裁制。
心中想念我亡妻，不会使我有过失！
细葛布啊粗葛布，穿它似觉秋风凉。
心中想念我亡妻，事事称心我难忘。

解读

这是中国最早见于文字的悼亡诗。丈夫睹物思人，悼念亡妻。和很多《诗经》中的作品一样，人们对《绿衣》也有不同的看法，也许是因为这首诗太缠绵悱恻了，古人就不认为这是一首丈夫哀悼妻子的诗，而是一首美人伤怀诗，是一位在妻妾之争中失意的妻子所作，这种说法现在来看实际上是有些迂腐的。《绿衣》作为悼亡诗的鼻祖，对后世文学创作有很大的影响。《邶风》的创作地域在现在的河南一带，在《诗经》中一共有十九篇，其中不乏今天大家都熟悉的名篇，《绿衣》是《邶风》中的第二篇，也是比较有代表性的篇章。

本诗一共四章，每一章都有一种哀伤怀念的氛围。第一章，把妻子做的衣服拿起来里里外外地看，忧伤的心情可想而知。第二章，把衣服上上下下都细心看一遍，妻子活着时的一些情景难以忘掉，所以他的忧愁也是永远摆不脱的。第三章，看着衣服上的一针一线，想到每一针都隐藏着妻子对他的深切的关心和爱，进而想到妻子平时对他在一些事情上的规劝，使他避免了不少过失。这当中包含着多么深厚的感情啊！第四章，天气寒冷了，可他还穿着夏天的衣服。想到妻子活着的时候，四季换衣都是妻子为他操心，妻子去世后，自己还没有养成自己关心自己的习惯，如今，实在忍受不住萧瑟秋风的侵袭了，才自己寻找衣服，这更勾起了他失去妻子的无限悲恸。和《诗经》里的许多诗比起来，《绿衣》虽然也是分章的，但每一章却不是独立的，要把四章结合起来看，才更能体会其中的意境。

这首诗写得非常细腻。首先，前两章里的“绿衣黄里”和“绿衣黄裳”，这两层的夹衣，显然是秋天穿的，说明这首诗是在秋天写的，而第四章里“絺”和“绤”是葛布，这是夏天穿的。那么显然，秋天到了，但他还穿着夏天的衣服，觉得凉了，找出了妻子做的“绿衣”，想起妻子在的时候这些事情都不用自己操心，所以思念和悲伤便一道袭来。

我们知道，在中国古诗词中，悼亡诗有着非常重要的地位，《绿衣》为后世的悼亡词打开了一扇门，见物思人的写法由此开始。唐朝元稹有篇《悼亡词》：“衣裳已施行看尽，针线犹存未忍开。”几乎就是化用了《绿衣》的写法。再往前数，晋朝潘安也有特别有名的《悼亡三首》，“流芳未及歇，遗挂犹在壁。怅恍如或存，周惶忡惊惕。”衣服上还散发着妻子的余香，平时用的东西还挂在墙上，这一切就好像妻子还活着。古人作诗讲究“含蓄”，一般习惯于感情不外露，夫妇之情尤其如此，但是当死亡来临，天人永隔会使得心里积蓄多年的情感瞬间暴发，所以，历代的悼亡词中都不乏传世名篇。但是今天很多人对于悼亡词也有偏见，贺铸有《鹧鸪天·半死桐》：“原上草，露初晞，旧栖新垅两依依。空床卧听南窗雨，谁复挑灯夜补衣！”词中的悲凉哀思扑面而来，但很多人却认为贺铸思念亡妻只是因为妻子曾经照顾他的生活，为他操劳补衣。相较于古人，我们今天的视野实在是窄了许多，要知道，贺铸这样的人，是和辛弃疾一样，写得出“不请长缨，系取天骄种，剑吼西风”的人，如果不是真的触景生情，只怕也写不出这样缠绵悱恻的名篇。如果以这样的“小人之心”去读《绿衣》，似乎也只是因为妻子曾经照顾诗人换季更衣，才引发了一场思念，这不是太狭隘了吗？

▶ 绿衣

在树叶飘零的时节，林中那大片金黄的秋色与已故去的妻子又有什么关系呢？那件衣裳的绿色并未随着时间而褪去，正如对故去的人的思念一样郁郁纷纷。悼亡诗是中国古代诗词的重要题材，既有名句“夜来幽梦忽还乡，小轩窗，正梳妆”“料得年年肠断处，明月夜，短松冈”，也有足以与之并列不朽的“原上草，露初晞。旧栖新垅两依依。空床卧听南窗雨，谁复挑灯夜补衣”，此类诗文均与《绿衣》有异曲同工之妙。

燕燕

燕燕于飞，差池其羽[1]。
之子于归，远送于野[2]。
瞻望弗及[3]，泣涕如雨。
燕燕于飞，颉之颃之[4]。
之子于归，远于将之[5]。
瞻望弗及，伫立以泣。
燕燕于飞，下上其音[6]。
之子于归，远送于南。
瞻望弗及，实劳我心[7]。
仲氏任只[8]，其心塞渊[9]。
终温且惠[10]，淑慎其身[11]。
先君之思，以勖寡人[12]。

注释

❶ **差（cī）池**：参差，长短不齐的样子。
❷ **远送于野**：远远地送到郊野。
❸ **瞻望**：远望。**弗及**：达不到。
❹ **颉（xié）**：鸟飞向上。**颃（háng）**：鸟飞向下。
❺ **将**：送。
❻ **下上其音**：声音忽高忽低。
❼ **劳**：使操劳。
❽ **仲**：排行第二。**氏**：姓氏。**任**：姓任。**只**：语气助词，没有实义。
❾ **塞**：秉性诚实。**渊**：宽厚、博大。

⑩ 终：既。
⑪ 淑：善良。慎：小心、谨慎。
⑫ 勖（xù）：勉励。

译 文

长空燕儿双双飞，羽毛参差不整齐。
这个姑娘要出嫁，亲来送她到郊外。
倩影远逝望不见，泪落如雨思念她。
长空燕儿双双飞，扬翅相随忽上下。
这个姑娘要出嫁，前往远处来送她。
倩影远逝望不见，久立泪落思念她。
长空燕儿双双飞，上下和鸣甚凄凉。
这个姑娘要出嫁，远送南郊意凄凉。
倩影远逝望不见，我心劳苦甚忧伤。
二妹诚信能依靠，心地诚实思虑深。
她既温柔又和顺，自身善良又谨慎。
临别叮嘱勿忘君，她的劝勉记在心。

解读

在中国古代诗歌中，送别诗占了相当大的一部分。离别在中国人的心中，好像牵扯着最脆弱的那根神经，必须要倾吐出来才能后快。

而这首诗，或许就是中国最早的送别诗了。但正因为此诗年代较远，所以引起了非常多的争论，争论的焦点是：此诗到底是谁送谁？

汉代今文家和古文家各执一词，争吵不休。直至宋代，才有了一个稳定靠谱的答案：是年轻的卫国国君送妹妹远嫁时的歌唱。这种说法可以说是天衣无缝，无论是“仲氏”（哥哥排行第二），还是“先君”，无论是自称“寡人”，还是骨肉至亲难舍难分、对于妹妹远嫁陌生国度前途未卜的担忧挂念，这些诗中的说法以及情感都能一一印证，甚至连这个国度“卫国”，也与《邶风》印证上了。可唯一印证不了的，是这个卫国国君和妹妹分别是谁？这一点已无从考证。

实际上，难以考证之事太多，这也不重要了。重要的是此诗缠绵哀感，一往情深，给人以灵魂共鸣，影响深远，这就够了。《邶风》是形成于卫地的民歌，此处殷商遗老极多，所以在周王室衰微之后，此地民风索性重回殷商之风。以燕燕起兴，或许就与商朝的图腾为飞鸟一类有关。而诗的第三章所谓“下上其音”，先下后上的说法也是商代口语的遗存。不得不说，此诗独特的风格多少也归功于这独特的遗存民风。

诗中重章叠句，以燕子起兴，成双的燕子舒展着翅膀飞翔，那该是一个美好的春天，但送别之人却在郊野路旁，踮起脚尖看着亲人的身影消失在远方，泪如雨下。真让人想起江淹那句：“黯然销魂者，唯别而已矣！”即便是现代，车马邮件都快了，但每一次与亲人、友人的离别，又何尝不是这般艰难和忧伤啊。

日 月

日居月诸[1]，照临下土[2]。
乃如之人兮[3]，逝不古处[4]。
胡能有定[5]？宁不我顾[6]！
日居月诸，下土是冒[7]。
乃如之人兮，逝不相好[8]。
胡能有定？宁不我报[9]！
日居月诸，出自东方。
乃如之人兮，德音无良[10]。
胡能有定？俾也可忘[11]！
日居月诸，东方自出。
父兮母兮，畜我不卒[12]。
胡能有定？报我不述[13]！

注释

1 **居、诸**：语气助词，没有实义。
2 **下土**：在下面的地方，大地。
3 **乃如**：就像。**之人**：这样的人。
4 **逝**：语气词，没有实义。**不**：不能。**古处**：像从前那样相处。
5 **胡**：哪里、怎么。**定**：止，停止，止息。
6 **宁**：岂，难道。**顾**：顾念，顾怜。
7 **冒**：覆盖，普照。
8 **相好**：和我交好。
9 **报**：理会，搭理。

⑩ 德音：言辞动听。无良：行为不善。

⑪ 俾：使。也：助词。

⑫ 畜：养育。卒：终，到底。

⑬ 不述：指不遵循义理。

译 文

天上的太阳和月亮，光辉普照在大地上。
至于提起你这个人，不肯相处似从前。
为何德行没有定准？竟然不肯思念我！
天上的太阳和月亮，光照在四方大地上。
至于提起你这个人，不肯和我相来往。
为何德行没有定准？一心爱你没回响！
天上的太阳与月亮，升高到蓝天在东方。
至于提起你这个人，言辞动听行不端。
为何德行没有定准？使我也能把他忘！
天上的太阳和月亮，升至到东方蓝天上。
我的父亲和母亲，何不一生把我养。
何时丈夫有定准？待我无道我心伤！

解读

这是一首妻子责备丈夫不能善待自己的诗。

这类诗歌在《邶风》中出现得极多。据史书记载，邶地属卫，以前是殷商贵族聚居之地。周王朝灭商之后，为了安抚商代贵族遗老，便于管理，就允许邶地将特有的商代风俗习惯保留了下来，这里的人可以依照旧制行事。过去商代贵族作风奢靡，年轻男子经常聚众嬉戏游乐，并不把安家立业当回事，也就是说殷商之人并不像周人一样将宗法血缘关系看得比较重。所以这种习惯绵延持续，就在《邶风》中以各种各样的责夫怨妇诗的形式体现了出来。

以日月起兴，可以看出女子对男子已是痛彻心扉。所谓“天地日月，实所照临”，日月可鉴，这日子实在是没法和他再过下去了。可是在男尊女卑的时代里，纵然事实如此，又有什么办法去改变呢？其实，不论男女，如果总简单地指望对方“不变心”，终究是可悲的，最好的办法永远是自己挺起胸膛，确立对自己的信心，肯定自己的价值。俗话说，自爱者方得爱。

终　风

终风且暴[1]，顾我则笑。
谑浪笑敖[2]，中心是悼[3]。
终风且霾[4]，惠然肯来[5]。
莫往莫来，悠悠我思[6]。
终风且曀，不日有曀[7]。
寤言不寐[8]，愿言则嚏[9]。
曀曀其阴，虺虺其雷[10]。
寤言不寐，愿言则怀[11]。

注释

[1] 终……且：既……又。暴：大雨。

❷ **浪**：放荡。**敖**：同“傲”。
❸ **中心**：心中。**悼**（dào）：悲伤，痛苦。
❹ **霾**：阴霾。
❺ **惠然**：友好的样子。
❻ **悠悠**：忧思不已的样子。
❼ **不日**：没有太阳。**有**：通“又”。**曀**：天色阴沉。
❽ **寤**：醒。**言**：连词，而。
❾ **愿**：思念，想念。
❿ **虺**（huǐ）**虺**：雷声震动的样子。
⓫ **怀**：忧伤。

译　文

急风骤雨霎时起，丈夫见我笑嘻嘻。
戏谑放荡把我欺，难忘心中伤心事。
风急雨骤太张狂，丈夫佯顺到身旁。
他若不肯相来往，我又时时想起他。
风急天昏尘飞扬，霎时又见天昏昏。
醒而不眠意沉沉，愿他想我打喷嚏。
尘土飞扬天昏昏，雷声滚滚满天响。
醒而不眠意沉沉，露齿忍痛心忧伤。

解读

此诗与上一首诗一样，同样都是怨妇诗。可与上一首不同的是，这一首诗没有那样的坚决，情感的矛盾和徘徊让人生出无限的唏嘘。

此诗的比兴，以风雷作比，实际上并不是单纯形容口述者——妻子的糟糕心情或凄惨处境，很有可能还暗示了她本人的遭遇。据历代学者考证分析，此诗的女主人公是遭到了丈夫的虐待，所以才极言风雷莫测、狂风暴雨的惨厉。但令人费解的是，丈夫三心二意，毫无人性，不把她当作一个基本的人来看，想发泄时就发泄，想搭理时就“谑浪笑敖”一番，女主人公居然还心心念念地放不下他。诗中所言“寤言不寐”“悠悠我思”，像不像《关雎》中那句熟悉的“悠哉悠哉，辗转反侧”？一对情窦初开、春心难抑的情侣差不多才会如此这般，而面对虐待自己、冷落自己、剥夺自己基本尊严的丈夫，主人公居然还有这种想法，这不但在多吟夫妻矛盾的《邶风》中独一无二，在整个先秦文学中也是罕见的。在不存在三从四德、封建礼法束缚的周代，女性完全可以有其他的选择，再不济也不必如此屈就于这段破碎的感情。

这段变态的爱情作为诗歌来说属实令人难以捉摸，也不得不让人重新审视爱情观这个复杂的命题。不过无论如何，“女人心海底针”，她们往往在说话做事之前，自己都不知道自己的想法，能把自己复杂的想法直接述说出来，在当时已属不易。可是当今时代的女性是否应该引以为戒，在遇人不淑时多去坚定一下自己的原则立场呢?

击　鼓

击鼓其镗❶，踊跃用兵❷。
土国城漕❸，我独南行。
从孙子仲❹，平陈与宋❺。

不我以归，忧心有忡。
爰居爰处[6]，爰丧其马。
于以求之？于林之下。
死生契阔[7]，与子成说[8]。
执子之手，与子偕老。
于嗟阔兮[9]，不我活兮！
于嗟洵兮[10]，不我信兮[11]！

注释

1 镗（tāng）：击鼓的声音。
2 兵：刀枪等武器。
3 土国：为国家兴土功。
4 孙子仲：人名，统兵的主帅。
5 平：和好。
6 爰：语气助词，没有实义。
7 契阔：离散聚合。
8 成说：预先约定的话。
9 于嗟：感叹词。阔：远离。
10 洵：远。
11 信：守信，守约。

译文

击起战鼓咚咚响，手持武器奔沙场。
宁肯修城在都漕，随军南征不曾想。
跟随统帅孙子仲，联合盟国陈和宋。
不愿让我回卫国，致使我忧心忡忡。
军队留驻在何方，战马丢失在何乡。

何地寻找那失马？就在树林正中央。
一同生死不分离，我们早已立誓言。
拉着你的一双手，白头偕老是我愿。
哀叹你我相远离，没有缘分相会合！
哀叹你我相距远，无法坚定守信约！

解读

“执子之手，与子偕老。”这句山盟海誓、影响深远的话就出自这首诗歌，可是这首诗歌的主题并不是那轰轰烈烈的爱情，抑或是震撼人心的虐恋，而是残酷的战争。

诗歌有些时候是另一个层面的历史，是历史的另一种角度，正史的眼光无法注意的角落，诗歌往往能全面地反映出来，《诗经》尤其是这样。在采诗官广泛的采集当中，每一个阶层的心声都毫无保留地诉说在这一句句诗行里，没有一行文字不是带着真实的力量的。这首诗就是以宋、郑、陈之间的乱战为背景的，而卫国作为事不关己者，却派兵前去助宋，企图打肿脸充胖子，顺便分一杯羹，结果反而吃了败仗，卫国大臣自杀谢罪。这场战争在史料中也许只是短短几行，可是横尸百万、流血千里的战争岂是轻描淡写就能略过的呢？“兴，百姓苦。亡，百姓苦。”最底层的人民是最有发言权的，所以这首诗，就是来为正史的不全面作批注的。

所谓“春秋无义战”，卫国这种“偷鸡不成蚀把米”的行为，人民是不会买账的。所谓的忠诚，在这种无能的朝廷面前，真的不如回归自己的小家。小家里有“死生契阔，与子成说”的妻子，有温暖的炉火和田埂，可是有家难回，自己必须要去千里之外的战场，为一场毫无意义的战争献身。诗中的主人公明知败局已定，甚至连马匹都丢失了，可是仍要充当战争的牺牲者。撕心裂肺的绝望和极端的厌战情绪力透纸背，让人不禁叹惋。想起那个曾相约天长地久的妻子在家中翘首以盼，没想到上次一别竟是永别。诗的最后一章，大概就是因此而嚎啕吧！

凯风

凯风自南[1]，吹彼棘心[2]。
棘心夭夭[3]，母氏劬劳[4]。
凯风自南，吹彼棘薪。
母氏圣善，我无令人[5]。
爰有寒泉，在浚之下[6]。
有子七人，母氏劳苦。
睍睆黄鸟[7]，载好其音。
有子七人，莫慰母心。

注释

1. 凯风：催生万物的南风。
2. 棘：酸枣树。
3. 夭夭：茁壮茂盛的样子。
4. 劬（qú）：辛苦。
5. 令：善，美好。
6. 浚（jùn）：卫国的地名。
7. 睍睆（xiàn huàn）：鸟儿婉转清和的声音。

译 文

暖风由南吹过来，轻轻吹那枣树苗。
苗儿日日长得旺，老娘时时付辛劳。
暖风由南吹过来，吹得枣树成了柴。
老娘爱子甚贤明，我们个个不成材。
寒泉之水可浇苗，浚邑城下尽流淌。
一生养了七个儿，老娘至今劳苦忙。
黄莺婉转相鸣叫，尽心唱出悦耳音。
一生养了七个儿，没人安慰老娘心。

解读

这是《诗经》中一首唱给母亲的歌，但是如果我们翻阅历代的文献，就会发现对于这首诗的背景有诸多不同的说法。有人认为这是一首赞美孝子的诗，也有人说这是一首悼念母亲的诗，朱熹更敢想，他说这是一首“因为母亲不安于室，儿子用来劝谏母亲的诗”。到了近代，闻一多也有自己的看法，他说这是：“名为慰母，实为谏父”的诗，也就是说，这首诗是写给父亲看的。我们今天也许不能理解他们的解法，但是依旧可以看出作者对母亲的深情。闻一多自己有一首名作，《七子之歌》，澳门回归的时候这首歌非常红，实际上《七子之歌》是一首组诗，写了中国七个被割让、租借的地方，包括澳门、台湾等，这组诗写得力道精劲，写出离家的孩子对于母亲的孺慕之情，有浓浓的爱国情怀。《七子之歌》就是化用了《凯风》中的“有子七人”。

开篇的两章用了特别恰当的比喻，“凯风自南”，从南方吹来的风，作者把它叫作凯风。在中国诗歌中，南风是春天的风，一般被称作“熏风”“煦风”，它具有一种温暖的力量，作者在这里将它比作母亲。“棘心”，是酸枣树上的小刺或小嫩芽，似乎有种顽劣尖酸的意味，作者将它比作自己。酸枣嫩芽长得茂盛，全是因为南风的功劳，也就是因为母亲的辛劳。第三章开始，还是比喻，“爰有寒泉，在浚之下”，寒泉，顾名思义，就是冰冷的泉水，在浚这个地方。我们知道在文学作品中“寒泉”通常是母爱的代称，这里的寒泉是在形容母亲孤苦冰凉的心境，如果结合第四章来看，就会更清晰，黄鸟叫声婉转，但是却不能抚慰母亲的心，这是在自责。作者在后两章中强调，母亲有七个孩子，由此可见母亲的辛苦，也更是在强调，七个孩子却还是让母亲伤了心。

全诗的比喻都非常巧妙且贴切，每章的前两句都在写景，写春天来了，写酸枣树发芽了，写夏天有冰凉的泉水，写漂亮的黄鸟婉转歌唱，这全是现实生活中的真实场景，但后两句却反复地强调与母亲的情感，看上去这两者似乎并无关联，但实际上却毫无违和感，这种比喻用得实在是巧妙。我们发现诗中并没有提及母亲是如何辛劳养育七个孩子的，但母亲的形象却格外清晰。

《凯风》中出现的这些比喻，对后世诗歌创作有很大的影响，《古乐府》就常化用“寒泉”“长棘”这样的比喻。六朝以前，“凯风”就已经作为母爱的代名词了。今天很多人认为这首诗传扬的是“孝道”，其实更准确的说法是母子之间“深沉的爱”。我相信作者对母亲是有过埋怨的，因为诗中一直有一种自责的情绪，可以想象，一个母亲拉扯七个孩子，必然非常艰难，对待孩子们是否公平，母亲处理兄弟之间的情感是否公允等等，都有可能造成母子之间的矛盾。正是因为和母亲之间难免有小矛盾，所以作者才会自责：母亲如此辛苦，我却还不能体谅她。这才是全篇的情感基调。这种情感古今都一样，今天我们也会和母亲拌嘴，但是，这并不影响我们对母亲的爱。孟子读这首诗的时候，对他的学生说：之所以没有怨恨，是因为都是小过错。母亲可能有过这样或那样的小错误，但都不是原则问题，在伟大的母爱面前，这样的小过错，就只是调味剂而已。

雄雉

雄雉于飞[1]，泄泄其羽[2]。
我之怀矣，自诒伊阻[3]。
雄雉于飞，下上其音。
展矣君子[4]，实劳我心。
瞻彼日月，悠悠我思。
道之云远[5]，曷云能来？
百尔君子[6]，不知德行。
不忮不求[7]，何用不臧[8]？

注释

❶ 雉：野鸡。
❷ 泄（yì）泄：慢慢飞的样子。
❸ 诒（yí）：同“贻”，遗留。伊：语气助词，没有实义。阻：隔离。

❹ 展：诚实。
❺ 云：语气助词，没有实义。
❻ 百：全部，所有。
❼ 忮（zhì）：嫉妒。求：贪心。
❽ 臧：善，好。

译 文

雄性野鸡在翱翔，双翅缓缓飞远方。
我的心中把他想，独留阻隔心忧伤。
雄性野鸡在翱翔，歌声高低甚悠扬。
丈夫远行真劳苦，能不苦苦把他想。
远望太阳与月亮，思夫之情悠悠长。
道路相离太遥远，何时他能归故乡？
天下男人都一样，不知修养德和行。
不去害人不求富，想做何事能不成？

解读

此诗同样是一首妻子怨责丈夫的诗歌，内容也是因为丈夫离去，对妻子不管不顾，而妻子心心念念，责其不归。但是与《邶风》中其他同类诗不同的是，此诗中丈夫的离开并不是因为战争行役的有去无回，或者始乱终弃的一去不返，而是为了自己的“宏图大业”。

以“雄雉”起兴，也是以妻子的口吻把自己的丈夫比作“雄雉”。雄鸡是个性张扬的，它羽毛绚丽、昂首阔步、威仪天下，可是雄鸡毕竟还是鸡，有着羽毛却不能奋飞，可以鸣叫却不能惊人，昂首阔步，也无非就只能在野地里走上一走。所以妻子拿“雄雉”为喻就是讽刺自己的丈夫，明明没有本事却好高骛远，明明没有实力却要整天沉浸在虚无缥缈的幻想之中。实际上，男人所谓的一些“宏图大展”“成家立业”“功成名就”等空话，女人早已看透了，还不如回来过一过平凡的日子，把当下的生活过好。“一屋不扫，何以扫天下？”诗中的女主人公责备自己的丈夫，并不是因为丈夫没有美好的德行，或者愧对了家庭，而是因为自己的丈夫不知道务实，所谓的“不知德行”，就是说丈夫不明白生活的真谛。所以有些时候，男人在外拼搏自己的事业受挫时，不妨回头看看，也许在自己的小家中，就有一个思路更清晰的贤内助。

匏有苦叶

匏有苦叶[1]，济有深涉[2]。
深则厉[3]，浅则揭[4]。
有㳺济盈[5]，有鷕雉鸣[6]。
济盈不濡轨[7]，雉鸣求其牡。
雝雝鸣雁[8]，旭日始旦。
士如归妻，迨冰未泮[9]。
招招舟子[10]，人涉卬否[11]。
人涉卬否，卬须我友[12]。

注释

1 匏（páo）：葫芦，挖空后可以绑在人身上漂浮渡河。

❷ **济**：河的名称。**涉**：可以踏着水渡过的地方。
❸ **厉**：穿着衣服渡河。
❹ **揭**（qì）：提着衣服渡河。
❺ **弥**（mǐ）：水满的样子。
❻ **鷕**（yǎo）：雌野鸡的叫声。
❼ **濡**：被水浸湿。**轨**：大车的轴头。
❽ **雝**（yōng）**雝**：鸟和谐的叫声。
❾ **迨**（dài）：及时。**泮**（pàn）：冰已融化。
❿ **招招**：船摇动的样子。**舟子**：摇船的人。
⓫ **卬**（áng）**否**：我不愿走。卬，指我。
⓬ **友**：指爱侣。

译　文

葫芦成熟叶儿黄，济河渡口河水涨。
水深穿着衣裳过，水浅提裳将河蹚。
济河水满白茫茫，雌鸡鸣叫声啾啾。
水满未过车轴头，雄鸡鸣叫急求偶。
大雁和鸣相呼叫，朝阳初升天已亮。
哥若有情把我娶，要趁冰雪尚未化。
船夫摇桨摆渡船，有人渡河我不过。
有人渡河我不过，耐心等我情哥来。

解读

这是一首富有哲学气息的小诗，警示人们要懂得合时令而嫁娶的道理，不可操之过急。

从历代的评说到今人的见解，对此诗的误读都极多。有许多解读者认为，此诗是女性求爱不得之诗。女子在冰河之畔，等待春暖花开，心上人渡河来娶，谁知心上人迟迟不来，女子既想继续等待，又想直接渡河去见他。可是实际上这是一种误读。诗篇第一章就开宗明义，鲜明地提出了主旨：做事要把握尺度、因时制宜，不能不知深浅。第二章就更明显了，河水涨了，渡河就会濡湿车轨，雌鸡向雄鸡求偶是不合常理的。这就是明显在提示当下的人们，要合理合时地嫁娶。那么应该何时嫁娶？应该在初春之际，旭日东升的一天，冰澌溶泄，正是喜结连理的好日子。最后一章就更富有哲理了：每个人都抢着招呼艄公撑船渡河，可我却说，我要再等一等。言外之意，只有等一等，才能不错过风景和时宜，才能等来有缘人。

所以近代以来有些学者忽视此诗的哲学性和意味深长的规劝含义，仅仅认为这是一首单纯的女子求爱诗，实在颇为不妥。而此诗形象的比喻所折射出的深沉含蓄的道理，时至今日依然极为适用。婚姻大事是人生大事之一，如果不合时宜，盲从自己的欲望而草草决定，那么就有可能等不到自己的“真命天子”，也可能招致不必要的挫折和打击。

谷 风

习习谷风[1]，以阴以雨。
黾勉同心[2]，不宜有怒。
采葑采菲[3]，无以下体[4]。
德音莫违[5]，及尔同死。
行道迟迟，中心有违。

不远伊迩，薄送我畿[6]。
谁谓荼苦[7]，其甘如荠[8]。
宴尔新昏[9]，如兄如弟。
泾以渭浊[10]，湜湜其沚[11]。
宴尔新昏，不我屑以[12]。
毋逝我梁[13]，毋发我笱[14]。
我躬不阅，遑恤我后。
就其深矣，方之舟之[15]。
就其浅矣，泳之游之。
何有何亡，黾勉求之。
凡民有丧[16]，匍匐救之[17]。
不我能慉[18]，反以我为雠[19]。
既阻我德，贾用不售。
昔育恐育鞫[20]，及尔颠覆[21]。
既生既育，比予于毒[22]。
我有旨蓄[23]，亦以御冬。
宴尔新婚，以我御穷。
有洸有溃[24]，既诒我肄[25]。
不念昔者，伊余来塈[26]。

注释

1. 习习：形容大风声接连不断。谷风：山谷里来的风。
2. 黾（mǐn）勉：努力，勤奋。
3. 葑、菲：蔓菁、萝卜一类的菜。
4. 无以：不用。下体：根部。

5 德音：指夫妻间的誓言。
6 畿（jī）：门槛。
7 荼：苦菜。
8 荠：荠菜，味甜。
9 宴尔：安乐。
10 泾：泾水，其水清澈。渭：渭水，其水浑浊。
11 湜（shí）湜：水清见底的样子。沚：止，沉淀。
12 不我屑以：不愿意同我亲近。
13 梁：河中为捕鱼垒成的石堤。
14 发：打开。笱（gǒu）：捕鱼的竹笼。
15 方：用木筏渡河。舟：用船渡河。
16 丧：灾祸。
17 匍匐：爬行。这里的意思是尽力而为。
18 慉（xù）：好，爱。
19 雠（chóu）：同“仇”。
20 育恐：生活在恐惧中。育鞫（jū）：生活在贫穷中。
21 颠覆：艰难，患难。
22 毒：害人之物。
23 旨蓄：储藏的美味蔬菜。
24 洸：粗暴。溃：发怒。
25 既：尽。诒：遗留，留下。肄：辛劳。
26 伊：唯，只有。余：我。来：语气助词，没有实义。塈（jì）：爱。

译　文

山谷大风不停止，天阴下雨不放晴。
勤勉持家心向你，不该发怒不停止。
采摘蔓菁和萝卜，不要舍弃那根茎。
情语婚约莫背弃，发誓与你同死生。
走在路上慢悠悠，心里愁多不欢喜。
不求远送望近送，你只送到门槛边。
谁说荼菜苦又苦，我来品尝甜如荠。

你俩新婚多快乐，就像一对亲兄弟。
渭水入泾泾水浊，渭若静止清见底。
你俩新婚多欢乐，竟然不肯把我理。
新人莫上我鱼梁，莫开水塘里鱼篓。
自身既不被容纳，谁还顾到我后代。
走向深深大水中，可以坐筏到对岸。
走进浅浅小水中，可以游泳至对面。
东西无论有没有，我都努力来搜求。
大凡邻居有祸殃，我都竭力补救全。
你竟不肯把我爱，视同仇人来相待。
我的挚爱你拒绝，就像卖货难甩开。
从前有病又穷困，同你艰难日月挨。
待到生儿和育女，视我如毒抛门外。
我有一些储藏菜，冬天缺菜端上来。
你们新婚多欢快，防御穷困把我派。
暴怒异常把我待，苦累活儿我担待。
丝毫不想往日情，那时忠诚又相爱。

解读

此诗与《邶风》中许多诗歌一样，也是一篇弃妇的哀怨诗，但此诗其实哀而不怨，侧面体现了弃妇的软弱和无奈。此诗截取的时间节点颇有特色，在一场阴雨和大风过后，丈夫终于始乱终弃、迎娶新欢，继而把自己逐出门外，自己眼睁睁看着丈夫公然和新欢作乐。这种择取片段、牵扯回忆的写作手法新颖独特，令人眼前一亮。

从主人公回忆的内容，我们可以看到这原本是个幸福的家庭，夫妻俩原本一无所有，两人白手起家，患难与共。这一点从人们向来忽略的第四章中就有体现：水深了，我们就划船过；水浅了，我们就游泳过。就连邻家有难，我们也扶持他们一起努力走过来。这不就是述说曾经那些苦中有甜、筚路蓝缕的生活吗？可是急转直下的第五章就暴露了丈夫的本性，他抛弃了糟糠之妻。

可是自始至终，女子对丈夫都是哀而不怨，她矛头和发泄点好像都是在指责那个介入的第三者，没有太过批判自己丈夫的行为。而诗中反复强调自己没有过错、遵从女德的行为，又显出了那个时代女子的无助和心酸。她只能依靠一遍遍重申自己遵守妇道，来博得世人和丈夫的同情，这好像是她唯一的筹码，除此之外再无办法。可是她自己也知道，女德是男人所定，社会是男权社会，她这一点委屈又有谁会当回事呢？对那时的妇女来说，婚姻关系唯一的保障就是买你的“买主”是否有德行，这种现在看来荒谬不堪的话，却正是当时社会的写照。古典爱情有浪漫纯情的一面，也有如此残酷的一面，总之，男女双方的感情和付出常常是不对等的。对追求精神独立的现代人而言，爱情和婚姻，都应当是以平等和忠诚为基础的，绝不应将自己的幸福和命运，完全寄托在另一个人身上。

式微

式微式微❶，胡不归❷？
微君之故❸，胡为乎中露❹？

式微式微，胡不归？
微君之躬[5]，胡为乎泥中？

注释

❶ 式：语气助词，没有实义。微：幽暗不明。
❷ 胡：为什么。
❸ 微：非，不是。故：为了某事。
❹ 中露：露中，露水之中。
❺ 躬：本身、自己。

译文

天已黑啊天已黑，为何不能把家还？
若是不为君王事，何须奔波沾露水？
天已黑啊天已黑，为何不能把家还？
若非供养君王他，何须忙碌沾泥水？

解读

《式微》在《诗经》中属于篇幅比较短，但影响比较大的一类诗歌。它是一首描写小人物生活的诗，充斥着一种无奈和牢骚。“式微”，在这首诗中的含义是“天色渐暗”，或者“天黑了”，但是，在中国古诗词中，“式微”的意象是“归隐”。两者之间似乎没有直接的联系，探其根源，就不得不说《毛诗序》对本诗的另一种解释了，它认为这是一首劝归的诗，是臣子在劝王侯归国的。因为《毛诗序》这本书作为儒家经典，对后世解读《诗经》还是有着非常大的影响的，所以“式微”就从“天黑了”，变成了“去归隐”，善写田园诗的王维有：“即此羡闲逸，怅然吟式微。”

《式微》篇幅很短，共三十二个字。一共两章，但每一章都在换韵，从三言，到四言，再到五言，所以给人一种特别紧凑的感觉。开头就在问：天黑了，为什么还不回家？“胡不归”中的“胡”是为什么，后两句回答了这个问题：要不是为了服务君主，怎么还会泡在露水中！第二章和第一章几乎相同，要不是为了服务君主，怎么还会泡在泥沼中！这样的句式给人一种对话感，似乎一方在提问，另一方用反问在回答。但如果读过两遍之后，就会觉得这并不是在一问一答，而是在自问自答，似乎心中早有答案，却在故意设问，于是，也就多了一种讽刺的意味。

在一些文章中，《式微》也被解读为一首情诗，如果按照字面的意思，的确也可以理解为一个丈夫看见妻子站在雨露中：天黑了，你怎么还不回家？要不是为了等你，我何至于在这里风吹雨淋。这看似是一种埋怨，实则也是一种情感的表达，有一点“为谁风露立中宵”的意味。这样解释似乎也是通顺的，但是，如果从更大的时代背景上看，这更像是一个小人物的命运之歌。

如果用我们今天的语言来概括《式微》，一句话就够了：天黑了，但我还在加班。这也是现代人的常态，毕竟绝大部分人都不能摆脱辛苦工作的命运。在网络上很多人自嘲为“社畜”，以此来表示自己在社会竞争中的无力和不满。我们看历史书，经常会觉得小人物的命运不被重视，所有来自底层的呼喊好像都被湮没在历史的洪流中，但其实有很多像《式微》这样的小人物的呼喊都被保留在《诗经》中，《小星》《式微》《北风》都是底民小人物的呼喊。所以，加班并非是今天才有的，它在两千多年前，就已经存在了。

旄丘

旄丘之葛兮[1]，何诞之节兮[2]？
叔兮伯[3]兮，何多日也？
何其处也？必有与也[4]。
何其久也？必有以也[5]。
狐裘蒙戎[6]，匪车不东。
叔兮伯兮，靡所与同[7]。
琐兮尾兮[8]，流离之子[9]。
叔兮伯兮，褎如充耳[10]。

注释

❶ 旄（máo）丘：前高后低的土山。
❷ 何诞之节兮：它的枝节为什么那么长？何，为什么。诞，长。
❸ 叔：同辈中的年少者。伯：同辈中的年长者。
❹ 必有与也：想必有新欢。
❺ 以：原因、蹊跷。
❻ 蒙戎：纷乱之状。
❼ 靡：没有谁。同：在一起。
❽ 琐、尾：年轻、漂亮的样子。
❾ 流离：黄莺。
❿ 褎（yòu）：美盛的样子。充耳：把耳朵塞住。

译　文

葛藤生于高丘上，为何藤蔓悠悠长？
我的小弟和大哥，为何久不回故乡？
为何安居不出门？你们必然有新欢。
为何许久不回还？必定有因在其中。
身穿狐裘毛茸茸，你们行车不往东。
我的小弟和大哥，咱们所思不相同。
既年轻来又漂亮，小小黄莺令人爱。
我的小弟和大哥，服饰美盛塞住耳。

解读

这是一首关于希望得到同姓贵族的救助却最终感到失望的诗歌。西周末期，战乱频仍，民不聊生，许多底层贵族也保证不了自身的安全，流离失所如丧家之犬，这时他们只能寄希望于同姓贵族，毕竟西周朝廷尚在，所谓宗法制的血缘也尚在。当时和平年代，言笑晏晏，称兄道弟，有福同享，现在战争年代，你难道就视而不见了吗？可是事实真是如此。这首诗就是以此为背景的。

诗篇中一声声叔伯，叫得何等亲切，而事实的答复却何等凄凉，最后一章的充耳不闻颇为生动形象，使人心领神会，对贵族之间的“塑料情谊”做了彻底的批判。据历代学者考证，这首诗的背景就是黎国向卫国求救，卫国袖手旁观，没有救助。要知道国与国之间没有永远的朋友，只有永远的利益，古今亦然。卫穆公曾经有过救人不成反受其害的经历，这在之前的《击鼓》之中有提到。这次卫国没有救助黎国，又落下了骂名，总之左右都是卫国不讨好。这首诗也从侧面反映了周朝末期王室衰微、礼崩乐坏，所谓的宗法血缘已逐渐分崩离析。

世态炎凉，古今所同，这是最稀松平常之事。身处逆境时也往往能看清人情冷暖，即便是亲人，也未必能事事护你周全，何况如这首诗中的对方也不算是自己的亲人。现代社会人与人之间的连接感愈发脆弱，这种情况更是常见。或许它也在启发我们："己不自振，人又何咎？"

简兮

简兮简兮❶，方将万舞❷。
日之方中❸，在前上处❹。
硕人俣俣❺，公庭万舞❻。
有力如虎，执辔如组❼。
左手执籥❽，右手秉翟❾。
赫如渥赭❿，公言锡爵⓫。
山有榛⓬，隰有苓⓭。
云谁之思⓮，西方美人⓯。
彼美人兮，西方之人兮。

注释

❶ **简**：鼓声。
❷ **方将**：将要。**万舞**：一种大规模的舞蹈，分为文舞、武舞两部分。
❸ **方中**：正中。

❹ **在前上处**：在行列前方。
❺ **硕人**：身材高大魁梧的人。**俣（yǔ）俣**：大而美的样子。
❻ **公庭**：国君朝堂之庭。
❼ **辔（pèi）**：马缰绳。**组**：用丝织成的宽带子。
❽ **籥（yuè）**：古时一种乐器的名称。
❾ **秉**：持。**翟**：野鸡尾巴的毛。
❿ **赫**：红色。**渥（wò）**：厚。**赭（zhě）**：红褐色的土。
⓫ **公**：指卫国国君。**锡**：赐。**爵**：古时的酒器。
⓬ **榛**：树名，一种落叶乔木，果仁可食。
⓭ **隰（xí）**：低湿的地方。**苓**：药名。
⓮ **云**：语气词，没有实义。
⓯ **西方美人**：指舞师。

译　文

敲起鼓来咚咚响，万舞演员来登场。
正午太阳当空照，舞师领队在前方。
舞师高大又魁梧，公庭之上演万舞。
他的力大似猛虎，手握缰绳像丝组。
左手拿着笛子吹，右手雉尾尽情扬。
脸庞红光像染色，卫君命令把酒赏。
山上处处生榛树，低湿之地苓草长。
我的心里思念谁，西方美人生得棒。
那个美人令我想，他是西方好儿郎。

解读

这是一首风格独特的诗歌，主题是表达对一个舞师身世的感慨。

关于此诗的主题，人们普遍认为这是一首爱情诗。此诗以一个卫国女子的口吻，述说自己在观看男舞师英姿飒爽的舞蹈之后芳心暗许的心情。这种说法的根据是诗的最后一章，“山有榛，隰有苓”，这句突然的景物起兴含蓄而暧昧，而后盛赞“美人”风姿，让人不得不想到爱情。可是在卫国的宫廷，举办一次盛大的宫廷舞蹈，一个普通的宫女有多大可能能够清晰地观看到全景呢？况且还要了解到舞师的全部身世，最后坠入爱河，爱上舞师？这多少有点偶像剧看多了脱离现实的感觉。要知道等级地位相差甚远，一个女儿家怎么可能在大雅之堂上与舞师如此这般，就算真的如此，那诗歌以女子口吻叙述，非要多次强调舞师的身份干什么呢？所以“爱情说”是经不住考证的。

实际上，诗中反复强调舞师来自“西方”，就是在暗示西周的朝廷。来自天子朝中的舞师，又是“美人”，又是“硕人”，想必也是人中龙凤，人上之人了吧！可是如今，他却只能沦落到卫国，被这小国的国君赐一杯酒。诗歌将西周朝廷与卫国这个小诸侯国两相对比，用舞师的经历来表达周王室礼崩乐坏、已经连诸侯国的权威都比不上的现状，这才是诗歌的本来目的。不过抛却对主题的研究，我们现代人品读这首诗歌的文字，也大可带着审美的目的，感受诗中对领舞者风姿的描摹。尤其是最后一段的“山有榛，隰有苓。云谁之思，西方美人。”以树喻对方，以草喻旁观者，思念悄悄蔓延，是多么贴切啊。

泉水

毖彼泉水[1]，亦流于淇[2]。
有怀于卫，靡日不思[3]。
娈彼诸姬[4]，聊与之谋。

出宿于泲[5]，饮饯于祢[6]。
女子有行[7]，远父母兄弟。
问我诸姑，遂及伯姊[8]。

出宿于干[9]，饮饯于言[10]。
载脂载辖[11]，还车言迈[12]。
遄臻于卫[13]，不瑕有害[14]。

我思肥泉[15]，兹之永叹[16]。
思须与漕[17]，我心悠悠。
驾言出游，以写我忧[18]。

注释

1. 毖（bì）：泉水流淌的样子。
2. 淇：河的名称。
3. 靡：无。
4. 娈：美好的样子。诸姬：随嫁的姬姓女子。
5. 泲（jǐ）：地名，即济水。
6. 饯：饯行。祢（nǐ）：地名。
7. 有行（xíng）：出嫁。
8. 伯姊：大姐。
9. 干：地名。

⑩**言**：地名。
⑪**脂**：涂在车轴上的油脂。
⑫**还车**：掉转车头。**迈**：行。
⑬**遄**（chuán）：迅速。**臻**：至，到达。
⑭**瑕**：瑕，通“胡”。
⑮**肥泉**：卫国的水名。
⑯**兹**：滋，更加。
⑰**须、漕**：都是卫国地名。
⑱**写**（xiè）：宣泄。

译　文

泉水湍急在流淌，流进淇河浩荡荡。
怀念卫国欲回家，没有一日不曾念。
美丽姬家女亲眷，且与她们来相商。
出嫁头宿住济水，饮酒饯行在祢邑。
女子一旦要成婚，远离父母与兄弟。
问候我的姑姑们，还向大姐表心意。
归家投宿住干邑，饮酒饯行在言地。
油脂涂车安好轴，我回娘家车头转。
赶紧回到卫国去，又有什么妨害呢。
我心思念那肥泉，日益长叹心烦忧。
还有须地与漕邑，心中常常来思念。
驾起车儿去游玩，借以消忧寻心欢。

解读

这是一首表达卫女思念母国的诗篇，相传是春秋时期的女诗人许穆夫人所作。众所周知，“诗三百”大多作者为佚名，都是采诗官广泛采集来的民间诗歌。可为什么有许多人认为此诗作者是许穆夫人呢？原来此诗与许穆夫人的经历十分相似：许穆夫人是卫国嫁到许国的夫人，公元前 660 年，卫国被北狄侵犯，许穆夫人归心似箭，想回归母国，而许国卿大夫极力反对，所以引起了非常大的争执。因为周代各诸侯国有大量联姻现象存在，也就有大量心系母国的各邦夫人，此事一起，各邦夫人听闻，都有怨言生出，这首诗就是因此产生的。诗中所提到的“干”“言”等词，并不只提及某一位夫人或一个事件，而是把视角拉远，全面深刻地反映这个现实。

所以无论这首诗究竟是否出自“首位爱国女诗人”许穆夫人之手，都有其难能可贵之处。作者于屈原之前，就提出了心忧母国这种理念。身处异国，被母国当作权衡利弊的牺牲品而远嫁，在异地想必也过不了什么自由美好的日子，可是当母国遭难，生灵涂炭之时，女主人公首先还是想回归自己的母国。念兹在兹，这种第一反应不由得让人肃然起敬。其实，无论在哪个年代，乡愁都是共通的，家乡或许不够富饶，却让人永远魂牵梦绕，只因生于斯、长于斯的那段童年记忆，早已铭刻在心灵深处。离家之后，方知家园的可贵。所以，诗中那位女子欲归而不得，以致设想归宁路途中的场景，又因幻想落空而心怀郁郁。下一次有空，让我们别再延宕归家的脚步，平日里，也别吝惜对家人的爱的表达。

北　门

出自北门，忧心殷殷[1]。
终窭且贫[2]，莫知我艰。
已焉哉！天实为之，谓之何哉！
王事适我[3]，政事一埤益我[4]。
我入自外，室人交遍谪我[5]。
已焉哉！天实为之，谓之何哉！
王事敦我[6]，政事一埤遗我。
我入自外，室人交遍摧我[7]。
已焉哉！天实为之，谓之何哉！

注释

1. **殷殷**：忧伤的样子。
2. **窭**（jù）：贫寒。
3. **王事**：王室的差事。**适**：掷，扔。
4. **一**：完全。**埤**（pí）**益**：增加。
5. **交**：普遍。**谪**：责备。
6. **敦**（duī）：投掷。
7. **摧**：讽刺，嘲讽。

译　文

我由北门走出来，满怀忧伤无可言。
我家生活太贫困，有谁知道这艰难。

算了吧！上天如此来安排，我们完全无奈何！

君王之事抛给我，政事全部交给我。

我从外面回家来，家人一起责备我。

算了吧！上天如此来安排，我们完全无奈何！

君王之事逼我做，政事全部交与我。

我从外面回家来，家人全部讽刺我。

算了吧！上天如此来安排，我们完全无奈何！

解读

这是一首十分有趣的小诗，在《诗经》中，读起来如此诙谐有趣的诗并不多见。与此诗主题相同的、为小吏鸣不平的诗歌倒是有不少，但是此诗显然意不在此，只是单纯表现官场小人物对生活的牢骚而已。

此诗用“牢骚满腹”来形容是毫不为过的。为什么牢骚满腹呢？因为穷困。万恶因为穷，经济是一切的根本和原动力，小吏穷得连饱暖都做不到，幸福感当然低了，抱怨自然就多了。第二就是他自己的原因了。俗话说：一切倒霉都是因为抱怨过多。抱怨自己倒霉，那人生只会越来越消极，人际圈也会越来越差。这位小吏在官场中人缘差，回家也没人尊重他，为人窝囊受气，两头不舒心。诗中的“交遍”，就是说他身边的所有人都轮番欺负他，这日子没法过了。但是受气也没办法出气，自己本身性格如此，所以只能在每一章的最后一句“怨天尤人”了。

《诗经》是三教九流的万花筒，每一个人的心情境遇和生活遭遇都会在此展开。这样的小人物的心情，想必今日的上班族也颇有体验：工作压力大，薪资待遇差，家中上有老、下有小。可是再大的苦难都是人生走向成熟的一部分，与其怨天尤人，何不昂首挺胸，改变自己，做一个“大人物”呢?

北风

北风其凉[1]，雨雪其雱[2]。
惠而好我[3]，携手同行。
其虚其邪[4]？既亟只且[5]！
北风其喈[6]，雨雪其霏[7]。
惠而好我，携手同归。
其虚其邪？既亟只且！
莫赤匪狐[8]，莫黑匪乌。
惠而好我，携手同车。
其虚其邪？既亟只且！

注释

❶凉：冰冷刺骨。
❷雱（pāng）：雪大的样子。
❸惠：依赖、信任。
❹虚、邪：舒缓的样子。
❺亟：急。只且：语气词。
❻喈（jiē）：快的样子。
❼霏：雨雪纷飞。
❽匪（fěi）：同“非”，不。

译 文

北风吹啊天气凉，雪花满天纷扬扬。
喜欢我的人儿呀，携手同行远逃亡。
欲逃切勿慢悠悠？形势危急甚紧张！
北风吹来呼呼响，大雪漫天纷扬扬。
喜欢我的人儿呀，携手同归到他乡。
欲逃切勿慢悠悠？形势危急甚慌张！
天下狐狸一般赤，天下乌鸦一般黑。
喜欢我的人儿呀，携手逃奔不须归。
欲逃切勿慢悠悠？形势危急甚紧张！

解读

算上此篇，《邶风》中已经有四首以“风”为题的诗歌了。风作为一种自然现象，经常拿来比喻人的心境。暖风如“凯风”，能使人感受到母爱般的温暖；狂风如“终风”，夹杂暴雨，让人感受到夫妻琴瑟失调的烦乱。这首《北风》，就是以冬天的风起兴的，同样是凛冽的罡风，而且夹杂着冰雪，表达的是被丈夫虐待之后的哀怨之情。

曾有人认为此诗是描写百姓携手出逃的，这种说法以《毛诗序》为根据，说因为卫国国君暴虐，致使百姓团结起来，携手出逃。这种说法颇显幼稚而证据不足，诗中所谓“莫赤匪狐”等语也难以解释。只要是狐狸一定是赤色的，只要是乌鸦一定是黑色的，这明明是一个失望之人对伤害自己之人的一个定性，虽然骂得有一点绝对，可是与女人骂男人那句“只要是男人都会变心”的感觉是不是很像呢？曾经待我“携手同车”，其实是“其虚其邪”，都是骗人的，这不就是一个弃妇所言吗？而所谓北风雨雪，就都是女主人公寒心的写照了。

有许多近现代学者并不愿意深究《诗经》，逐字逐句分析其中的奥义，不是盲从封建腐儒的偏差理解（比如《毛诗序》），就是一遇含蓄温婉的诗句就将其主题往爱情上靠拢。殊不知许多典故都是要推敲的，许多真相也是需要经过历史的考证的。今人研究《诗经》更要设身处地去分析主人公的真实情绪，产生独立的见解，而不能盲从他人的想法，人云亦云。

不管主题如何，这首诗中以北风和雨雪营造的悲惨气氛都是让人悚然心惊的，也给后世诗人带来很大的艺术影响。鲍照的拟作《代北风凉行》开头便是：“北风凉，雨雪雱”，以凄冷迷茫的背景描写一位独守空房的悲伤少妇；大诗人李白的《北风行》也借此描写了一位思妇在战争年代的悲惨遭遇和苦闷心情。女子是温柔的象征，但她们的内心和情感却往往是坚定而暴烈的，拥有北风般的力量，古代如此，今天更是如此。

静女

静女其姝[1]，俟我于城隅[2]。
爱而不见[3]，搔首踟蹰[4]。
静女其娈，贻我彤管[5]。
彤管有炜[6]，说怿女美[7]。

自牧归荑[8]，洵美且异[9]。
匪女之为美，美人之贻。

注释

❶ 静：娴雅贞洁。姝：美好的样子。
❷ 城隅：城角。
❸ 爱：隐藏。
❹ 踟蹰（chí chú）：心思不定，徘徊不前。
❺ 贻（yí）：赠。彤管：指红管草。
❻ 炜：红色的光彩。
❼ 说怿（yuè yì）：喜悦。
❽ 归：赠送。荑（tí）：一种香草，男女相赠表示结下爱情。
❾ 洵：信，实在。异：奇特，别致。

译　文

娴静姑娘真艳丽，久立城角等我来。
姑娘藏身不露面，心急挠头我徘徊。
娴静姑娘真娇美，赠我彤管表深情。
彤管美丽有光泽，爱它美艳特真诚。
郊外归来赠荑草，荑草美丽惹人爱。
不是荑草它美丽，因为是那美人赠。

解读

这是《诗经》里的一首爱情诗。古人封建保守，把这首活脱脱的爱情诗拼命拔高，拔高到道德说教上去了，一首爱情诗被当作政治品德课来学习，这种对诗的解释是很过分的。以致到了宋朝，大文化人欧阳修看不下去了，他明确地说，这就是一首写男欢女爱的诗，表现了春秋时代的社会现象，那个时代的年轻男女表达起来就是这么直截了当。

这首诗是情人视角，情人眼里出西施，在这个情人眼里，他热恋的姑娘文静、美好、又聪明。诗分三章，第一章，他热爱的姑娘约他在城墙的角落里相会，还故意考验他让他等待，让他抓耳挠腮，用诗中的话叫“搔首踟蹰”。第二章，他热爱的姑娘真是娇艳，姑娘送了他一束美丽的红管草，像姑娘一样有光彩。第三章，他热爱的姑娘从郊外采来了荑草，这个礼物更珍贵了，因为当时的人都心知肚明，荑草是象征婚姻的，姑娘这是明确表示愿意嫁给他。

就这么三章，非常简单，但一唱三叹，让我们读来有一种为诗中男女感动的感觉，尤其第一章是有铺垫的，等待的过程就是考验人的过程，约会中的男生女生都是在受折磨、煎熬，他会猜测，会怀疑，怀疑时间错了、怀疑地方错了、怀疑对方有事了、怀疑对方变卦了……这个等待等来了美好的结果：姑娘不仅出现了，还送了他礼物，更重要的是，姑娘表达了以身相许的心意。

这个去约会的男生通过了女生的考验，我们读这首诗，感觉他既骄傲又感恩于他爱恋的姑娘。他用了几个词来称赞姑娘，比如一个是“静女其姝”，一个是“静女其娈”，第一个“姝”字是美好的意思，属于静态的范畴，第二个“娈”字是娇艳的意思，属于动态的、鲜活的东西。因为他爱这个姑娘，所以这个姑娘送他的东西都有了光彩，而且他最后说，他完全理解也感恩地接受了姑娘的心意。我们读这样的诗，会觉得他们和他们的约会都很单纯，我们愿意祝福这对有情人能成为眷属。相比较而言，我们今天的恋爱太物质了，网友们说起约会，总是感叹要么是开房要么是开饭，总之是用钱解决问题。对比这首诗，我们今天缺少了某种纯情的东西，缺少男女双方心智的碰撞和精神层面的新生。比如男生们抓耳挠腮，就是诗中说的搔首踟蹰，这样的情景已经非常少见了。但我愿意相信，我们读《静女》这首诗，依然能感觉到真正的爱情一直都是存在的。

新　台

新台有泚❶，河水浼浼❷。
燕婉之求❸，籧篨不鲜❹。
新台有洒❺，河水浼浼❻。
燕婉之求，籧篨不殄❼。
鱼网之设❽，鸿则离之❾。
燕婉之求，得此戚施❿。

注释

❶ 泚（cǐ）：鲜明的样子。
❷ 浼（mǐ）浼：水满的样子。
❸ 燕婉：高尚、美好。求：同“逑”，伴侣。
❹ 籧篨（qú chú）：长着鸡胸的丑八怪。鲜：鲜艳、漂亮。
❺ 洒：高大气派。
❻ 浼（měi）浼：碧波荡漾。
❼ 殄（tiǎn）：和善。
❽ 鱼网之设：宾语前置句，即设置渔网。
❾ 鸿：蛤蟆。离：碰到，撞进。之：指代渔网。
❿ 戚施：驼背的人。

译 文

新台新鲜又气派，河水满溢波荡漾。
想嫁和顺好男子，鸡胸驼背不俊朗。
新台新鲜而气派，河水之上水茫茫。
想嫁和顺好男子，鸡胸驼背不和善。
撒下渔网要捕鱼，不料蛤蟆钻进网。
想嫁和顺好男子，驼背病人成新郎。

解读

此诗是一首讽刺诗，讽刺的对象是卫宣公。卫宣公为自己的儿子在齐国谋了一门亲事，但是等新媳妇进门，发现新媳妇竟如此美貌，于是据为己有。把儿媳妇纳为妾后，卫宣公不但不知廉耻，反而堂而皇之地在卫、齐两国交界筑了一座新台，用来取悦新人。如此恬不知耻，卫国的百姓一传十、十传百，纷纷痛斥他的行为，便有了这首诗。

此诗就以卫宣公所筑的新台作起兴，属于写实，也是直言不讳，开门见山，就是奔着痛斥卫宣公而去的。诗中形容新台的雄伟，是为描写卫宣公的丑恶作铺垫。

诗歌以新妇的口吻来表达自己委身嫁给卫宣公的委屈，实际上新妇到底是否做此感想不得而知，卫宣公是否真如诗中所言“蘧篨不鲜”、身有残疾等等，也未可知，但是诗篇中所充盈的，就是人民对这位年轻姑娘遭遇的不平和对卫宣公无耻行为的愤懑。在那个女子沦为男权社会玩物的时代，无论这个新妇怎么想，她都是那个无能为力的受害者，无法发出一言，人民深知如此，只好用自己之口，来为她表达群众的心声。这也许就是“风”诗的力量吧。

二子乘舟

二子乘舟，泛泛其景[1]。
愿言思子[2]，中心养养[3]。
二子乘舟，泛泛其逝[4]。
愿言思子，不瑕有害[5]。

注释

[1] 泛泛：船在水中行走的样子。景：同“憬”，远行的样子。
[2] 愿：思念的样子。言：语气助词，没有实义。
[3] 中心：心中。养养：忧愁不定的样子。
[4] 逝：往。
[5] 不瑕（hú）：该不会。

译　文

兄弟两人乘小船，漂漂荡荡走远方。
深深怀念把他想，心中不安很忧伤。
兄弟两人乘小船，漂漂荡荡奔远方。
深深怀念把他想，不至遭遇那祸殃。

解读

此诗乍一看，是一首朴实无华、清新淡然的水畔送别诗，读起来有一种淡淡的忧伤。可是由于此诗属于《邶风》，上一首诗又是痛斥卫宣公淫乱无道的，这就很难不让人把此诗与卫国的历史联系起来。汉朝刘向考证，认为此诗的“二子”是卫宣公的儿子伋与寿，伋是他前妻所生，寿和朔是他后妻所生。朔就是下一任君主卫惠公，他和自己的生母一起谋害伋，准备在其乘船时在船上动手脚，致其淹死。寿听说了这种事，就和伋一起乘船，帮助伋涉险过关。“二子同舟”就是这两个人同船，在水边担心的就是伋的生母。

实际上，刘向所说到底是否准确，后人也见仁见智。但刘向起码能自圆其说，所以也是一种比较可信的说法。

此诗清新淡然，二子同舟，母在岸远望，所谓“儿行千里母担忧”，望着船漂漂荡荡，母亲的心也上下浮沉。以后的日子，我的两个儿子不会有什么危险吧？直白朴素的问话蕴含着深沉的母子之情，心随船行的艺术手法也颇为引人共鸣。

“父母在，不远游。”今日出行比那个时代已经便利许多，但是父母牵挂儿女的心却一如既往。即便真的在外闯荡出了一番事业，也还是要多回家陪陪父母，毕竟他们的心，一直跟随在我们的身上。

柏舟

泛彼柏舟，在彼中河[1]。
髧彼两髦[2]，实维我仪[3]。
之死矢靡它[4]。
母也天只[5]，不谅人只[6]！
泛彼柏舟，在彼河侧。
髧彼两髦，实维我特[7]。
之死矢靡慝[8]。
母也天只，不谅人只！

注释

1 中河：河中。
2 髧（dàn）：头发下垂的样子。两髦（máo）：古时未成年男子的发式，头发向两边分流。
3 实：是。维：为。仪：配偶。
4 之：到。矢：誓。靡：无。
5 也、只：语气词，没有实义。
6 谅：相信。
7 特：配偶。
8 慝（tè）：改变，变心。

译文

双手划动柏木船，河中自由来漂荡。

两髦下垂好儿郎，他是我的好对象。
死不移情把他想。
啊呀母亲和老天，不肯体谅我衷肠！
双手划动柏木船，自由漂荡河那边。
两髦下垂好儿郎，是我未来新郎官。
死不变心把他恋。
高喊母亲和苍天，不肯体谅我心愿！

解读

近现代学者认为，此诗是单纯的一首女子反抗“父母之命，媒妁之言”的诗。女子表露心声，就是要追求心上人，至死不渝。这种说法并没有根据，是单纯取字面意义的一种误读。实际上这是一首表达贞洁烈女心声的诗。

此诗表达的乃是丈夫英年早逝，父母劝媳妇改嫁，媳妇说自己对亡夫的爱至死不渝，不能移情别恋。古代父母之命和世俗眼光是极其严苛的，尤其是在周代，对婚姻大事是极其重视的。如果真的是一介女流违抗父母之命，呼天喊地要和自己心仪者结婚，哪怕周代对女性的要求没有后世的封建社会那样严苛，恐怕世俗的偏见也会让这个女子难以生存。在《周南》之中就有多篇在婚前教育女子恪守妇道的诗歌，可以明显看出，古代对女子终身大事的安排步步皆有规定。如果女子抗命不遵，自己就有婚姻自由的觉悟，那岂不是与当代的《小二黑结婚》一样了？几千年前的女子恐怕没有这个超前意识。

在今天这个情感速食化的时代，对爱情忠贞不渝、需要以生命去捍卫，似乎是一件不理智的事情，但诗中的这位女子倒叫我们震撼，面对亲人的要求，她呼天唤地，痛诉：“为何不能体谅我呀！”无论是爱情或是其他，其实最重要的就是坚定自己的内心，懂得什么才是自己愿意为之不懈坚持的。

墙有茨

墙有茨[1]，不可扫也[2]。
中冓之言[3]，不可道也。
所可道也，言之丑也。
墙有茨，不可襄也[4]。
中冓之言，不可详也[5]。
所可详也，言之长也。
墙有茨，不可束也[6]。
中冓之言，不可读也[7]。
所可读也，言之辱也[8]。

注释

1 茨（cí）：蒺藜，草本植物，果实有刺。
2 扫：除去。
3 中冓（gòu）：宫室内部。
4 襄：消除。
5 详：详细讲述。
6 束：捆扎。
7 读：宣扬。
8 辱：羞辱，耻辱。

译　文

墙头上面长蒺藜，不能把它尽扫除。
宫廷里面私房话，不能把它尽说完。
如果能够说出来，那话丑陋太粗俗。
墙头上面长蒺藜，不能将它全消除。
宫廷里面私房话，不能详细来张扬。
如果能够详尽说，那话一定要很长。
墙头上面长蒺藜，不能捆起一扫光。
宫廷里面私房话，不能反复来张扬。
如果能够反复说，定感羞辱使人伤。

解读

《墙有茨》是一首与宫廷“八卦”有关的讽刺诗。在全世界范围内，谣言——“八卦”，是传播最快的东西。法国有位学者，曾经写过一本书《谣言：世界最古老的传媒》，光看这个书名就让人浮想联翩了。不可否认人人都有一颗“八卦”的心，无论是古人，还是我们。《墙有茨》中的这则“八卦”，是关于一个叫宣姜的女人和她的庶子的，用现代语言描述，这叫作“不伦之恋”。在崇尚礼乐治世的周朝，这样的事情简直就是无以言表，丑恶到说都不能说，说了都会觉得脏了嘴。另外一点，我们知道，“卫风”是卫地的诗，卫地是殷商的旧地，商朝和周朝的婚俗是不同的，所以，宣姜嫁给庶子这件事儿，在周人眼里不可容忍，但在卫地，这就是习以为常的事儿。说到底，这是一则周人眼中的宫廷“八卦”。

本诗是三段重章叠唱的形式，每一段都以“墙有茨”

开头。茨，是蒺藜，一种有刺的草本植物，因为有刺，所以扫它就容易扎手。三段开头都是同一个意思，用蒺藜打比方，比喻宫廷中的传言不能说。不能说的原因，是因为这个事情太丢人了。因为这是“中冓之言”，冓，是内室，也可以理解为睡觉的地方，可见这件丑事儿有多大！已经到了懒得去指责的地步，反而觉得有必要告诉那些传话的人，告诉他们不要说、千万不要说，说了都会脏了嘴，这才是这首讽刺诗的着力点。三段下来，其实都在反复地讲同一件事，但是我们却发现，作者并没有说这则宫廷“八卦”到底是什么，这就非常吊人胃口了。“言之丑也”“言之长也”“言之辱也”，三段结尾反复地强调，更是有一种欲盖弥彰的效果。

作者说“不可扫也”“不可襄也”“不可束也”，这是指蒺藜呈现出一种丛生不断，蔓延开来让人束手无策、无从下手的状态，既在动态上用蒺藜生长比喻丑闻蔓延，又表达了对于这种丑闻束手无策的心态。“不可道”“不可详”“不可读”，让人感到一方面对所言之事唾弃嫌恶，另一方面又按捺不住添油加醋的兴奋之色，整篇看下来，可谓“八卦”之火熊熊燃烧。但在另一个层面上，这也相当于是那个年代的生活侧写，类似于两千多年前的“报告文学”。

人类这种社会动物，自古就要靠流言蜚语、耳食之言来打发群居生活的闲暇和寂寞，微博、微信、自媒体空前发达的今天更是如此，借助网络的强大传播力，耸人听闻的谣言或信息好似洪水猛兽，一下子就全球皆知了。从古至今，虽然生活发生了天翻地覆的变化，但是人类的某些天性，永远改变不了。好奇心就是人类的天性之一，你越是遮遮掩掩，他越是心痒难耐，非弄个明白不可，所以从某种意义上说，越是强调“不可说”，传播得越快。在这一点上，今天的我们跟两千年前在宫墙下面的那些“吃瓜群众”也没什么区别。

君子偕老

君子偕老[1]，副笄六珈[2]。
委委佗佗[3]，如山如河，
象服是宜[4]。
子之不淑，云如之何？
玼兮玼兮[5]，其之翟也[6]。
鬒发如云[7]，不屑髢也[8]。
玉之瑱也[9]，象之揥也[10]，
扬且之皙也[11]。
胡然而天也[12]！胡然而帝也[13]！
瑳兮瑳兮[14]，其之展也[15]。
蒙彼绉絺[16]，是绁袢也[17]。
子之清扬[18]，扬且之颜也[19]。
展如之人兮[20]，邦之媛也[21]！

注释

1. 偕：一起，共同。
2. 副：妇人的一种首饰。笄（jī）：用来盘发的簪子。六珈：笄饰。
3. 委委佗（tuó）佗：华贵大方。
4. 象服：带有花纹图案的礼服。

⑤ 玼（cǐ）：鲜艳夺目。
⑥ 翟（dí）：画着野鸡彩绘的衣服。
⑦ 鬒（zhěn）：黑发。
⑧ 髢（dí）：假发。
⑨ 瑱（zhèn）：耳旁的垂玉。
⑩ 象之揥（tì）：象牙簪。
⑪ 扬：额（宽）。皙：（肤）白。
⑫ 天：天然美丽。
⑬ 帝：高贵，端庄。
⑭ 瑳（cuō）：玉色鲜明洁白。
⑮ 展：诚。
⑯ 蒙：披，罩。绉絺（zhòu chī）：都是细麻布。
⑰ 绁袢（xiè pàn）：贴身的内衣。
⑱ 子：贵妇。清扬：眉目清秀。
⑲ 颜：容貌。
⑳ 展：的确。如：像。
㉑ 邦：国家。媛：美人。

译　文

她是丈夫终生伴，头戴发髻金玉簪。
举止端庄仪态美，庄重深沉似河山，
穿起礼服身份显。
她的命运太不幸，还有何话可以说？
华丽鲜明真高贵，绣雉礼服穿身上。
头发如同乌云黑，假髻无须戴头间。
美玉充耳垂耳边，象牙簪子真漂亮，
眉宇宽阔白肤现。
何似美丽天仙般！何似天神降人寰！

华丽鲜亮真显贵，白纱礼服身上穿。

上罩薄薄细纱衣，贴身内衣在里边。

清秀美丽有气质，眉宇宽阔美容颜。

确实就像这个人，倾城美人多娇艳！

解读

此诗是描写卫国夫人的诗篇。据史料考证，这篇诗歌就是写卫宣公的妻子宣姜的。那么宣姜是个什么样的人呢？在前文《新台》中，我们已经了解到卫宣公的为人，而这位宣姜，就是卫宣公本要给他儿子娶的媳妇，娶来之后发现倾国倾城，遂纳为己妾。年迈的卫宣公不久就一命呜呼了，宣姜却依然年轻美丽，然而孀居的她也不得安宁，又被人强迫嫁给了卫宣公的另一个儿子公子顽，生下三儿二女。此篇诗歌就是围绕着这段历史展开的。

纵观全诗，我们看到作者在盛赞宣姜倾国的美貌之外，几乎看不到任何其他的带有情绪的词语，唯一一处可以算是情感态度的，就是第一章最后那句“子之不淑”。从汉之后，严苛的腐儒们都把此“不淑”解释成“不够贤淑”，认为是宣姜过于狐媚、红颜祸国，故此篇是借宣姜打扮美貌而反讽她卖弄风骚、内心龌龊，实际就是讽刺她为女不淑。直到清末，魏源才在考证中发现《礼记》等史料中对“不淑”的解释是“不幸”，这是先秦古语中的特例，随后王国维也肯定了这一点。如此便真相大白了，原来诗歌是想表达对宣姜不幸遭遇的同情。所谓国色天香，都是为了反衬她所遭遇的一切：美丽本无罪，可是在那个女性沦为男权社会玩物的时代，美丽就是最大的祸患啊！

而宣姜哪里知道，她美丽的外貌正是她的祸患啊，但是她真真正正的祸患，却是她死后绵延几千年的骂声。一个遭际如此支离破碎的女人，简直是男权社会最肮脏的见证和最无助的受害者。纵然有《诗经》为她的遭遇作出同情，可还是逃不过那些道学家变本加厉的罔顾事实、无端谩骂。被命运的洪流肆意蹂躏，最终还落得“荡妇”的骂名，真所谓“欲加之罪，何患无辞。”令人惊讶的是，就在今天，依然有大批主流的论坛和学者在沿用《毛诗序》的评价，罔顾历史，认为此诗的主题是反讽宣姜的，这不得不让人叹息。

对《诗经》等古代经典的研究和讨论，如果不真正探究其精髓，只是盲从古人的立场，那不但是对经典的亵渎，更是对历史的侮辱。这就是本诗带给我们的现实意义和教训。

桑　中

爰采唐矣[1]？沬之乡矣[2]。
云谁之思[3]？美孟姜矣。
期我乎桑中[4]，要我乎上宫[5]，
送我乎淇之上矣。
爰采麦矣[6]？沬之北矣。
云谁之思？美孟弋矣。
期我乎桑中，要我乎上宫，
送我乎淇之上矣。

爰采葑矣[7]？沬之东矣。
云谁之思？美孟庸矣。
期我乎桑中，要我乎上宫，
送我乎淇之上矣。

注释

❶ **爰**：于何，在哪。**唐**：一种野菜。
❷ **沬**（mèi）：沬城，卫国的一座城市。
❸ **云谁之思**：思谁，想念哪个人。云：助词，无义。之：代词，于动词前复指前置宾语。
❹ **期**：约定时间。
❺ **要**：同“邀”，邀请。
❻ **麦**：麦子。
❼ **葑**（fēng）：蔓草，可食。

译　文

什么地方采野菜？就在沬邑那地方。
我的心中把谁想？姜家大姐真美丽。
约我幽会桑林中，邀我相会在上宫，
送我直到淇水上。
收获麦子在何方？沬邑北边好地方。
我的心中把谁想？弋家大姐真漂亮。
约我幽会桑林中，邀我相会在上宫，
送我直到淇水上。
采割葑菜到何方？沬邑东边好去处。
我的心中把谁想？庸家大姐真好看。

约我幽会桑林中，邀我相会在上宫，
送我直到淇水上。

解读

《邶风》《鄘风》等卫地风诗进行到这里，卫国朝廷昏聩淫靡、卫地民生凋敝、战乱频仍我们都已经领略完全了。而所谓上行下效，身居高位、起榜样作用的统治者带头胡作非为，民间自然也是陋态百出。此诗就是一首描写卫地民间男女关系的诗篇。

此诗并没有直接开言讽刺，而是遵从了《诗经》一贯的含蓄委婉风格，罗列出事实现象，留待读者思考。此诗三章，每一章的后半句都是相同的，可是每一章前半句却三次都不相同。作者明显是在暗示：无论是去哪里，做什么，主人公是哪家的女子，她们的目的都是一样的：和男子去桑树林约会、河边约会。所以诗歌的态度就非常清晰了：这就是卫地男女的生活，无需多言！

值得一提的是，卫地是殷商遗老的聚居地，诗中所提的桑树林，就是在殷商故都附近。传说，商汤当年就在桑树林中做过祈祷。诗中的桑林大概率就是殷商故都之畔的桑树林。《诗经》中男女之间的事情，大多都能与“桑”扯上关系，而后世《陌上桑》等把女子与桑结合起来的，其渊源或许就是此诗。

此诗告诉我们，无论何时何地，男女之间都是以适度为宜的。青年男女把爱情当作头等大事，沉浸其中，任由欲望蔓延，耽搁了各自青春中更重要、更美好的大事，最后结局往往是令人遗憾的，也是令自己悔恨的。把握尺度、适度交往，才是正确的。

鹑之奔奔

鹑之奔奔❶，鹊之彊彊❷。
人之无良❸，我以为兄❹。
鹊之彊彊，鹑之奔奔。
人之无良，我以为君。

注释

❶ 鹑（chún）：鹌鹑。奔奔：雌雄一起飞的样子。
❷ 彊彊：同“奔奔”。鸟雌雄相随而飞的样子。
❸ 良：品行高尚。
❹ 兄：兄长。

译　文

鹌鹑成双相随飞，喜鹊成对来飞翔。
这人品德实在坏，我得称他为兄长。
喜鹊成对来飞翔，鹌鹑成双相飞翔。
这个品德实在坏，我得称他为君王。

解读

卫地民风不淳，朝纲淫靡，已是众所周知之事。此诗同样是一首讽刺诗，直言不讳，讽刺的就是“君”，矛头直指上层贵族和国君，直斥其“无良”。《毛诗序》依然避重就轻，认为此诗还是讽刺卫国夫人宣姜的，想为卫国国君开脱，却是欲盖弥彰。《左传》提到此诗，说有人在朝堂上唱诵此诗，被人告诫说，这首诗是讽刺当朝国君的，所以在朝堂之上唱诵要小心了。此诗的主题由此而确凿无疑。

此诗内容言简意赅，直抒胸臆，唯一值得注意的是起兴比较特殊。诗中使用了两种鸟类，连鸟类都能双宿双飞，而作为人却不能一心和睦，真可谓人不如鸟。

明代有位思想家薛瑄在《戒子》中说："人之所以异于禽兽者，伦理而已。"而在社会生活中，伦理的一个重要表现就在于人与禽兽对待异性配偶的态度是不同的，相互尊重、彼此敬重，是最基本的。所以像这首诗中的那种愤慨的感情，我们现代人有时也是比较理解的，毕竟无论哪一个时代，要想赢得他人的尊重，就不应漠视他人。

定之方中

定之方中[1]，作于楚宫[2]。
揆之以日[3]，作于楚室。
树之榛栗[4]，椅桐梓漆[5]，爰伐琴瑟。
升彼虚矣，以望楚矣。
望楚与堂[6]，景山与京[7]。
降观于桑[8]，卜云其吉[9]，终然允臧[10]。
灵雨既零[11]，命彼倌人。
星言夙驾[12]，说于桑田[13]。
匪直也人[14]，秉心塞渊[15]，騋牝三千[16]。

注释

❶ **定**：定星，星宿名，俗称营室星。**方中**：天的正当中。
❷ **作于楚宫**：在楚丘营建宫庙。
❸ **揆**（kuí）：度，测量。**以日**：用太阳的影子。
❹ **树**：作动词，种树。**榛栗**：榛和栗两种树。
❺ **椅**（yī）**桐梓漆**：四种不同的树木。
❻ **堂**：地名，位于楚丘旁。
❼ **景山**：大山。**京**：高岭。
❽ **降**：从上往下走。
❾ **卜**：算卦的人。
❿ **终然**：结果。**允臧**：的确很好。
⓫ **灵雨**：好雨。
⓬ **星**：晴。
⓭ **说**：通“税”，休息。
⓮ **匪**：“彼”的假借，那个。
⓯ **塞**：丰富，诚实。**渊**：宽厚、仁德。
⓰ **騋**（lái）：高大的马。**牝**（pìn）：母马。**三千**：泛指多。

译　文

营室星儿照中央，楚丘宗庙已动工。
细看日影定方位，修筑楚丘新室宫。
种那榛树和栗树，椅桐梓漆也要栽，砍材来做成琴瑟。
登上漕邑那废墟，向那楚丘放眼望。
观罢楚丘再望堂，要看大山和高冈。
下山考察那桑田，卜卦说是甚吉祥，最终确定好地方。
好雨及时从天降，告诉掌车那马官。
天晴驾车早上路，休息就在那桑田。
他是正直好君王，心诚虑远非平常，高大母马有数千。

解读

此诗风格与之前几首大为不同，不再是一派忧心愁苦状，也不再是批判国君的主题，而是一首借卫文公在楚丘兴建宫室，盛赞卫文公政德的诗歌。卫国统治者的倒行逆施终于引来了内忧外患，在公元前660年卫国被北狄入侵，举国大败。卫国本就是小国，溃逃的民众不计其数，有赖于齐国宋国等国的帮助才免于亡国，等到第二年，卫文公即位，卫国才开始百废俱兴。卫文公作为一代明君，励精图治，选贤举能，把卫国的基业重新兴旺起来。此诗就创作于卫文公晚年，或是死后的追叙。

在古代，生产力水平很低，兴修土木要先占卜星象，封建迷信一番，这就是诗篇以星象起兴的原因。在严苛的占卜过后，择定黄道吉日才能动工。诗篇以文公广植多种树木来表明他对重建卫国礼乐教化的决心，盛赞文公目光的长远。

诗的最后一章并没有再去描写建造中的楚丘，而是把视野放在了一个夜晚：夜雨过后，文公焦急地催促车夫，要趁好雨之后赶快视察农桑，一位勤勉的君王形象跃然纸上，也就无怪卫国终于能重回“騋牝三千”的昌盛之景了。所以用楚丘宫室起兴，实际目的并不是单纯表述文公兴修宫室的故事，而是借此来表达人民对文公励精图治的歌颂和对大难之后卫国百废俱兴的喜悦之情。

统治者只有真正把人民放在心里，人民才会把他放在心上。流芳百世的卫文公就是最好的例证，而与之前几首诗里臭名昭著的卫宣公对比，我们是否更能理解到这层含义？

蝃蝀

蝃蝀在东[1]，莫之敢指[2]。
女子有行[3]，远父母兄弟。
朝隮于西[4]，崇朝其雨[5]。
女子有行，远兄弟父母。
乃如之人也，怀昏姻也[6]！
大无信也[7]，不知命也[8]！

注释

1. 蝃蝀（dì dōng）：虹，旧以为婚姻错乱则虹气盛。
2. 指：用手指点。古代以指虹为忌。
3. 有行：原指出嫁，这里指私奔。
4. 隮（jī）：虹。
5. 崇朝：终朝，整个早上。
6. 怀："坏"的借字，破坏、败坏。昏：同"婚"。
7. 大：很，特别。
8. 知命：遵从父母之命。

译文

暮虹出现在东方，无人敢用手来指。
女子出嫁到夫家，远离父母与兄弟。
朝虹出现在西方，整个早晨要下雨。
女子出嫁到夫家，远离兄弟和父母。

就像你这一个人，破坏礼教乱婚姻！

特别不把信用守，不知顺从父母命！

解读

都说彩虹是浪漫的象征，雨后明艳的彩虹无比美丽，可是在古人心中，彩虹竟然是丑陋和污浊的代名词。

在出土的殷商甲骨文中，考古学家发现先秦人民把彩虹这种天气现象写作一个怪字，像一只“两首之虫”。古人把彩虹理解成一只恶虫，出来是会引起祸患的。什么祸患呢？就是只有当男女发生不正当关系时才会出的祸患，渐渐地彩虹成了淫气大盛的象征。不得不说，在封闭落后、不解风情的古代，连娇美浪漫的彩虹都能被人理解成是淫荡之物。到了周代，只要出现彩虹，就被认为是附近有不专情的女子了。所以此诗以此起兴，就是在斥责女子私奔。

在男权社会中，女性的一生就是“未嫁从父，既嫁从夫”，在婚姻大事和家庭大事中，她们的角色都是男性的附庸。所以私奔这种追求自由或追求真爱的行为，就是犯上作乱的“冒天下之大不韪”，被称作“淫奔”。我们可以看出此诗的作者是极重视周礼的，在礼崩乐坏、风气败坏的卫国，这种女性追求自由的行为当然也屡见不鲜，诗人批判这种行为，所以在他心里，女性在婚姻大事上应该本本分分、顺从行事，否则就是淫荡的行为，上天都要出彩虹来谴责。这种说辞现在看来是何等迂腐可笑，可在实行周礼的时代，这是再正常不过的。

时代在发展，科技在进步，今天的彩虹再也不是什么龌龊的象征，而今天的婚恋自由再也不是淫荡的事情，只要我们不断更新思想，那些束缚和偏见就会离我们越来越远。

相鼠

相鼠有皮[1]，人而无仪[2]。
人而无仪，不死何为？
相鼠有齿，人而无止[3]。
人而无止，不死何俟？
相鼠有体，人而无礼。
人而无礼，胡不遄死[4]？

注释

1. 相：察看。
2. 仪：礼仪。
3. 止：指节制，一说同“耻”。
4. 遄：迅速。

译文

瞧那老鼠尚有皮，你是活人无礼仪。
你是活人无礼仪，不死还干什么呢？
瞧那老鼠尚有齿，你是活人无羞耻。
你是活人无羞耻，不死心中何所期？
瞧那老鼠尚有体，你是活人无教养。
你是活人无教养，何不快死离人世？

解读

这是《诗经》中骂人最直接、最露骨的一首诗。全诗三章，一共十二句，没有一个脏字，但确实极尽厌恶和讽刺。在今天来看，这是赤裸裸的语言暴力，在《诗三百》中仅此一例。我们今天来评价这首诗，基本就可以定义为讽刺诗的典范了。那个时代的人真的非常讨厌老鼠，在《诗经》中，关于老鼠的诗一共有五首，其余四首都是在直接痛斥老鼠，只有这一首《相鼠》，诗中竟然出现了比老鼠还可恶的主角。

这首诗在骂人，但骂的到底是谁，作者并没有指名道姓，今天绝大部分人都认为这是在骂当时的"在位者"，也就是卫国的统治者，如果翻开史册，卫国的确有不少让人诟病的地方。无论在骂谁，骂的原因都非常明确：不知礼仪，不顾行止。翻译成当代通用语言：不要脸。第一章：瞧那老鼠尚有皮，你这活人怎么能没有礼仪？做人如果没有礼仪，不如早点去死。这是对无礼者的痛斥，非常的直白。第二章：瞧那老鼠尚且有齿，你这活人怎么就没有羞耻之心？做人如此没有羞耻之心，怎么还不去死？这是在斥责没有羞耻心的人。第三章：瞧那里老鼠尚且还有肢体，你这活人怎么全无教养？做人要是没教养，赶紧收拾收拾去死吧！这是在怒骂没教养的人。三章下来，每一句都在说："去死吧！"何等尖刻！

因为是重章叠唱，很容易让我们在读《诗经》的时候觉得每一章都差不多，但有时候并不是这样，比如《相鼠》，第一章在说"无仪"，这是外在的；第二章在说"无止"，这是羞耻心，是内在的；第三章在说"无礼"，这就是一个人品行的层面了。所以，三章层层推进，可见这个被骂的人已经从外面烂到里面，无可救药了。

自古以来，有很多人在讨论这首诗到底是在骂谁，其实这是没有答案的。如果我们非要给作者赋予某种使命，当然可坚定地认为他具有造反精神，在骂卫国的“当权者”。但在实际生活中，特别是在某些乡村，经常听到类似的斥骂语言，比如对村里的小偷小摸，比如对某人的言而无信，或者有人偷鸡摸狗，总会有人骂他们：“人不要脸，还不如死了！”“真不要脸，活着也是占地方！”可见这些俚俗语言，更多时候是对不端行为指斥的常用语，未必一定要上纲上线，要知道，《诗经》曾经也只是地方民谣，必然带着地方民俗和生活色彩。今天读《诗经》，我们更应该看到的是它鲜活的一面，而不是被历史禁锢的部分。

干旄

子子干旄❶，在浚之郊❷。
素丝纰之❸，良马四之❹。
彼姝者子❺，何以畀之❻？
子子干旟❼，在浚之都❽。
素丝组之❾，良马五之。
彼姝者子，何以予之？
子子干旌❿，在浚之城。
素丝祝之⓫，良马六之。
彼姝者子，何以告之⓬？

注释

❶ 孑（jié）孑：高耸独立的样子。干：通“竿”。旄：竿头以牦牛尾为装饰的旗子。
❷ 浚：浚城，卫国的城邑。郊：城郊。
❸ 纰（pí）：在衣冠或旗帜上镶边。
❹ 四之：用四匹马拉。
❺ 姝：美好的样子。
❻ 畀（bì）之：给予。
❼ 旟（yú）：有老鹰图案的旗子。
❽ 都：古时区域名，指四方城邑。
❾ 组：组织，编织。
❿ 旌（jīng）：用羽毛装饰的旗子。
⓫ 祝：连结。
⓬ 告（gù）：忠言建议。

译文

旄旗高举随风摆，来到浚邑那城郊。
白丝线儿缝彩旗，四匹好马齐奔跑。
那位美好大贤才，赠送什么是最好？
鹰隼大旗高高飘，来到浚邑那近郊。
白丝线儿缀彩旗，五匹好马齐奔跑。
那位美好大贤才，赠予什么方是好？
旌旗高举随风摆，来到浚邑都城里。
白丝线儿缀彩旗，六匹好马齐奔跑。
那位美好大贤才，赠言什么才是好？

解读

在《诗经》中，相邻篇目的主题往往是相关联的，且背景的脉络是有迹可寻的。比如前一首诗《定之方中》就是唱诵卫国在齐宋援军的帮助下落脚楚丘、卫文公兴建楚丘宫室的诗篇，而这首《干旄》，就是卫人表达对齐宋联军对卫国进行支援的感谢之歌。

此诗作为表达感谢的诗歌，内容上唯一难解的地方就是“良马五之”“六之”这些说法。因为按照常理，所谓“驷马难追”，军队中四马为一乘还是有的，但是五匹六匹的，确实没有见过。根据后代的考证，原来这是说礼物，也就是齐宋联军送给卫国的“支援物资”，有四匹马一组的，也有五匹六匹一组的，这些和“素丝纰之”的“纰”就吻合上了，说明这些马也是拴着的。当时卫国刚刚落住脚跟，为了防止再有后续袭扰，齐宋联军就驻扎在楚丘外的边境上，帮忙戒严，保卫卫国的安全。不但如此，齐宋联军还给予卫国物资援助。如此这般，卫国百姓怎么能不谢天谢地、对他们爱戴不已呢？可是须知天下没有免费的午餐，天上也不会掉馅饼，国与国之间存在的只有利益。齐宋联军驻扎在卫国郊外，表面说是帮助戒严，实际上大兵压境，不也是形同软禁吗？给你一些好处，麻痹你的人民，这样卫国就名副其实地成为大国的附庸之地了。

弱国无外交，一个不够强大的国家只能被动接受他者的侵略或是馈赠，而无法发出自己的声音。人与人的相处又何尝不是如此呢？只有当双方的地位较为平等之时，馈赠才能拥有更为纯洁的意义。

载　驰

载驰载驱[1]，归唁卫侯[2]。
驱马悠悠，言至于漕[3]。
大夫跋涉，我心则忧。
既不我嘉[4]，不能旋反[5]。
视尔不臧，我思不远。
既不我嘉，不能旋济[6]。
视尔不臧，我思不閟[7]。
陟彼阿丘[8]，言采其蝱[9]。
女子善怀[10]，亦各有行[11]。
许人尤之[12]，众稚且狂[13]。
我行其野，芃芃其麦[14]。
控于大邦[15]，谁因谁极[16]？
大夫君子，无我有尤。
百尔所思，不如我所之。

注释

❶ 载（zài）：语气词，没有实义。驰、驱：车马奔跑。

❷ 唁（yàn）：哀吊失国。

❸ 漕：卫国的邑名。

❹ 嘉：嘉许，赞成。

❺旋反：返回。

❻济：止，停止，阻止。

❼閟（bì）：同“闭”，闭塞，不通。

❽阿丘：一边倾斜的山丘。

❾蝱（méng）：药名，贝母。

❿善怀：多愁善感。

⓫行：道路。

⓬许人：许国的人。尤：怨恨，责备。

⓭稚：幼稚。狂：愚妄。

⓮芃（péng）芃：草木茂盛的样子。

⓯控：告诉。

⓰因：亲近，依靠。极：至，到。

译　文

驱马疾驰回卫国，慰问哥哥失故国。
赶马前进路漫漫，来到漕邑心难过。
许国大夫远跋涉，挡我回卫忧虑多。
救卫主张遭阻挠，不能马上把卫返。
比起你们坏主张，我的考虑近可求。
救卫主张遭反对，决不渡河再回头。
比起你们坏主张，我的谋划岂不慎。
登上阿丘高山坡，我把贝母来采取。
女子喜欢勤思索，都有道理益处多。
许国大夫怪罪我，既稚又愚乱斥责。
走在郊外大道上，麦苗茂盛长得旺。
我向大国来求援，求谁谁就来帮助？

许国大夫与君子，莫要认定我罪状。

上百主意你们出，全都不如我所想。

解读

此诗可以说是《邶风·泉水》的续篇，其作者一般被认为是卫宣公强娶的宣姜守寡后，另嫁公子顽所生的许穆夫人。据史料考证，许穆夫人是中国有文献记载以来第一位女诗人，也是中国历史上第一位爱国诗人。许穆夫人的母亲宣姜遭受卫宣公及卫国贵族的凌辱不可谓不深，自己的父亲是卫宣公的儿子公子顽，母亲却是卫宣公的妻子宣姜，如此出身，在男权社会中也属于是异端了。但是在嫁到许国后，她却依然心忧母国，在卫国遭受北狄侵略时多次想回国探视，尽一份“国家兴亡，匹夫有责”之力。可是许国的士大夫顽固不化，遵循礼法中的外嫁夫人轻易不能省亲之说，实际上是以此来阻止许穆夫人回国，怕因此给许国惹祸上身。后来的结果在上几首诗中都有表述，齐国号令诸侯驱逐北狄，引领各诸侯形成了“华夏意识”，齐宋联军保全了卫国。而诸侯虽已达成共识驱逐外夷，许国却依然阻止许穆夫人回国，就更加使许穆夫人难以理解，两者之间矛盾不可调和。此诗就是以此为背景展开的。

诗篇以个人情感为主线，将家国情怀毫无保留地宣泄出来。最后一章以麦田为喻，以麦浪的起伏表现出许穆夫人内心的起伏跌宕。这种比喻一方面把作者无尽的忧郁宣泻出来，另一方面，我们也能看出许穆夫人在固步自封的许国统治者面前有着毫不畏惧的刚毅和执着。

也有人说，此诗也有可能不是许穆夫人作的，若是采诗官为了歌咏此诗，代以许穆夫人之口所作也说得通。可是无论是否是许穆夫人本人所作，诗篇所流露出的感情和精神都是令人敬佩的。“国家兴亡，匹夫有责”，作为中国最古老的爱国诗，我们不得不惊异于一介女流在面对重重险阻时依然坚持自我，心忧母国，这种情感今日读来依旧令人感佩。

淇奥

瞻彼淇奥[1]，绿竹猗猗[2]。
有匪君子[3]，如切如磋[4]，如琢如磨[5]。
瑟兮僩兮[6]，赫兮咺兮[7]。
有匪君子，终不可谖兮[8]！
瞻彼淇奥，绿竹青青[9]。
有匪君子，充耳琇莹[10]，会弁如星[11]。
瑟兮僩兮，赫兮咺兮。
有匪君子，终不可谖兮！
瞻彼淇奥，绿竹如箦[12]。
有匪君子，如金如锡，如圭如璧[13]。
宽兮绰兮[14]，猗重较兮[15]。
善戏谑兮[16]，不为虐兮[17]！

注释

1. 奥（yù）：通“澳”，水边弯曲的地方。
2. 绿：通“菉”。猗（yī）猗：长而美貌。
3. 匪：通“斐”，有文采的样子。
4. 如切如磋：就像切割打磨过的玉石、骨器般精致。
5. 如琢如磨：就像雕琢、磨光过的玉石般温润。
6. 瑟：庄严的样子。僩（xiàn）：宽广的样子。
7. 赫：光明的样子。咺（xuǎn）：威严的样子。
8. 谖（xuān）：遗忘，忘怀。
9. 青（jīng）青：同“菁菁”，繁盛的样子。

⑩ **充耳**：用以塞耳的垂玉。**琇（xiù）莹**：美石。
⑪ **会弁（biàn）**：鹿皮帽的缝合处。
⑫ **箦（zé）**：积，堆集。
⑬ **圭、璧**：美玉。
⑭ **绰**：旷达的样子。
⑮ **猗（yǐ）**：通“倚”，依靠。**重较**：车两边的扶手。
⑯ **戏谑**：说笑。
⑰ **虐**：刻薄，伤人。

译　文

远望弯弯淇河旁，绿竹青翠叶婆娑。
文采奕奕那君子，好像细切细磋过，似已精琢又细磨。
光彩照人多勇武，德行显赫美名播。
文采奕奕那君子，永不忘却记心里！
远望弯弯淇河旁，绿竹青翠叶婆娑。
文采奕奕那君子，美玉充耳光闪烁，帽缝镶玉如星火。
光彩照人多勇武，德行显赫美名播。
文采奕奕那君子，永不忘却记心里！
远望弯弯淇河旁，绿竹有如栅栏密。
文采奕奕那君子，德行精纯如金锡，高贵如同圭和璧。
心胸开阔多美好，斜倚重较在车里。
善于诙谐来谈笑，却不刻薄把人欺！

解读

现在的词语“切磋”“琢磨”，在古时候可不是现在的含义，这是两种打磨玉石的手法和技术。在古代，玉石是极其宝贵并且富有神圣价值的物品，价值连城，名玉需要玉匠精雕细琢，严加呵护。后世就把对美好事物的精研和雕琢，延伸成了“切磋”“琢磨”的引申义，而这两个词语第一次出现在比喻之中，就在此诗中。比喻的不是别人，正是卫武公。

在西周东周之交，北部的狄族入侵，生灵涂炭，周王室大厦将倾，被迫迁都。卫武公率兵勤王，帮助周平王脱离险境，并辅佐他成功迁都洛邑，于是周平王封他为公并大加赞赏。卫武公励精图治，克勤克俭，终成一代明君。

此诗刻画的不仅仅是卫武公励精图治、一代明君的形象，还着重描摹出了他的性格，所谓“如切如磋，如琢如磨”，拿被打磨过的玉石来比喻君王，这种新颖的创意使一个虚怀若谷、人如美玉、心细如发的明君形象跃然纸上。诗歌又重点提及了卫武公的“文采斐然”，一个明君应该具备的品质人尽皆知，诗歌另辟蹊径，从其他视角来描写，出人意料，令人啧啧称奇。

这首诗通过众多美好的比喻，刻画了一个气质高洁的君子形象，他既有优秀的才华，又有良好的品行，如长于净土、经霜不凋的竹子，所以现代人也常用这些诗句来形容心目中的理想形象、心中的“男神”：“瞻彼淇奥，绿竹猗猗。有匪君子，如切如磋，如琢如磨。”与此同时，我们何不以此来勉励自己呢？那么，就专注于自己的内心和情操，做一个像青翠绿竹般美好的人吧！

考　槃

考槃在涧[1]，硕人之宽[2]。

独寐寤言[3]，永矢弗谖[4]。
考槃在阿[5]，硕人之薖[6]。
独寐寤歌，永矢弗过[7]。
考槃在陆[8]，硕人之轴[9]。
独寐寤宿，永矢弗告[10]。

注释

1 **考**：扣也，敲也。**槃**（pán）：同“盘”，敲盘以歌。
2 **硕人**：身材高大的人。**宽**：宽宏。
3 **寐**：睡着。**寤**：醒来。
4 **矢**：誓。**谖**（xuān）：忘记。
5 **阿**（ē）：山坳。
6 **薖**（kē）：舒适，欢畅。
7 **过**：流失，逝去。
8 **陆**：高而平的地方。
9 **轴**：徘徊不愿离去。
10 **告**：述说，表达。

译　文

击盘歌唱谷溪边，高大人儿心地广。
独睡独醒独自说，誓记此乐不相忘。
击盘歌唱在山坡，高大人儿心欢畅。
独睡独醒独歌唱，誓记此乐不消逝。
击盘唱歌高原上，高大人儿心不放。
独睡独醒独自卧，誓记此乐不言说。

解读

每逢乱世，总有一些文人雅士消极避世，逃离现实，寻找自己的乐土桃源。这个传统早在春秋时期就有了，比如寒食节就是因为晋文公请不到介子推出山，一气之下纵火烧山，后反悔纪念介子推而设立的节日。所谓“高山流水”的伯牙子期，也是那个时代的隐士。此篇诗歌，就是一篇先秦隐士之歌。

在西周东周之交，百姓苦不堪言，朝廷礼崩乐坏，衰颓不堪。有识之士归隐山林，自得其乐，倒也是一种人生态度。此诗作为中国最早的隐士文学，将山林的景色与个人心境结合起来，独自睡觉，独自醒来，自己与自己交谈，看起来孤独寂寞，实际清净无极。

在现代社会中，我们既要倡导幽居独处的情调，提倡独处思考的价值，又要反对消极避世的人生态度。人生总有起落，世事难免浮沉，如果总是一有灾难就躲进山林中，人人如此，那就永远没有解决问题的日子了。

硕　人

硕人其颀❶，衣锦褧衣❷。
齐侯之子，卫侯之妻，
东宫之妹❸，邢侯之姨，
谭公维私❹。手如柔荑❺，
肤如凝脂。领如蝤蛴❻，
齿如瓠犀❼，螓首蛾眉❽。

巧笑倩兮⑨，美目盼兮⑩。
硕人敖敖⑪，说于农郊⑫。
四牡有骄⑬，朱幩镳镳⑭，
翟茀以朝⑮。大夫夙退，
无使君劳。河水洋洋⑯，
北流活活⑰。施罛濊濊⑱，
鳣鲔发发⑲，葭菼揭揭⑳。
庶姜孽孽㉑，庶士有朅㉒。

注释

❶ 硕：美。颀（qí）：身材修长的样子。
❷ 褧（jiǒng）：麻布制的罩衣，用来遮灰尘。
❸ 东宫：指太子。
❹ 私：姊妹的丈夫。
❺ 荑：白茅初生的嫩芽。
❻ 领：脖子。蝤蛴（qiú qí）：天牛的幼虫，身体长而白。
❼ 瓠（hù）犀：葫芦籽，洁白整齐。
❽ 螓（qín）：蝉类，头宽广方正。蛾：蛾眉，指眉细长而黑。
❾ 倩：笑时脸颊现出酒窝的样子。
❿ 盼：眼睛里黑白分明。
⓫ 敖敖：身材苗条的样子。
⓬ 说：同“税”，停息。
⓭ 牡：雄，这里指雄马。骄：指马身体雄壮。
⓮ 幩（fén）：马嚼铁外挂的绸子。镳（biāo）镳：马嚼子。
⓯ 翟茀（dí fú）：车后遮挡围子上的野鸡毛，用作装饰。
⓰ 洋洋：河水盛大的样子。
⓱ 活（guō）活：水奔流的样子。
⓲ 施：设，放下。罛（gū）：大渔网。濊（huò）濊：撒网的声音。
⓳ 鳣（zhān）：鳇鱼。鲔（wěi）：鲟鱼。发（bō）发：鱼多的样子。
⓴ 葭：初生的芦苇。菼（tǎn）：初生的荻。揭揭：长得很长的样子。

㉑ 庶姜：众姜，指随嫁的姜姓女子。孽（niè）孽：装饰华丽的样子。
㉒ 士：指陪嫁的媵臣。朅（qiè）：威武的样子。

译 文

个子高大卫庄姜，身穿斗篷的新娘。
父乃齐国之国君，丈夫就是卫君王，
东宫太子是兄长，姐夫是那邢国王，
谭侯是她的妹婿。手如柔荑嫩而白，
肤如凝固柔脂膏。脖似蝤蛴白又长，
齿如葫籽齐而好，额像螓首蛾须眉。
两腮酒窝因俏笑，美目流盼情态姣。
身材高高卫庄姜，停车城郊修整忙。
四匹公马多健壮，马衔红绸随风扬，
她坐翟车见君王。大夫尽早退朝堂，
莫使庄姜劳累伤。河水流淌浩荡荡，
流向北方哗哗响。苏苏之声撒渔网，
鳇鲟摆尾畅游荡，芦荻茂盛向高长。
陪嫁齐女盛饰忙，送嫁大夫多雄壮。

解读

《硕人》是《诗经》中非常有名的一篇，即便大多数人会对于这个名字感到陌生，但一定对这几句有印象：“齿如瓠犀，螓首蛾眉。巧笑倩兮，美目盼兮。”这是中国古代文学史上第一首描写美人细节之美的诗，同时，也是一首描写婚礼非常经典的诗，更重要的，这首诗中的主人公，可谓是春秋时代第一美人加第一才女：庄姜。据后人考证，《诗经》中有四首诗是出自庄姜之手。庄姜和中国历史上许多美女一样，最终逃不开命运的悲剧。诗中描写的这场婚礼，可以说是庄姜人生的高光时刻，这时候，她是齐国的公主，是卫庄公的新婚妻子，虽然很快卫庄公就开始瞧不上她，但起码这个时候，她还是幸福的。

《硕人》无论在文法上，还是在立意上，都非常有代表性。一共四章，每一章都从一个全新的角度在介绍这场婚礼和这个新娘。第一章主要介绍庄姜的身世背景，这个身材高挑，穿着华服的女子，她的父兄亲戚，都是当时各个诸侯国有头有脸的人物，她是齐国的公主，更是当时的第一贵妇。第二章在写她的美，就像电影中描摹主人公的特写镜头，也像是工笔画中勾勒的美人，这一章写了诸多细节：柔软的纤手，鲜洁的肤色，修美的脖颈，匀称的皓齿，丰满的额角，温婉的眉眼。这样一个人，用八个字来总结就是：巧笑倩兮，美目盼兮。这几乎成了形容女子的

▶ 硕人

手如柔荑，肤若凝脂，颈似蝤蛴，齿如葫籽，螓首蛾眉，“巧笑倩兮，美目盼兮”，诗人的文字虽然朴素，却是华贵至极的朴素，为读者勾勒出了一幅流传千古的美人图。后世诗人不论是写出“肌如白雪”“嫣然一笑”的宋玉，还是写出“瞬美目以流眄，含言笑而不分”的陶渊明，从此再也难忘这首《硕人》。

一种特殊比喻，如果用后人白居易的话来解释，那就是：回眸一笑百媚生。“媚”，既是指容颜，又是指气质，是对一个女子内外之美的全部概括。第三章是婚礼的过程，这个高挑的美女锦车华服地来到了卫国边境，即将正式进入到婆家的地盘，而她的丈夫呢？早早下朝等着迎接她。这样的场面相当于是国礼，这比《关雎》中描写的婚礼场面要高出几个档次。第四章实际是用一种夸张的手法在烘托这场婚礼，在作者眼里，整个卫国都染上了一层喜庆的氛围，可谓“山川齐贺”，这也看得出卫国人对于庄姜的到来是极度兴奋的，在这种场景下，这位当时的第一贵妇带着她的陪嫁丫鬟们和勇武的侍卫们，华丽地嫁入了卫国，开启了她全新的人生。

在中国文学史上，有一个词叫“博喻”，也就是用几个喻体从不同角度反复设喻去说明一个本体。《硕人》这首诗开启了博喻写美人的先河，此后两千多年中，这种写法一直备受推崇。《硕人》第二章最出彩的就是博喻，作者写庄姜的手、皮肤、颈、牙齿、眉眼，这些都用了不同的喻体，但这些都是静态的，直到“巧笑倩兮，美目盼兮”，我们发现这个美人活了起来，此前的所有比喻似乎变得真实起来。我们会发现，对一个人一见钟情，很多时候都是因为漫不经心的嫣然一笑，或者回眸一瞥，因为这个时候人是有灵魂的。

即便过了几千年，今天我们读《硕人》依旧能感受到庄姜的美，这就是文人值得赞叹的才思。在中国历史上，描写美人的诗篇不少，但几乎都与这首诗有着千丝万缕的联系：我们熟悉的《洛神赋》中，曹植对宓妃的描写，依稀可以让我们看见《硕人》的影子；汉乐府诗《孔雀东南飞》，也化用了硕人的手法。我们今天能记起这些美人一方面是诗人留给我们太多的想象空间，“巧笑倩兮”就像蒙娜丽莎的微笑一样，是一种无法言说的美；另一方面，相较于我们今天的“网红脸”和“美颜相机”，那个时候的美来得更为纯粹和直接。像庄姜这样的美女，出身贵族世家，从小受到的教育必然会让她的一举一动备受瞩目，这和现在所谓的“名媛摆拍”完全是两回事。如果我们用古代汉语去解释“美目盼兮”，那应是一种黑白分明、顾盼灵动的眼神，这种眼神和化没化妆没有关系，和什么颜色的眼线眼影也没有关系，甚至和单眼皮双眼皮都没有关系，这是一种健康的、天然的美。我们今天常说，“美人”和“美女”是不同的，当下美女很多，有了各种滤镜之后遍地都是美女。但是美人很少，自古都是美人在骨不在皮，这不是单指骨相和皮相，更是指内在的气质和气度。即便庄姜一生悲苦，但谁也无法否认，她就是春秋时期的第一美人。

氓

氓之蚩蚩[1]，抱布贸丝[2]。
匪来贸丝[3]，来即我谋[4]。
送子涉淇[5]，至于顿丘[6]。
匪我愆期[7]，子无良媒。
将子无怒[8]，秋以为期。
乘彼垝垣[9]，以望复关[10]。
不见复关，泣涕涟涟。

既见复关，载笑载言。
尔卜尔筮，体无咎言[11]。
以尔车来，以我贿迁[12]。

桑之未落，其叶沃若[13]。
于嗟鸠兮！无食桑葚。
于嗟女兮！无与士耽[14]。
士之耽兮，犹可说也[15]。
女之耽兮，不可说也。

桑之落矣，其黄而陨。
自我徂尔[16]，三岁食贫。
淇水汤汤，渐车帷裳[17]。
女也不爽[18]，士贰其行。
士也罔极[19]，二三其德。

三岁为妇，靡室劳矣。
夙兴夜寐，靡有朝矣。
言既遂矣[20]，至于暴矣。
兄弟不知，咥其笑矣。
静言思之，躬自悼矣。

及尔偕老，老使我怨。
淇则有岸，隰则有泮[21]。
总角之宴[22]，言笑晏晏[23]。
信誓旦旦[24]，不思其反。
反是不思，亦已焉哉。

注释

❶ 氓（méng）：民。蚩（chī）蚩：笑嘻嘻的样子。
❷ 布：古时的货币，即布币。贸：交换。
❸ 匪：非。
❹ 谋：商议，这里指商谈婚事。
❺ 淇：河名。
❻ 顿丘：地名。
❼ 愆（qiān）：过，拖延。
❽ 将：请。
❾ 乘：登上。垝垣（guǐ yuán）：毁坏了的墙。
❿ 复关：地名，诗中男子居住的地方。
⓫ 体：卜卦时所显示的卦象。咎言：不吉利的话。
⓬ 贿（huì）：财物，这里指嫁妆。
⓭ 沃若：润泽的样子。
⓮ 耽：沉迷，迷恋。
⓯ 说（tuō）：同“脱”，摆脱。
⓰ 徂（cú）：去，往。
⓱ 渐：沾湿，浸湿。
⓲ 爽：差错，过失。
⓳ 罔极：无常，不可测。
⓴ 遂：安定无忧。
㉑ 隰（xí）：河名，指漯河。泮（pàn）：岸。
㉒ 总角：古时儿童的发式，借指童年。宴：逸乐。
㉓ 晏（yàn）晏：和好柔顺的样子。
㉔ 旦旦：诚恳的样子。

译文

那人前来笑嘻嘻，手持钱币来买丝。
非是真想把丝买，实来同我议婚事。
送你渡过淇水河，直到顿丘把步止。
非我特意拖婚期，你无良媒把婚提。

希望你啊别发怒，秋天结婚好日期。
登上倒塌旧城墙，遥望复关把他想。
复关未见他身影，眼泪涟涟好心伤。
我见情郎到复关，又说又笑好舒畅。
你在家中忙卜筮，卦言显兆皆吉祥。
迎亲礼车至我家，满载嫁妆上路忙。
桑树生长正勃勃，桑叶翠绿有光泽。
可叹那些斑鸠鸟！不要多吃桑树果。
可叹年少好姑娘！莫与男人太亲热。
男人女人太亲热，男人尚可得解脱。
女人男人太亲热，女人没法来摆脱。
桑树生机已衰微，叶儿变黄而后落。
自从来到你们家，多年煎熬苦生活。
淇水满溢浩荡荡，水湿车幔心事多。
想来自身无过错，丈夫德行有大错。
他的行为无准则，朝三暮四变化多。
多年为妻患难多，从不逃避苦和累。
早起晚睡家常事，累死累活非一朝。
你的誓言抛脑后，异常暴怒对待我。
兄弟知我被遗弃，嘻嘻哈哈嘲笑我。
静心思考这婚变，只能自悲又自责。
白头到老心不变，到老使我心愤怨。
淇水虽深尚有岸，漯河虽宽还有边。
少年一同多欢乐，说笑和乐心相安。
诚恳发誓意志坚，谁料你把诺言反。
违背誓言你不改，与你分手意志坚。

解读

高中生必修的《氓》是一首我们再熟悉不过的诗。卫地民风放荡，故《鄘风》《卫风》《邶风》中怨妇、弃妇诗数量都不少，而此诗能居于“诗三百”中的怨妇诗之首，到底有什么不为我们知晓的秘密呢？

标题我们往往多有忽略。氓，仅仅是一个男性的称呼吗？那为何在别处从未有过如此称呼，在此却单独地出现了呢？原来，据考证，这个称呼是对“野人”的专属称呼，是在周代之前就住在卫地未曾迁移过的原住民。卫地本来殷商遗老就多，而这“氓”可能比这些殷商遗老的存在更早，可以称作是“土著”了。他们文化水平极其低下，历代务农，不谙世事，面对爱情，也就会哧哧而笑罢了，怎能把爱情当回事呢？诗中所谓“以我贿迁”的见利忘义、骗财骗色行为，就解释得通了。

那么同为“土著”，这个乡野女子为何能写出这样朗朗上口的诗歌？这就要联系到采诗官了。同样作为底层人民的采诗官们，在听说这位女子的遭遇之后，心生怜悯，把这些经历写成歌词，最终带上了大雅之堂，诉之于众。这就是最早的“报告文学”。

此诗的杰出之处，在于其叙事风格的流畅与独特。本诗叙事简洁明快，顺理成章，不拖泥带水，抒发的愤懑和不满也干脆利落，对无德男子的控诉以及对青春女子们的告诫都极其有说服力量。抒情、叙述、议论有主有次，三者结合之中，又夹杂着对人物深刻的描写。“氓之蚩蚩”的憨厚形象与“二三其德”的前倨后恭形成对比，“女之耽兮”的痴迷不悟与后来“躬自悼矣”的悔恨交加形成对比，人物形象鲜明而突出。一位被爱情伤透、被生活压迫但是迷途知返、敢爱敢恨、率真耿直的女性形象跃然纸上，给人以深刻印象，这是其他诗篇无法比拟的。

无论何时何地，“食色，性也”都是人本能的欲望。古往今来，几人没尝过爱情的苦味？可是就像诗中所说，如果女孩子们能克制自己青春迸发的情感，不要太过耽于情爱，那么各退一步，是否就离完美的爱情更近了呢？而就算真的耽于其中，及早迷途知返，当断即断，是否也是从头再来的好办法呢？

竹竿

籊籊竹竿❶，以钓于淇❷。
岂不尔思❸？远莫致之❹。
泉源在左，淇水在右。
女子有行，远兄弟父母。
淇水在右，泉源在左。
巧笑之瑳❺，佩玉之傩❻。
淇水滺滺❼，桧楫松舟❽。
驾言出游，以写我忧。

注释

❶ 籊（tì）籊：长而尖的样子。
❷ 以：连词，表示目的。
❸ 不尔思：不思尔，不思念你们。

❹ 致：到达。
❺ 瑳（cuō）：巧笑的样子。
❻ 傩（nuó）：轻盈优美。
❼ 滺（yōu）滺：水流动的样子。
❽ 桧楫（guì jí）：桧木做的桨。

译 文

细细竹竿长又长，拿它钓鱼淇水边。
岂是不把你们想？回乡路远不能还。
泉源之水流左边，淇水奔流在右边。
姑娘出嫁来夫家，远离兄弟和爹娘。
淇水流淌在右边，泉源之水在左边。
露齿巧笑是当年，身姿飘逸玉铿锵。
淇水缓缓日夜流，桧木船桨松木舟。
划起船儿去远游，借此倾泻满腹愁。

解读

此诗与《载驰》《泉水》的主题应该是一致的，或可以说是卫女远嫁的续篇。许穆夫人“归唁母邦”的事情，在当时想必引起了广泛的争论，因此许多诗篇都以此做文章。这篇诗歌就是采诗官对卫女思乡问题给予的关注。

诗歌清新自然，顺理成章，有一种淡淡的无奈和忧伤。淇水是卫地之水，可以说是卫地人民赖以生存的母亲河，青年男女多在此悠游嬉戏，度过青春，远嫁外地的女子们，在思念家乡时，很难不想到家乡的淇水。诗篇中所谓在淇水之畔垂钓、在淇水乘船遣怀以及“泉源在左”“淇水在右”等语，都是女子们的向往和幻想之词，实际上那已经是她们难以回去的故土了。诗篇所充盈的无奈和忧伤大抵如此。

“女子有行，远兄弟父母。”远嫁的女子思乡怀亲，这种感情就如诗中的淇水，悠悠流淌。在今天，即便是通讯和出行都如此便捷，但当女子结婚成家之后，也依然无比挂念故乡的家人，怀念童年在家乡与亲人、玩伴度过的美好岁月，只因那是再难以回去的少年时光。

芄　兰

芄兰之支[1]，童子佩觿[2]。
虽则佩觿，能不我知。
容兮遂兮[3]，垂带悸兮[4]。
芄兰之叶，童子佩韘[5]。
虽则佩韘，能不我甲[6]。
容兮遂兮，垂带悸兮。

注释

1 芄（wán）兰：草本植物，即萝藦，有藤蔓生。支：同“枝”。
2 觿（xī）：解发结的工具，用象骨制成，供成年男子使用和佩带。
3 容、遂：指傲慢放肆的样子。
4 悸（jì）：带子下垂的样子。
5 韘（shè）：拉弓弦的用具，俗称“扳指”。
6 甲（xiá）：同“狎”，亲近。

译 文

芄兰生有尖尖荚，解结锥儿童子佩。
虽已佩带解结锥，但不和我相匹配。
大摇大摆佩玉响，左摆右摇衣带垂。
芄兰有叶向后弯，箭扳指啊童子佩。
虽已佩带箭扳指，却不和我相亲昵。
大摇大摆佩玉响，左摆右摇衣带垂。

解读

此诗主题向来众说纷纭，可是大抵避重就轻，都忽略了探究此诗的关键。我们想要分析此诗的主题，首先必须要知道以“芄兰”起兴是什么用意。“芄兰”的枝叶、果实有壮阳之效，还能治疗肾虚等男性病症，而此植物翘起来硬硬的“支”，和童子比作一起，之后又来了一句“垂带悸兮”，像带子一样软软垂下，所以这个芄兰起兴的用意，想必我们就领略了吧。

用现在的话说，这个解释多少有点“开车”。近代以来多位学者研究得出，这首诗就是讽刺卫地民风放荡，女子与幼童成婚、招“小女婿”的现象。在古代，就算此诗真的有人参透了，也没人敢直白地说出来，要知道现在说出来没什么的，顶多就是一句“开车”，可是在不解风情、谈情色变的封建时代，一个女子迈出大门都会被称为“淫”，这首诗的本义若在大雅之堂广而告之，那这些腐儒颜面何存，情何以堪？那简直是伤天害理、骇人听闻了。所以此诗一直被官方定义为“刺卫惠公年幼无道”“刺卫惠公年幼登基”等等，没人敢把真实意义说出来。

实际上，这首诗的起兴和内容是简单粗暴、直截了当的，好像就是一个中年大叔的口吻：小屁孩，乳臭未干懂得什么，就去搞女人了？可是实际上它是含义深邃的、意味深长的。有人说此诗的风格是为了调笑和戏谑，或者是嬉笑怒骂，实际上并不见得。卫地民风混乱，百姓应该不会以此为笑料，而且诗中也没有明显的诙谐字眼，很有可能就是采诗官聆听了一些卫地对此现象的不平之音，得见了一些卫地“小女婿”的真实情况，所以有感而发，觉得世风日下，很有必要抨击一二，也借此告诫小童们这样做是违背人性、倒行逆施的。这才是此诗真正意义所在。

当今时代纵欲已不是什么新鲜事儿了，物欲横流，经济飞速发展，金钱的富有导致了欲望的膨胀，为了满足快感，一些人不择手段去做一些有违人伦之举。封建时代禁锢人性走向了极端，现实社会若任由欲望放纵，其结果也必是恶果。此诗在现在看来，依然能够为当今之世敲响警钟。对于欲望的克制和伦理的教育，在人们的未成年时期就要抓起。

河　广

谁谓河广[1]？一苇杭之[2]。
谁谓宋远？跂予望之[3]。
谁谓河广？曾不容刀[4]。
谁谓宋远？曾不崇朝[5]。

注释

❶ 河：指黄河。
❷ 苇：指用芦苇制成的小筏子。杭：航。
❸ 跂（qǐ）：踮起脚站着。
❹ 刀：小船。
❺ 崇：结束，终结。朝：上午。

译文

谁说黄河水宽广？一片苇舟渡对岸。
谁说宋国路途远？一抬脚就望得见。
谁说黄河水宽广？难容小船来划桨。
谁说宋国路途远？过河无需一早上。

解读

隔黄河而望的宋卫两国，因为地理意义上属于邻国，在春秋时代交集颇多。在《诗经》中，无论是宋卫联姻、宋军援卫，还是卫民感激宋国之义，任何一个主题都可以衍生出多篇诗歌来，足见两国的关系之紧密。正因为如此，对这首关于黄河两岸生活的诗篇的解读就众说纷纭了。唯一可知的是卫人于黄河此岸望向彼岸的宋国，至于他到底是想去还是想留，去过与否，他的身份是谁，这些能左右在他心中宋国远近、黄河宽窄的因素，诗歌中皆不可见，这些含蓄缥缈的诗句时至今日依然被人们探索着。

无论此诗的主题变化得多么纷繁复杂，这些都不重要了。一首短小精悍的诗篇，开头就以“一苇渡江”的气概形容黄河，这份“渺沧海之一粟”的胸怀，不得不让人惊异。诗歌的简练与霸气，让人久久陶醉，这才是诗歌最值得人关注和留恋的地方。

在科技发达的今天，诗中的“曾不崇朝”，已经很容易实现了，一天时间里你甚至可以往返南北，但是几千年前的古人通过艺术的夸张，所表达的强烈的情绪，依然能打动我们。下一次当我们想表达那种想见面的急切心情时，也不妨借用古人的这句：“谁谓河广？一苇杭之。”

伯兮

伯兮朅兮❶，邦之桀兮❷。
伯也执殳❸，为王前驱❹。
自伯之东❺，首如飞蓬❻。
岂无膏沐❼？谁适为容❽！
其雨其雨❾，杲杲出日❿。
愿言思伯⓫，甘心首疾⓬！
焉得谖草⓭，言树之背⓮。
愿言思伯，使我心痗⓯！

注释

❶ 朅（qiè）：威武的样子。
❷ 桀：杰出。
❸ 殳（shū）：古代的一种兵器。
❹ 为：是。前驱：先锋。
❺ 之：到……去。
❻ 首：头发。飞蓬：草。

⑦ 膏沐：妇女润发的油脂。
⑧ 适（dí）：取悦。为容：打扮。
⑨ 其：语气词。雨：下雨。
⑩ 杲（gǎo）杲：日出的样子。
⑪ 愿：每一次。言：副词词尾，无实义。伯：指丈夫。
⑫ 首疾：头痛。
⑬ 谖（xuān）草：忘忧草。
⑭ 言：助词，用在单音动词之前。树：用作动词，种树。背：屋子的北面。
⑮ 痗（mèi）：疾病。

译　文

我的丈夫多英豪，卫国豪杰英名显。
丈夫持殳去从军，卫王先锋走在前。
自从丈夫去东方，我头如蓬不装扮。
非无发膏来洗发？打扮漂亮给谁看！
期盼天上能下雨，太阳出来光灿灿。
念念不忘思丈夫，想得头疼也心甘！
哪里能获忘忧草，将它栽种北檐下。
念念不忘思丈夫，想得有病也不怕！

解读

在中国古代诗词中，闺怨占了相当大的一部分，而这些“绮错婉媚”、柔肠百结的闺怨诗的作者，往往都是七尺男儿的士大夫。这是因为在封建时代，女性没有读书学习的权利，也没有表情达意、诉说情感的资格，只能由男人们代为表达。而在先秦时期，女性还没有沦落到连话语权都没有的境地，相对自由的她们有权利去对自己心中的

"怨"产生见解，并亲自表达出来。这首诗就是最早的一批女性自己所思所想的闺怨诗，而所思的对象，就是被迫行役、将自己"上交国家"的丈夫。

诗歌内容直白易懂，直抒胸臆，妻子思念丈夫，并不是单纯的思念，而是饱含着浓浓的爱意。丈夫是国家杰出的栋梁，国家一声令下，丈夫甘心前驱，这是一个男人于家于国都无愧的男人本色，也是他值得被妻子如此思念和爱的理由。诗篇中前因后果娓娓道来，顺理成章，让人动容。在最后一章，"我"甚至想去哪里得到一棵忘忧草来忘掉思念的忧愁。这句现在听起来可爱的女儿家之言，夹杂着多少辛酸泪，恐怕只有爱到最深处之人才能明白吧。

"自伯之东，首如飞蓬。岂无膏沐？谁适为容！"自从心上人去远征，连头发都无心梳洗了。东汉徐幹《室思》也写道："自君之出矣，明镜暗不治。思君如流水，无有穷已时。"后代甚至形成了乐府旧题《自君之出矣》，拟作者有很多，如唐代张九龄的"自君之出矣，不复理残机。思君如满月，夜夜减清辉"都是写心上人离去后，美好的事物都失去了光彩。这种心情，我们现代人在恋爱中其实也有一样的体会，一个美好的恋人会使得风更清，阳光更好，身边的事物更美妙。

有狐

有狐绥绥[1]，在彼淇梁[2]。
心之忧矣，之子无裳[3]。
有狐绥绥，在彼淇厉[4]。

心之忧矣，之子无带。
有狐绥绥，在彼淇侧。
心之忧矣，之子无服。

注释

❶ 狐：在这里比喻男子。绥绥：独自慢走求偶的样子。
❷ 梁：桥梁。
❸ 之子：这个人。
❹ 厉：水边浅滩。

译 文

狐狸慢慢随意走，在那淇河桥梁上。
我的心中有忧愁，服役男子无衣裳。
狐狸慢慢随意走，在那淇河浅滩边。
我的心中有忧愁，男子无带系腰间。
狐狸慢慢随意走，在那淇河岸上边。
我的心中有忧愁，服役男子无衣穿。

解读

此诗与前一首诗可谓异曲同工，《诗经》中相邻诗篇讲述的往往都是同一件事，此诗同样是丈夫离家，妻子怀人之作，表达相同的思念之情。分析一首诗首先要看其起兴之物，狐狸在《诗经》中多喻男子，妻子看到一只狐狸行走在清寒的淇水之畔，它有毛茸茸的皮毛，我的丈夫不知是否有衣穿？

此诗所言淇水是卫国的“母亲河”，由此可以推断出这是卫国迁都楚丘前的作品。

这首诗并没有说丈夫去做了什么，也没有说何时回来，只是说担忧在外的丈夫没有衣服穿。古代中国作为农业大国，男耕女织比我们想象得要更久远，早在先秦就有这样的传统了，在家时丈夫只管耕田务外，每逢换季天寒，妻子就把早给丈夫织好的衣裳备好，为丈夫添衣保暖。其乐融融的温馨家庭是我们可以想见的，可是如今只剩妻子独守空闺，天气转凉，一年又行将过去，丈夫归期遥遥，主人公的心境可想而知。

当我们挂念一个人时，其实最简单的想法便是对方是否身体健康，是否吃饱穿暖，就如诗中这位女子，看到狐狸想到的首先是“之子无裳”。这让人想到《古诗十九首》中的那首《行行重行行》，同样是相思乱离之歌，最后诗人说：“思君令人老，岁月忽已晚。弃捐勿复道，努力加餐饭”，什么都不要多说了，只要你照顾好自己，不要受饥寒就好，这大概是对爱人唯一的惦念了。所以当我们收到亲人、爱人的那些添衣加饭的问候时，可不要再觉得啰嗦和烦躁，这样朴素的牵挂，往往是最深沉的爱与关心。

木　瓜

投我以木瓜[1]，报之以琼琚[2]。
匪报也[3]，永以为好也[4]。
投我以木桃，报之以琼瑶[5]。
匪报也，永以为好也。

投我以木李，报之以琼玖[6]。
匪报也，永以为好也。

注释

1 投：投送。
2 琼：美玉。琚（jū）：佩玉。
3 匪：非。
4 永以为好也：希望能永久相爱。
5 瑶：美玉。
6 玖（jiǔ）：浅黑色的玉。

译　文

她将木瓜赠送我，我拿琼琚回赠她。
此非回赠相报答，欲结深情永爱她。
她将木桃赠送我，我拿琼瑶回赠她。
此非回赠相报答，欲结深情永爱她。
她将木李赠送我，我拿琼玖回赠她。
此非回赠相报答，欲结深情永爱她。

解读

中国台湾省著名女作家琼瑶之名，就出自这一篇诗歌。此诗现在看来，就是一篇歌颂人与人之间付出与报答的美好情谊的小诗。如果联系此诗的出处和前文，那么很有可能也是卫人感激齐宋的援助所做的报答之歌，诗中的“永以为好也”就能证明此点。然而在近年出土的《孔子诗论》中，我们却发现了孔老夫子对此诗的一些出人意料的言论。

孔子说，此诗很可能是作者在批判或暗示一些什么。很可能是表达世风日下，现在要实现心中所愿，单靠嘴上说说不行了，要用金钱礼物来实现，这样才能被人接受，只有先行礼，才能交往；也可能是抱怨对方没有给自己行礼，如果你给我行礼了，那我是会“滴水之恩，涌泉相报”的，可是如果你没有给我行礼，那就算了吧。这可能是一种抱怨，也可能是一种暗示，暗示你要给我行礼了。孔子的理解不得不说有另辟蹊径、出人意料之意，与传统理解大不相同，在当时尤其算是眼光独到。

此诗精简短小，极易成诵，读起来朗朗上口，能让人体会到一种人与人之间的温情。所谓“投桃报李”，这种中华民族几千年来传承的美德，其渊源就在这首简短的小诗中。或许当今的我们能体会到这种温情和美德的宝贵，就是当时诗人所想表达的目的了。

“投我以木瓜，报之以琼琚。”你赠给我木瓜，我拿美玉来回报。这与《大雅》中的“投桃报李”又有所不同，因为作为回报的美玉在价值上远高于被馈赠的木瓜，这体现的就不仅仅是简单的交换或回报了，而是一种对他人所表达的情意的高度重视，所以说“匪报也，永以为好也”。珍视他人的付出和情谊，这正是人情交往的宝贵之处，在今天这个时代同样如此。

黍离

彼黍离离❶，彼稷之苗❷。
行迈靡靡❸，中心摇摇❹。
知我者❺，谓我心忧❻。
不知我者，谓我何求。
悠悠苍天，此何人哉❼！
彼黍离离，彼稷之穗。
行迈靡靡❽，中心如醉。
知我者，谓我心忧。
不知我者，谓我何求。
悠悠苍天，此何人哉！
彼黍离离，彼稷之实。
行迈靡靡，中心如噎。
知我者，谓我心忧。
不知我者，谓我何求。
悠悠苍天，此何人哉！

注释

❶ 黍（shǔ）：谷物名，去壳后叫黄米。离离：成排成行的样子。
❷ 稷（jì）：高粱。
❸ 行迈：前行。靡靡：步行缓慢的样子。
❹ 摇摇：心中不安的样子。

5 知我者：了解我的人。
6 谓：说。心忧：心里有忧愁。
7 此何人哉：这是什么人造成的呢！
8 行迈：走路。靡靡：迟缓的样子。

译文

那边黍秧一排排，那边稷苗长得旺。
远行路上慢腾腾，心有隐忧暗悲怆。
了解我的人们呀，说我心中有忧伤。
不知我的人们呀，说我寻物为哪桩。
请问遥远上苍天，这是何人造灾殃！
那边黍秧一排排，高粱结穗长得旺。
远行路上慢腾腾，心中如醉暗凄怆。
了解我的人们呀，说我心中有忧伤。
不知我的人们呀，说我寻物为哪桩。
请问遥远上苍天，这是何人造灾殃！
那边黍秧一排排，高粱结粒田地上。
远行路上慢腾腾，心如堵塞暗悲怆。
了解我的人们呀，说我心中有忧伤。
不知我的人们呀，说我寻物为哪桩。
请问遥远上苍天，这是何人造灾殃！

解读

如果要给《黍离》这首诗分类的话，它属于一首怀古诗。《黍离》不仅在《诗经》中有着特殊的位置，在整个中国文学史上，也是个无法被忽视的存在，它历来被当作悲悼故国的代表作，有个成语叫作“黍离之悲”，意思就是指国家衰落，今不如昔，有一种哀国之痛。两千多年前的一个夏天，一名周朝大夫行役路过镐京，看到被埋没在荒草中的旧时国都，感慨于周室的衰微，写了这首诗。当一个人看到心中的理想大厦坍塌，并被埋没于荒草中时，难过的心情可想而知，于是，就有了这首《黍离》。我们知道《黍离》出自《国风》中的《王风》，《王风》是西周末东周初时，东周都城洛邑一带的民歌，这样的背景，就使得《王风》整体的风格有一种“风气衰落，人心怨恨”的感觉。这种氛围之下，作者普遍情志深刻，笔意深长，作品也就常常激昂慷慨，气势旺盛，《黍离》就有这种特点。

这是一首非常空灵的抒情诗，三段之中，除了开头两句的“黍”和“稷”是实物，其他全都是抽象的情境。“彼黍离离”，黍是一种叫作糜子的农作物，类似小米，是当时的主要粮食，稷是高粱。那些糜子一行行，高粱也长出苗来了，这就是第一段的开头。第二段还是在描写这两样粮食，那些糜子一行行，高粱也长出穗来了，我们可以看到，高粱是有变化的，它在生长。到了第三段，高粱也已经结出粒来了，这是时间的变化，而且是一年一年周而复始的变化。作者特别会写，他用三段构架了一个时间的概念，与这个时间相契合的，是作者从“中心摇摇”到“如醉”“如噎”的状态，先是步履蹒跚，接着像醉酒一样恍惚，最后悲从中来不自觉地哽咽。三段后面的部分都没有变化，“知我者，谓我心忧。不知我者，谓我何求。悠悠苍天，此何人哉！”一咏三叹，悲凉一层更甚一层，最后有一种长歌当哭的感觉。

在三段的最后，作者留下了一声长叹：“悠悠苍天，此何人哉！”这其中透着特别复杂的感情，忧郁悲怨，却又不能说出“心忧”的缘由。就像头顶罩着一块乌云，压抑着作者的是一种什么样的力量？诗人是不能说、不愿说、不敢说，还是知道说了也无从改变？所以，只能看着地里逐渐长熟的庄稼感叹世事。另外，作者究竟有没有相知者呢？如果有，那相知者一定与诗人有着同样的身份、同样的处境、同样的感触以及同样难言的苦衷。

作者看到宗庙被毁的心情，在此后的千百年里，有不少共鸣者。南宋有位著名词人，后世称他是“词中老杜”，这个人叫姜夔，他有一首特别有名的词《扬州慢·淮左名都》：“二十四桥仍在，波心荡，冷月无声。念桥边红药，年年知为谁生？”整首词都带着这种清幽伤感和悲凉的气氛，而姜夔在这首词的序言里，就提到了“黍离”：自己有感于扬州的变化，于是写下了这首词，而千岩老人觉得非常有《黍离》的味道。如果用我们今天的视角来看《黍离》，它的维度非常高，这是一个思想者的内心呼喊，面对不以人的意志为改变的大自然，人是渺小的，人类对于时代，对于世事的掌控终究有限，而人这种生物却天生具有着自命不凡的属性，永远想把握命运，把握时代，可到头来会发现，所谓的“前途”和“命运”，终究不属于自己，于是，就有了“知我者，谓我心忧”的感叹。

君子于役

君子于役，不知其期[1]。曷至哉[2]？
鸡栖于埘[3]，日之夕矣，羊牛下来。
君子于役，如之何勿思？
君子于役，不日不月[4]。曷其有佸[5]？
鸡栖于桀[6]，日之夕矣，羊牛下括[7]。
君子于役，苟无饥渴[8]！

注释

1 期：行期，期限。
2 曷（hé）：什么时候。至：回到家。
3 埘（shí）：墙壁上挖洞做成的鸡窠。
4 不日不月：不分日月。
5 有：通"又"，再一次。佸（huó）：相见，相聚。
6 桀：鸡栖木。
7 括：来。
8 苟：句首语气词，表示希望。

译　文

丈夫前去服劳役，不知何时是归期。什么时候回家乡？
小鸡栖息土窝里，太阳落山已黄昏，羊牛成群回圈里。
丈夫前去服劳役，怎能让我不思念？
丈夫前去服劳役，不知归来是何日。什么时候再团聚？

木橛上面鸡栖息，太阳落山已黄昏，羊牛自外进圈里。

丈夫前去服劳役，盼他不渴也不饿！

解读

此诗是一篇妻子挂念行役丈夫的诗篇。周朝末期社会混乱，战乱频频，家中男子外出服役，多半有去无还，这就产生了许多此类诗篇。此诗与众不同之处，就在于它的起兴。

落日晚景是抒情诗表现形式的一大特点，原因就是农耕社会有日出而作、日落而息的作息规律。日落之时，是一家老小卸下繁重的锄头，归来休息的时刻，也是一家人得以在一起享受团聚时光的时刻，这是古人一天中最温馨与放松的时光，因为家人的陪伴总能消解一切的疲惫。可是今日，妻子环顾四周，归来的牛羊还是那些牛羊，可往日一同归来的丈夫却离家远行，生死未卜，落日余晖中独守空闺，曾经温馨惬意的回忆都成了奢望，心中凄苦自不必说了。

此诗除了以落日起兴，有情有意，其诗风也颇为可圈可点。这是一首风格朴素但是颇有生活情调的诗歌，让我们得以窥见先秦农民家庭的样貌和风景图。也有学者说，之所以说“羊牛”而不说“牛羊”，是因为羊不吃带露水的草，所以归圈早。这些满满的生活细节令人在品读时多了一份审美的享受。

“鸟倦飞而知还”，一天之中最容易使人感到孤单的大概便是诗中这样的黄昏时候，家家亮起了灯火，飘起炊烟。现代人在这个时候也纷纷赶上地铁、公交，赶赴家的方向，像几千年前的人一样，期盼着一场温暖的相聚，愿我们都能珍惜那个守在家中、等待我们归来的人。

君子阳阳

君子阳阳❶，左执簧❷，
右招我由房❸。其乐只且❹！
君子陶陶❺，左执翿❻，
右招我由敖❼。其乐只且！

注释

❶ 阳阳：得意的样子。
❷ 簧：古时的一种吹奏乐器。
❸ 由房：游乐。
❹ 只、且（jū）：语气助词，没有实义。
❺ 陶陶：快乐的样子。
❻ 翿（dào）：羽毛做成的舞具。
❼ 由敖：游遨。敖，同“遨”。

译文

情哥脸上喜滋滋，他的左手拿着簧，
右手招我去游乐。那种欢乐真难忘！
情哥脸上乐陶陶，他的左手持着翿，
右手招我去游逛。那种快乐真难忘！

解读

对此诗的解释，《毛诗序》认为这是在周代礼崩乐坏、王室衰微之时，一些贵族士大夫不思报国救国，反而整日沉浸于丝竹管弦之乐中，作者因此作出批判。而到宋代，以朱熹为首的道学家们认为既然上一首诗的“君子”是丈夫，此诗的“君子”想必也是，就是上一首诗的丈夫安全归来，夫妇喜而作乐之歌。这些说法不一而足，都能自圆其说，见仁见智。

实际上，在周代这个极重礼乐的时代，君子以礼乐为乐是很正常的现象，此诗单纯歌咏贵族礼乐生活也无不可。

此诗风格喜气洋洋，直抒胸臆，读起来便有一种逍遥自在、好运当头的感觉。在古时此诗作为乐歌，想必也是士大夫作乐之时必不可少的曲目。

无论是夫妻之间的自娱自乐，还是贵族乐师的歌舞，这首诗都向我们展示了一种快乐自在的场面，让人感受到古人的闲时雅兴。音乐的魅力如此巨大，难怪孔子当年在齐国听到《韶乐》，会有“三月不知肉味”的感觉。今天我们在工作的繁忙疲惫之余，也不妨像古人一样，多到艺术的精神世界中放松一下。

扬之水

扬之水[1]，不流束薪[2]。
彼其之子，不与我戍申[3]。
怀哉怀哉，曷月予还归哉？

扬之水，不流束楚[4]。
彼其之子，不与我戍甫。
怀哉怀哉，曷月予还归哉？
扬之水，不流束蒲[5]。
彼其之子，不与我戍许。
怀哉怀哉，曷月予还归哉？

注释

1 扬：缓慢的。
2 不流：带不走。
3 戍申：驻守申地。
4 楚：荆条。
5 蒲：蒲草。

译　文

小河水啊慢慢流，不能冲走一捆柴。
那个人啊是我妻，守申不能带她来。
怀念她啊把她想，何时见妻释心怀？
小河水啊慢慢流，一捆荆条冲不走。
那个人啊是我妻，不能同我戍甫地。
怀念她啊把她想，何时见妻释心怀？
小河水啊慢慢流，一捆蒲草冲不走。
那个人啊是我妻，不能跟我戍许地。
怀念她啊把她想，何时见妻释心怀？

解读

在《诗经》中，《扬之水》一共有三篇，它们分别出自《王风》《郑风》《唐风》，全都来自《风》。我们现在读的的这一首出自《王风》，这是一首戍边诗，和《黍离》一样，诗里也带着一种苍凉和无奈。这种心境来自那个战乱频繁的年代，周国国力衰弱，诸侯国虎视眈眈，苦的就是这些行役的士兵了，他们就像一块砖，被安置在需要的位置上，相对于《黍离》中那种哀国之痛，这些士兵更在意的是自己的小家，他们还有妻子亲人，他们时刻想回家，但是却被迫辗转各地。后世对这首诗的理解也有点夸大其词，认为它表达了一种忧愤和不平，这种情绪也许是有的，但诗中更多的是无法改变现实的无奈和悲哀。

这首诗在《诗经》中是比较口语化的，诗有三段，每一段的第一句就是“扬之水”，这是悠扬平缓的小河。这样的小河注定掀不起大风浪，连一捆柴都冲不走。“不流”，是一种无力的表达，冲不走，带不动，浮不起。全诗实际上把一个相同的内容，反复吟诵三次，重复地强调这个事实：平缓的水流冲不走一捆柴禾，冲不走一捆荆条，也冲不走一捆蒲草。我们看得出，作者在用扬之水比喻自己，这种无奈之下，这个士兵又要“戍申”“戍甫”和“戍许”，这三个地方显然都是周的诸侯国。其实在那个年代，国与国之间距离并不远，可对这个士兵来说，他无法回家的郁闷却在层层垒叠，所以，结尾感叹：“怀哉怀哉，曷月予还归哉？”想家啊想家啊，到底什么时候才能回去啊！非常的口语化，但是却非常的动人。

我们习惯把“束薪，束楚，束蒲”理解为一把柴，一把荆条，一捆蒲草，但在《诗经》中有另一种说法：“束薪”“束楚”“束蒲”都是在暗喻夫妻关系，其中所蕴含的意义是说，男女结为夫妻，等于将二人的命运捆在了一起，所以用“束”。所以，一方面，这是一首戍边士兵思念妻子的诗，毫无疑义；另一方面，作者用“扬之水”比喻自己身不由己，只能不停地流动，同时也在用“束薪”来比喻妻子，水流一直在移动，而柴草却丝毫不动，我一直在戍边，但不能把妻子带在身边，这就与后面这句“彼其之子，不与我戍申”相得益彰了。

把《扬之水》放在当下来读，我们也会生出一种共鸣感，这就像是因为工作两地分居的夫妻，我们比古人幸运的是，现代通信发达，交通也发达，空间上的距离不再是阻隔两个人的障碍，但同时我们也会发现，现代人的感情远没有古人的浓烈。前几年特别流行一句话：从前车马慢，一生只够爱一人。我们不可否认，古时交通闭塞，信息传递成本太高，所以，才会有那么多离愁别绪，中国古典诗词中才会有那么多关于思念和离别的意象。向前追溯，像《诗经》这样的年代里，诸侯国之间的距离也许也就是我们邻市的距离，但却阻隔了一对恩爱的夫妻，反观现在，距离没有了，但美似乎也没有了。经常在网上看到有人说，现代人不会写诗了。不会写诗固然有语言体系的问题，但更多的是心境的问题，《扬之水》这首诗并没有华丽的语言和严谨的文法，它甚至特别口语化，但我们无法否认它的情真意切。我们现在可以在自媒体上看到各种流行语和各种表白方式，但是却很难看到像《扬之水》这样的情真意切。是因为我们中国人含蓄吗？也许不是，只是我们已经不善于体会离别的心情，也不善于用有限的时间去思念了。

中谷有蓷

中谷有蓷[1]，暵其干矣[2]。
有女仳离[3]，嘅其叹矣[4]。
嘅其叹矣，遇人之艰难矣[5]。
中谷有蓷，暵其脩矣[6]。
有女仳离，条其歗矣[7]。
条其歗矣，遇人之不淑矣[8]。
中谷有蓷，暵其湿矣[9]。
有女仳离，啜其泣矣。
啜其泣矣，何嗟及矣。

注释

1. **蓷（tuī）**：益母草。
2. **暵（hàn）**：天气大旱。
3. **仳（pǐ）**：别。
4. **嘅（kǎi）其叹**：慨叹。嘅，同“慨”。
5. **艰难**：窘迫，困顿。
6. **脩（xiū）**：原指肉干，这里指干涸，枯死。
7. **歗（xiào）**：呼唤。
8. **遇人**：所遇之人，这里指自己的丈夫。
9. **湿**：“𬀩”的假借字，干燥。

译　文

山谷之中益母草，天旱早都全枯干。
被你遗抛永分离，忧愁慨叹伤心肝。
忧愁慨叹伤心肝，丈夫全无恩义感。
山谷之中益母草，天旱早都全枯萎。
被你遗抛永分离，大声悲啸我叹悔。
大声悲啸我叹悔，愚人不善恩义违。
山谷之中益母草，天旱早都全枯干。
被你遗抛永分离，只能呜咽多悲叹。
只能呜咽多悲叹，后悔莫及徒遗憾。

解读

成语“遇人不淑”，指的是女子嫁错了人，错付了今生，用现在的话说，就是错把真心给了渣男，“遇人不淑”就出自此篇。《王风》是王畿之地的民风，风格与《周南》多少相似，此诗就是一个代表。

此诗风格悲戚。蓷，即益母草，是一种对妇女的身体、生育都有好处的草药，有美容养颜、永葆青春之效。本诗以益母草的干枯为兴，新颖而形象，表达了女主人公被丈夫遗弃、青春逝去、爱情破碎的痛苦之情。

诗中由草及人，突出了女主人的悲惨命运，但她痛定思痛，明白了自己“遇人不淑”的事实。这也告诫现代女性，择偶不慎造成的后果是何其严重，婚姻大事真是半点马虎不得。

兔爰

有兔爰爰[1]，雉离于罗[2]。
我生之初，尚无为[3]。
我生之后，逢此百罹[4]。
尚寐无吪[5]！
有兔爰爰，雉离于罦[6]。
我生之初，尚无造。
我生之后，逢此百忧。
尚寐无觉[7]！
有兔爰爰，雉离于罿[8]。
我生之初，尚无庸。
我生之后，逢此百凶。
尚寐无聪[9]！

注释

1. **爰**（yuán）**爰**：悠然自得。
2. **雉**：野鸡。**离**：撞上，碰上。**罗**：罗网。
3. **尚**：还，仍然。**为**：劳役，与下文中“造”“庸”同义。
4. **罹**：祸患。
5. **吪**（é）：活动。
6. **罦**（fú）：一种机关网，能自动捕鸟兽。
7. **觉**：醒过来。
8. **罿**（tóng）：捕鱼的网。
9. **聪**：听。

译　文

野兔悠闲又自在，野鸡背地遭网罗。
多年之前我出生，天下无事尚欢乐。
自从降生到今天，遭受患难实在多。
我愿长眠不活动！
野兔悠闲又自在，野鸡遭捕而丧生。
多年之前我出生，天下无事尚欢腾。
自从降生到今天，遭受忧患数不清。
希望长眠永不醒！
野兔悠闲又自在，野鸡落网而丧生。
多年之前我出生，没有劳役尚轻松。
自从降生到今天，遭受忧患数不清。
希望长眠不想听！

解读

这是一首哀叹生不逢时的诗歌。西周末期，社会动荡不安，战乱频繁，王室衰颓，可谓世态炎凉。据学者分析考证，此诗很有可能是周幽王、周宣王时期的作品，因为此时期的周王室正由盛转衰，是世风倾颓最剧烈的时期。一直沐浴在礼乐歌舞以及理想化社会中的上层贵族和士大夫们，心理落差极大，接受不了这种礼崩乐坏的剧烈变迁。随着社会的剧烈动荡，贵族士大夫的生活也开始没落，他们回想着曾经自己的风光和华贵，幻想着若早生几年，是不是就能安享太平？此诗所谓的生不逢时就是此意。

值得注意的是，所谓生之前没什么作为、生之后就遭遇祸患，“命运不济”云云，读起来充满了消极怨世、破罐破摔的感觉，而所谓“尚寐无觉”云云，用睡觉来失去知觉、逃避现实，这种意味就更明显了。理解此诗，作者的起兴尤为关键，他说兔子大摇大摆地走，雉却被困罗网中，这明显是自比为雉，意思是我这样身份的人居然被困网中，而你们这些劣等的兔子却大摇大摆，这明显的歧视感多少让人感觉嘴脸可憎。要知道身为剥削人民的贵族还如此自命清高，这是最无可救药的，所以此诗并不能博得我们的同情。

无论何时，抱怨都是不可取的行为，尤其是当生活遭遇挫折苦难之时，积极面对、咬牙挺过，这是一种人变得成熟的表现。每当遭遇坎坷就嫁祸给天意和命运，迁怒于地位不如自己之人，这种人怎能做生活的强者呢?

葛　藟

绵绵葛藟[1]，在河之浒[2]。
终远兄弟[3]，谓他人父。
谓他人父，亦莫我顾[4]。
绵绵葛藟，在河之涘[5]。
终远兄弟，谓他人母。
谓他人母，亦莫我有[6]。
绵绵葛藟，在河之漘[7]。
终远兄弟，谓他人昆[8]。
谓他人昆，亦莫我闻[9]。

注释

❶ 绵绵：延长不断的样子。葛藟（lěi）：野葡萄。
❷ 浒：水边。
❸ 终：既然，已经。
❹ 顾：亲近，关爱。
❺ 涘（sì）：水边。
❻ 有：同“友”，友善，友好。
❼ 漘（chún）：同“涘”，水边。
❽ 昆：兄，哥哥。
❾ 闻：问，问候。

译文

葛藟藤蔓长绵绵，生长丰盛在河边。
既已远离亲兄弟，称人父亲乞人怜。
就是叫人亲爸爸，人家不肯相照看。
葛藟藤蔓长绵绵，生长丰盛在河岸。
既已远离亲兄弟，称人母亲乞人怜。
就是叫人为妈妈，人家不肯慈爱俺。
葛藟藤蔓长绵绵，生长就在那河畔。
既已远离亲兄弟，称人哥哥欲人怜。
就是叫人亲兄长，人家不肯恤问俺。

解读

此诗是一篇风格较为特殊的诗篇，主人公是一位流浪者，也有评论者称此诗为“乞人之歌”。众所周知，《王风》是西周东周之交王室剧烈动荡时期的诗集，彼时周平王迁都洛邑，同西迁而行的大部分是王畿人民。从上一首诗我们了解到，连此时的京畿贵族都已深感没落，这首诗又让我们进一步了解到下层人民的西迁之旅：沿着黄河之岸徒步一路向西，战火纷飞，兵匪横行，哀嚎、行乞甚至向陌生人认父认母，只为了求得一碗饭，多活一天，这就是此诗所描写的百姓西迁大背景。

诗中所谓的认父认母并非空穴来风。周代极重血缘，轻易不会放弃自己的宗族，可是此诗中，人民在走投无路之际，生命贱如草芥之时，纷纷放弃了仅剩的尊严和那些虚无缥缈的规章制度，苟活是唯一的目的。由此可见，周王室的衰微是从根上崩溃的，此诗所揭露的，就是周王朝已完全虚有其表，制度彻底崩塌。这个国家建立的威严和向心力已荡然无存，没有人再为此而循规蹈矩，人民纷纷作鸟兽散。而当那些脱离了兄弟宗族的流浪者们看到葛藟这种蔓延无根的爬藤时，他们意识到了自己早已如这爬藤一般无家可归，也意识到自己丧失了宝贵的人格，所以悲从中来，创作了这首诗。

此诗的卑微与悲痛令人扼腕叹息，我们不禁感叹，当生活的苦难终于把人逼到生命的悬崖边，人的求生欲望真的会让他丧失做人的尊严。生而为人，何其艰难！

采　葛

彼采葛兮[1]，一日不见，如三月兮！
彼采萧兮[2]，一日不见，如三秋兮[3]！
彼采艾兮[4]，一日不见，如三岁兮！

注释

1. 葛：葛麻。
2. 萧：芦荻，用火烧有香气，古时用来祭祀。
3. 三秋：这里指三季。
4. 艾：艾草。

译　文

那位采葛好姑娘，一日未能把她见，好像三月未见面！
那位采萧好姑娘，一日未能把她见，好像三季未见面！
那位采艾好姑娘，一日未能把她见，好像三年未见面！

解读

当我们有一位十分要好的朋友时，一天看不见，就感觉隔了好长时间，当再见时就可以告诉他："一日不见，如隔三秋。"这个脱口而出的经典名句，就是出自此诗。

这是一首表达思念的诗。"一日不见，如隔三秋"之所以让我们印象深刻，久久难忘，就在于诗歌夸张了思念之深，极言思念之切。诗篇一唱三叹，皆用夸张，起兴以茂盛的葛、萧，就是比喻思念蓬勃迸发。诗句简洁明快，生动形象地抓取了人的心理感受，让人不自觉地联想到所思之人。这人可以是挚爱的伴侣，可以是暗恋的对象，可以是疼你的亲人，也可以是人生的知己。如今在这诗中，这人是谁都不重要了，重要的是这洪流一般的情感，几千年后读来，依然能炽热人的心肠。

"乐莫乐兮新相知，悲莫悲兮生别离。"对于相爱相念之人来说，分别的每一秒都是无比难捱的，时钟只走了一圈，可在我的心里却像是走了好几年。有时候，又何须向对方说太多直白或是婉约的甜言蜜语，仅仅一句"一日不见，如三岁兮"，或许就已经足够了。

▶ 采葛

她在山上采葛，她在山丘采萧，她在山间采艾，一日不见，足以使我心慌忧不安，好像已经过去三个月了，是九个月吧，还是三年了呢？即使岁月短暂，思念却很长很长，"一日不见，如隔三秋"，在相思的人那里，又岂是说说而已。

大车

大车槛槛[1]，毳衣如菼[2]。
岂不尔思？畏子不敢。
大车啍啍[3]，毳衣如璊[4]。
岂不尔思？畏子不奔[5]。
穀则异室[6]，死则同穴。
谓予不信，有如皦日[7]。

注释

1. **槛（jiàn）槛**：车辆行驶的声音。
2. **毳（cuì）衣**：毛织的衣服。**菼（tǎn）**：青翠的芦苇。
3. **啍（tūn）啍**：车行迟缓的声音。
4. **璊（mén）**：红色的玉。
5. **奔**：私奔。
6. **穀**：活着的时候。**异室**：不住在一起。
7. **皦（jiǎo）**：同“皎”，明亮的意思。

译文

大车走过坎坎响，他穿嫩绿毛衣裳。
岂能不把你来思？怕你相爱无胆量。
大车慢慢向前行，红色衣服身上穿。
岂能不把你来思？与你私奔你不敢。

活时无法相结合，死后同葬一墓穴。

以为这话不可信，明亮太阳把证作。

解读

大家都听过刘若英的流行歌曲《为爱痴狂》吧？当中有这样一句歌词："想要问问你敢不敢，像你说过那样的爱我。"这不就是诗中的"岂不尔思，畏子不敢"吗？那句"为爱痴狂"也完全可以恰当形容此诗的主题。原来古今沉浸在热恋之中的男女们，连痴狂都是如出一辙啊！

此诗是一首女子决绝的求爱诗。有多决绝？其程度甚至可称作是"生死恋情"。可是事实真的仅仅是一首求爱诗这么简单吗？分析其起兴，我们不由得疑问：一篇求爱诗以完全无关主题的大车起兴是何道理？据后世学者考证，大车乃是士大夫巡访民间时所乘的车辆，而所谓"毳衣如菼"，正是官员大夫所穿的服饰，所以很有可能是当地官员巡查民间不正风气，要正一正民间男女私会的风俗。史载，在东周建国稳定后，周王室确实有逐步重拾礼乐的想法，这种派遣官员巡访民风的做法或许是其落实的第一步。可是在那个时代，官员压制地方不正风气可不像现在的学校查早恋，班主任一进班级，男生女生们一打信号就纷纷跑开了事了。在那个草菅人命的年代，顶着官府的禁令作案那可是真有性命之虞的，所以你对我的爱是否忠贞不渝，门外的大车一响，我就能看出来了。这就是诗歌以此起兴所要表达的本意。

一般认为“子”是对男子的称呼，所以此诗是以女子口吻热烈而痴狂地质问心上人：你敢不敢冒着生死的风险、迎着世俗的眼光来爱我？你如果敢，那我便生和你在一处，死了也和你在一起！放在当时的环境中，这种拳拳心语迸发出无限悲壮之情，千百年后的我们读之，依然震心动魄。问世间情为何物，直教人生死相许？爱情的力量不仅能让人如痴如醉，更能让人拥有超越生死的力量。

无论何时，能经受住生死大事、存亡关头的考验的爱情，才是真爱。若我们每一个人在爱情面前都能如此问心无愧，那每一个人的生活都会充满幸福和力量。

丘中有麻

丘中有麻，彼留子嗟[1]。
彼留子嗟，将其来施施[2]。
丘中有麦，彼留子国[3]。
彼留子国，将其来食。
丘中有李，彼留之子[4]。
彼留之子，贻我佩玖[5]。

注释

[1] 子嗟：人名。

[2] 将：请，愿，希望。施施：行走舒缓的样子。

③ 子国：人名。
④ 之子：这个人。
⑤ 佩玖：黑色佩玉。

译文

山地之中有麻田，我等子嗟来见面。
我等子嗟来见面，盼他到来相欢聚。
山地之中有麦田，我等子国来见面。
我等子国来见面，盼他到来相交欢。
山地之中有李树，我等这人寻欢乐。
我等这人寻欢乐，他把佩玉赠给我。

解读

此诗主旨历来争论不休，最有可信度的，应该是描写贵族新受封地、人民接受其管辖。诗中的“留氏”，一般认为就是刘姓的通假。在先秦时代，有姓氏之人一定是贵族。诗中明显是百姓在迎接此姓氏的贵族人物到来，并且为之准备饭食；贵族为了回礼，回赠了玉石表达感谢。这一切都是在讲贵族新到封地，成为此地的新主之后收买人心的过程。

诗篇表达的就是一段历史的小插曲。“彼留子嗟”等语一唱三叹，就是百姓在强调新主人的到来，有很强的记录事件的意思。而值得注意的是，所谓“丘中有麻”云云，是指荒郊野外，很有可能是刘地久无领主，疏于管理，所以人间烟火并不稠密，也可能是人民为了迎接新主，远赴野外相迎。

也有多数学者将这首诗解说为一首情诗，诗中描述的正是姑娘与情郎在麻地麦田里热烈幽会的场景，最后“彼留之子，贻我佩玖”，以定情信物的形式，确定了两人的关系和情感，如此，这真是一首大胆的情歌了。一首诗竟可以有如此迥异的阐释，实在让人赞叹古代文字的生命力之强大。

缁衣

缁衣之宜兮[1]，敝，予又改为兮[2]。
适子之馆兮[3]，还，予授子之粲兮[4]。
缁衣之好兮，敝，予又改造兮。
适子之馆兮，还，予授子之粲兮。
缁衣之席兮[5]，敝，予又改作兮。
适子之馆兮，还，予授子之粲兮。

注释

1. 缁衣：黑色的朝服。
2. 敝：坏。予：我。
3. 馆：客舍。
4. 还：回来。粲：上等白米。
5. 席：又宽又大。

译文

你穿黑衣很合身，衣旧，我给你改成新衣。
早晨你去那官府，归家，我把美餐献给你。
你穿黑衣很英俊，衣旧，我把它改成新装。
早晨你去那官府，归家，我把美餐献给你。
你穿黑衣很宽松，衣旧，我为你改新衣裳。
早晨你去那官府，归家，我把美餐献给你。

解读

《缁衣》是一首表达夫妻恩爱、情意缱绻的诗歌，但总是有人喜欢把简单的事情复杂化，所以，让这首诗有了很大的争议。有人把它上升到了政治的高度，有说这是表达帝王权术的，也有说这是表达君王求贤若渴的。但如果我们认真读的话，就会发现，字里行间全是妻子对丈夫的一往情深。

缁衣，就是黑色的朝服，可以简单理解为古人上班穿的工作服，这件工作服是妻子亲手为丈夫缝制的。全诗有三段，是《诗经》里非常常见的复沓联章，也就是各章词句基本相同，只是更换中间几个字反复吟唱，但三段连起来，就有一种暖洋洋的情意。第一段“缁衣之宜兮”，宜，是合身的意思，第二段用“好”，是美好、漂亮的意思，第三段用“席”，是宽大舒适的意思。通篇都在说：看我丈夫穿这件朝服多合身呀，破了我就给他再做一件新的。

《诗经》里一咏三叹的篇章特别多，这一篇也是这样，而且《缁衣》每一段的最后一句都是相同的，用现在的话说就是：等他下班回来，我已经把饭做好了。这就是一对夫妻再平常不过的生活场景了，但却非常温馨浪漫。

今天我们读《缁衣》，虽然每一句都是在围绕丈夫的工作服来写，但每一句都在表达妻子对丈夫的爱意和依恋。我们常常羡慕那些至死不渝的爱情，但其实《缁衣》这种关怀体贴才是我们生活中更需要的。在信息化社会中，我们总是说人情淡了，其实不止是人情，夫妻之间的感情也一样，双方忙碌一天，未必都能准时回家坐在一起吃一顿晚饭，有时候对方早上穿什么衣服出门都未必在意。这时，我们是不是更羡慕《缁衣》里的这种场景？妻子看丈夫的工作服怎么看都觉得好看，因为一针一线都是自己亲手缝制的，妻子前脚刚送丈夫去上班，后脚就想着丈夫下班之后的情形。今天我们常说，因为古代女性没有地位，所以只能依从于男性生活，可夫妻之间的关怀从来都不是来自社会地位的，而是来自情感的。今天我们把夫妻之间的情感物化得太严重，合伙式养娃，众筹式供房，我们看重的是对方每个月赚多少钱，恰恰忘了多看看对方，甚至忘了对方早上出门穿的什么衣服，毕竟后者才是夫妻之间该有的生活。

将仲子

将仲子兮[1]，无逾我里[2]，无折我树杞[3]。
岂敢爱之[4]？畏我父母[5]。
仲可怀也[6]，父母之言，亦可畏也。
将仲子兮，无逾我墙，无折我树桑。
岂敢爱之？畏我诸兄。
仲可怀也，诸兄之言，亦可畏也。
将仲子兮，无逾我园，无折我树檀[7]。
岂敢爱之？畏人之多言[8]。
仲可怀也，人之多言，亦可畏也。

注释

[1] 将：请，希望。仲子：诗中男子的名字。

❷ 逾（yú）：越过。里：闾里。
❸ 杞：树木名，即杞树。
❹ 爱：吝惜，痛惜。
❺ 畏：害怕。
❻ 可怀：值得想念。
❼ 檀：檀树。
❽ 多言：说闲话。

译文

只想我的小二哥，莫越里墙进我里，别翻杞树来约会。
岂是吝啬杞树枝？父母知晓真可畏。
二哥真是可怀恋，父母知道这件事，开口说话真可畏。
只想我的小二哥，莫要越墙进我里，莫爬桑树来约会。
岂是吝啬桑树枝？诸兄知晓太可畏。
二哥真是可怀恋，诸兄若要知此事，开口说话真可畏。
只想我的小二哥，莫过院墙到我家，莫爬檀树来约会。
岂敢吝啬檀树枝？人言纷纷甚可畏。
二哥真是可怀恋，他人若是知此事，开口说话真可畏。

解读

有一个成语叫“人言可畏”，说的是做一件事情被人们风言风语、传来传去，造成的舆论压力是很可怕的。这个成语最早就出自此诗，说的事情就是男女恋爱之事。

虽然在先秦时期，世俗对男女关系的眼光比后世封建时期要宽容，可随着时间的推移，对男女交往的管制还是渐趋森严了。尤其在春秋末期，孟子就说过，男女隔门缝偷窥一眼，都会被人认为是丢人的耻事。周王室也定下规矩：除了特定的时间可以给男女相会，其余时间私会都算是“淫”。而这个被允许的特定时间，还是因为周王室认识到人口数量太少，不得不采取“鼓励政策”，是一种官方强制的催婚行为，你不想和他结婚都不行。种种反人道的行为不仅让男女恋爱的自由成为奢望，甚至正常见面都难如登天。此诗就是以一位少女的口吻，讲述自己心上人要来私会，而自己却不敢与他私见的诗歌。

此诗的语言风格极富魅力之处，就在于它深刻描摹了热恋中青春女子的内心独白。当炽热如火的爱，被冷酷的世俗和社会所泼灭，那种内心的纠结和困顿，不安和怯懦，尤其是理性与感性的冲突是很强烈的。我深爱着他，他也确确实实深爱着我，他不畏惧世俗的眼光，要翻进我的院墙来找我。可是我到底该不该让他这样做？他爱我，可正因为我也爱他，我不该让他冒险！人言可畏，父母兄长可畏，这吃人的社会更可畏！傻小子，如果你爱我，就别来找我了吧！我不是怕你翻墙毁了我的桑树，也不是因为不爱你而拒绝你，你要懂我的心啊！

全诗运用呼告式的手法，絮絮情语娓娓道来，好像一个既温柔又理智的姑娘真的出现在眼前，正温柔地劝诫、安慰爱意如火的心上人，她多希望这个傻小子能明白她的心意。当爱情之河遭遇蜿蜒坎坷，就会变得千回百转，柔肠百折，也正因此更显得她品质的可贵。

在那个年代，男女只能偷偷地品尝爱情；时至今日，社会的开放完全允许男女自由平等地恋爱，任性地感受爱情的酸甜苦辣。可是现在唾手可得的爱情却终究没有那种千辛万苦得来、需要珍惜呵护的爱情来得美妙，所以我们是时候把爱情看得贵重、好好珍稀了，只有尊重爱情，爱情才会尊重我们。

叔于田

叔于田[1]，巷无居人[2]。
岂无居人？
不如叔也，洵美且仁[3]。
叔于狩[4]，巷无饮酒[5]。
岂无饮酒？
不如叔也，洵美且好。
叔适野[6]，巷无服马[7]。
岂无服马？
不如叔也，洵美且武。

注释

❶ **田**：田猎。
❷ **巷**：城市或村庄里的道路。**居人**：居住的人。
❸ **洵**：实在，确实。**仁**：仁爱。
❹ **狩**：冬猎。
❺ **饮酒**：能喝酒的人。
❻ **适**：往，到……去。**野**：郊外。
❼ **服马**：用马驾车。

译文

阿叔出门去打猎，里巷没人全不在。
难道里巷真没人？
没人能比那阿叔，确实漂亮又仁爱。
阿叔冬天去打猎，里巷没人来喝酒。
真的没人来喝酒？
没人能比那阿叔，确实漂亮心地好。
阿叔郊外去打猎，里巷无人驾车出。
真的没人把车驾？
没人能比那阿叔，确实英俊又勇武。

解读

于田就是在田里狩猎的意思，这是一篇盛赞贵族出猎的诗篇，但是细细读来，却发现其中或许另有深意。

《毛诗序》中说，此诗的“叔”并不是泛指男性贵族，而是特指郑庄公的弟弟共叔段，此种说法经得起考证，而且此诗正是出自《郑风》。如果所述当真是共叔段，那么我们可以大胆地推断，此诗多少有一些批判的含义。要知道郑庄公是郑国一代明君，他在位时弟弟共叔段多次反叛，公然挑战他国君的权威，并在地方作威作福，鱼肉百姓。当朝百官皆谏庄公速速“清理门户”，把这个不省心的弟弟收拾了事以绝后患，庄公不紧不慢地说出了那句千古名句：“多行不义必自毙，子姑待之。”最后果然这个不省心的弟弟自生自灭，正应了现在流行的那句“不作死就不会死”。作为郑地民风“风向标”、郑国喉舌的《郑风》，此诗当然是站在郑庄公的立场之上，这是人民的立场，也是《国风》一贯的立场。而对于多行不义的共叔段，他作为贵族欺男霸女，百姓怎么会颂扬他出猎的赫赫威风？所以此诗必然暗含着讽刺，或许也有几分敢怒不敢言。

诗中说“巷无居人”云云，是说共叔段只要出去打猎，巷子里好像就没人了一样。实际上这是一种夸张手法，极言共叔段随从之多，他们走了，好像天下都没人了；他们回来喝酒，好像天下就没别人喝酒了；他们要是骑马出行，巷子里一匹马都没有了。这种捧高贱低的手法，尤其是那句“共叔段走了，巷子里都没有人了”，在其他颂扬诗中是并不常见的，简直是变向辱骂老百姓自己来为共叔段歌功颂德。所以这当然是一种正话反说的讽刺，讽刺的就是共叔段的目中无人。并不是我们百姓不是人，而是共叔段不把我们当人看啊。这种讽刺手法不由得让人啧啧称奇，拍手称快，此诗也因此在所有“风”诗中别具一格。

在历史背景之外，单独品味这首诗的文字，现代人或许也能够感受到另一种风格，这首诗的每一章末句都是对“叔”的称赞，用词优美：“洵美且仁”“洵美且好”“洵美且武”。在那首美好的《静女》中，就形容姑娘赠送的红管草“洵美且异”：确实是美得特别啊。当我们下次想表达对倾慕之人或喜爱之物的称赞时，或许也可以借用古人的这种雅致的表达。

大叔于田

叔于田，乘乘马[1]。

执辔如组[2]，两骖如舞[3]。
叔在薮[4]，火烈具举[5]。
襢裼暴虎[6]，献于公所[7]。
将叔无狃[8]，戒其伤女[9]。
叔于田，乘乘黄。
两服上襄[10]，两骖雁行。
叔在薮，火烈具扬[11]。
叔善射忌，又良御忌[12]。
抑磬控忌[13]，抑纵送忌[14]。
叔于田，乘乘鸨[15]。
两服齐首[16]，两骖如手[17]。
叔在薮，火烈具阜。
叔马慢忌，叔发罕忌。
抑释掤忌，抑鬯弓忌。

注释

1. 乘马：四匹马。
2. 执辔：挥动缰绳。组：编织丝带。
3. 骖（cān）：四马中靠两边的马。如舞：像在跳舞，比喻有节奏。
4. 薮（sǒu）：低地沼泽。
5. 火烈：放火烧草，隔断野兽逃跑的路。具举：全都举起。
6. 襢裼（tǎn xī）：脱掉衣服。暴：徒手搏击。
7. 公所：官府所在地。
8. 狃（niǔ）：疏忽，大意。
9. 戒：防备。
10. 服：四马中间的辕马。上：在前面。襄：驾车。
11. 扬：旺盛。

⑫ 良：精通。忌：语气词，表示赞美。
⑬ 磬：放马疾驰。控：勒住马。
⑭ 纵：放箭。送：追逐。
⑮ 鸨（bǎo）：花马。
⑯ 齐首：齐头。
⑰ 如手：像左右手一样。

译　文

阿叔出外去打猎，四马驾车已上路。
手执马缰像丝带，两匹骖马如跳舞。
阿叔处在沼泽中，燃起猎火把兽阻。
赤手空拳打猛虎，打到猎物献公府。
我请阿叔要小心，谨防猛虎伤筋骨。
阿叔出外去打猎，四匹黄马套车上。
两匹服马走在前，两匹骖马像雁行。
阿叔身处沼泽中，烈火腾空把兽挡。
阿叔善射箭飞扬，驾车他也很擅长。
时而勒马停脚步，时而纵马奔前方。
阿叔出外去打猎，杂毛四马拉车走。
两匹服马并头进，两匹骖马如双手。
阿叔身处草沼中，烈火旺烧没尽头。
阿叔驱马慢悠悠，发箭渐稀少野兽。
打开箭筒装箭竿，打开弓袋把弓收。

解读

在《诗经》中，诗歌本无名字，后人取名都是按照每首诗的第一句来取。按理来说，此诗应该叫《叔于田》，可是考虑到上一篇命名，就取《大叔于田》区别开来。此诗是上一首的续篇，接着表现共叔段狩猎的场面。

本诗多描写因驱赶猛兽而燃烧的大火，让人读之共鸣强烈，精神奋发。虽然人们对共叔段的为人不敢苟同，但是对共叔段的武力和技术，显然是赞同的。诗歌通过御马如风、徒手搏虎等夸张描写，刻画了共叔段勇武过人的形象。通过“献于公所”，我们可以推测这是一场有君王参加的狩猎活动。君王是谁？当然是郑庄公了。共叔段在郑庄公面前如此卖力表演，好比在战场上大杀四方，耀武扬威，不得不让人印证了心中所想：共叔段确实别有居心。这是诗歌暗示的主题，那句“戒其伤女”好像也是在暗示共叔段的行为太过放纵，毫无收敛之意。这是本诗与历史交集之处，通过描写的此种场面我们也能窥见当时历史的一二。

这首诗在文学上的精彩之处，在于对打猎场面的描摹。在驱兽的熊熊大火包围下，共叔段赤裸上身，在火光中与困兽搏斗，从容地进行骑射，十分壮观。虽然文辞夸张，但生动形象，也让我们见识到了先民的英雄风度和豪迈气概。到清代甚至还有评论家认为这首诗乃是汉代扬雄《长杨赋》《羽猎赋》等专写打猎的辞赋的滥觞。

清　人

清人在彭❶，驷介旁旁❷。
二矛重英❸，河上乎翱翔。
清人在消，驷介麃麃❹。

二矛重乔[5]，河上乎逍遥。
清人在轴，驷介陶陶[6]。
左旋右抽[7]，中军作好[8]。

注释

1. 在：驻守，驻扎。彭：地名。
2. 驷介：四匹一等马。介：一等。旁旁：雄健的样子。
3. 矛：兵器长矛。英：做装饰的红缨。
4. 麃（biāo）麃：威武的样子。
5. 乔：矛上挂饰物的钩子。
6. 陶陶：驱驰的样子。
7. 旋：转车。抽：抽刀。
8. 作好：姿态美好。

译　文

清邑军队驻守彭，驷马披甲气势壮。
车上两矛拴红缨，黄河岸边闲游荡。
清邑军队驻守消，驷马披甲多勇壮。
两矛拴着野鸡毛，黄河岸上来游逛。
清邑军队驻守轴，驷马披甲行走迟。
左转车驾右抽刀，军中显示身姿好。

解读

此诗是表现高克的军队在黄河边徘徊的诗，是一首完全有史料依据的、表现历史事件的诗。这是一个什么故事呢？据史载，在郑文公时代，将军高克素来不知礼数，而且贪占小便宜，郑文公非常讨厌他，让他离自己越远越好。郑文公也是一代昏君，明知高克手握军权，只因为一己好恶，就让高克去边境带兵，幸亏高克并无反意，只知道整天在黄河边耀武扬威，否则郑国江山早就易主了。可惜好景不长，在北狄入侵郑国的邻国卫国时，卫国多次向黄河对岸装备精良的郑军求救，而郑文公由于对高克的厌恶，完全不加理睬，高克自然也不敢出兵相助，结果唇亡齿寒，轮到北狄入侵郑国之时，表面上装备精良的郑国军队成了乌合之众，将士们不愿意为郑国卖命，一溃而散，瞬间化为乌有，高克也逃到了陈国。此诗就是在此背景下展开的。

《郑风》诗多讽刺，而又兼具《诗经》含蓄委婉的特点，所以给人的感觉往往是冷嘲热讽、正话反说，所用手法极其高妙而又入木三分。此诗表面上赞颂郑国高克的军队车马娴熟，装备精良，威风凛凛，如果不分析历史的前因后果，单看此诗，我们甚至不知道此诗是在讽刺。可是当我们细加分析可以发现，所谓“逍遥”“翱翔”等语形容军队，真的是褒义吗？可不可以理解为懒散骄纵呢？其中的暗示之意，不言自明。而所谓“中军作好”，更是自卖自夸的行为，讽刺意味已十分明显了。

《毛诗大序》在评论《国风》时就说，风诗的一大特点就是“讽喻”，“上以风化下，下以风刺上”，每一首诗的含蓄都不是表面的，都是有其引申义的。《诗经》是礼乐的一部分，是要歌唱的，许多我们今天理解不了的意味，在过去的乐谱中是有体现的。每一首诗都是深邃而深沉的，没有一首诗是平淡的。可以说，研究《诗经》，就是在研究中国的历史，以及上至天子、下至臣民的人生。

羔裘

羔裘如濡[1]，洵直且侯[2]。
彼其之子，舍命不渝[3]。
羔裘豹饰，孔武有力[4]。
彼其之子，邦之司直[5]。
羔裘晏兮[6]，三英粲兮[7]。
彼其之子，邦之彦兮[8]。

注释

1 濡：润泽。
2 洵：信，的确。侯：美。
3 渝：变。
4 孔：甚，很。
5 司直：主持正义的人。
6 晏：鲜盛的样子。
7 英：做装饰的丝绳。粲：鲜艳亮丽。
8 彦：杰出的人才。

译文

羊羔皮袄有光泽，大夫正直而好看。
他是这样一个人，宁丢性命不变节。
羊皮袄袖豹皮镶，大夫勇武有力量。
他是这样一个人，国家司直谏君王。

羊羔皮袄多鲜艳，三列豹饰光粲粲。

他是这样一个人，国中英杰是楷模。

解读

此诗是赞美郑国在朝士大夫的诗篇。

在周代有“德称其服”的说法，就是说一个官员的德行和能力要与他所穿的衣服相匹配。“羔裘”就是官服，而且通过名字和诗篇中细致的描述，我们就可以想象得到那份奢华，在那个生产力极其低下的时代，羔裘的得来是何等不易。所以人们极其重视官服，把官服和高位、德行、其人本身联系起来，只有“德称其服”，才会被人民所认可。此诗就展现了这样一种时代标准。

此诗就是“孔武有力”这一成语的出处。诗句细致入微，极言官服的威武华贵，并盛赞官员具有美好德行，是国之栋梁。能担得起这种称颂的，都不是一般的贵族，而是郑国有头有脸的人物。此诗也应当是在郑武公、郑庄公时期所作，因为彼时国力强盛，蒸蒸日上，歌咏官员正具有歌咏盛世的含义。

我们平时常说，衣品即人品，其实连莎士比亚也说过：“衣裳常常显示人品。”在这首诗中，美好的衣服与人的高洁品行相匹配。在现代社会，人们常常只记得衣品，倒忘记了对人品做要求，以致很多人只有衣品却没有人品。须知二者应该是相称的，我们既要注意服装的整洁得体、美丽独特，更要从内在品行上要求自己。

遵大路

遵大路兮[1]，掺执子之袪兮[2]。
无我恶兮，不寁故也[3]。
遵大路兮，掺执子之手兮。
无我魗兮[4]，不寁好也。

注释

1 **遵**：循，沿着。
2 **掺**（shǎn）**执**：拉着，牵着。**袪**（qū）：袖口。
3 **寁**（jié）：迅速、快捷。**故**：故人。
4 **魗**（chǒu）：同“丑”，厌恶。

译 文

顺着大路向前走，用手拉住你袖口。
不要如此讨厌我，莫断旧情变成仇。
顺着大路向前走，用手拉住你的手。
不要如此嫌弃我，莫将友好变成仇。

解读

这篇小诗一共两章，可是历来主题不明，果然字数越少，所得的说法就越多。古往今来，大多数解读者认为此诗是情诗。小两口吵架了，打打闹闹，纠缠不清，好像今天的小伙子惹姑娘生气，给姑娘道歉，可姑娘还在气头上，并不想原谅，小伙子就说：你不是嫌我丑嫌我胖吧？不要这样就离开我，我们可是老情人啊！这种诙谐调笑的口吻或许适合以这首诗作为情诗的解释。而在宋玉的《登徒子好色赋》中就提到了这首诗，其中语句缠绵，又为此说提供了证据。

可这种说法忽略了一个漏洞，就是那个时代的背景。在那个时代，虽然地处较为开放发达的郑国，风俗偏自由，但小两口的吵架依然不能在“大路”上吵，这未免有点太不合常理了。所谓“大路”，乃是行军、运输以及各国使臣往来的要道。郑国地处河南，正是中原腹地，交通可谓四通八达，好比“九省通衢”，在这样的大路上行儿女私情之事，恐怕不像话。所以也有说法认为此诗是郑国迎送各国宾客的篇章，执子之袖，嘘寒问暖。

此诗语句缠绵，情感饱满。从孔子往后，历来都说“郑声淫”。所谓“淫”，不一定就是诗中所记男女之事多，而是道学家把一些缠绵悱恻或自由得难以接受的东西都统称为淫。而孔子所谓的“郑声”，很可能是在《诗经》有乐谱之时，配乐的郑国音乐偏“靡靡之音”了一点，毕竟郑国开放而发达。此诗就是这个“淫”的代表，无论是接见外国宾客要以忸怩作态的行为，还是男女真的去大路上缠绵了，这些行为配上郑地音乐，或许就都是“郑风淫”了吧。

以情诗的视角来看，这首诗描写的真是情侣之间最常见的一幕了。在大路上，一对男女拉着手争吵，也许是突然开始的小矛盾，也许是一次大爆发，其中一方情绪激动，开始悲伤地哭叫。这争吵的结局如何我们也不得而知，所以多么像我们在路上偶遇的一个片段！古人短短几句，却能将其中的形象和情感描写得活灵活现。

女曰鸡鸣

女曰鸡鸣，士曰昧旦[1]。
子兴视夜[2]，明星有烂[3]。
将翱将翔，弋凫与雁[4]。
弋言加之[5]，与子宜之[6]。
宜言饮酒，与子偕老。
琴瑟在御[7]，莫不静好。
知子之来之[8]，杂佩以赠之[9]。
知子之顺之[10]，杂佩以问之[11]。
知子之好之，杂佩以报之。

注释

[1] 昧旦：天快要亮的时候。
[2] 兴：起。视夜：察看天色。
[3] 明星：启明星。烂：明亮。
[4] 弋：射。凫：野鸭。
[5] 加：射中。
[6] 宜：烹调菜肴。
[7] 御：弹奏。
[8] 来：劳，勤勉。
[9] 杂佩：女子佩带的装饰物。
[10] 顺：顺从，体贴。
[11] 问：赠送。

译　文

妻说："鸡叫天已亮。"夫说："将亮还未亮。"
"你快起床看天色，启明星光闪闪亮。
出外打猎瞧一瞧，射落凫雁喜滋滋。"
拿箭射落凫和雁，我为你烹好菜肴。
做好菜肴来饮酒，我们一起活到老。
琴瑟安放支架上，必然是和睦友好。
知你殷勤把我爱，我把杂佩赠予你。
知你和顺把我待，我把杂佩送给你。
知你对我这般好，我用杂佩报答你。

解读

这是一篇称赞贤内助的诗篇。

在古代，中国作为农业大国，"四体不勤，五谷不分"是令人鄙视的，也是无法生存的。勤劳是中国古代劳动人民必备的品质，"日出而作，日落而息"是人民在千百年耕耘中所体会到的亘古不变的规律。在周代，又因为生产力低下，勤于劳作才能让生活更美好一些，所以有大量的诗歌、史料提及早起的重要性。此诗以鸡鸣起兴，妻子督促丈夫早起，都是印证了这个意义。

这是一篇读起来温馨而体贴的诗篇。三章清晰明了，首章是妻子早醒，劝丈夫早起狩猎。狩猎是当时社会获得肉食的主要方式，所谓"早起的鸟儿有虫吃"，早起打猎才能打得好猎。妻子的勤快，以及对生活细节和经验的捕捉，在诗句中一览无余。第二章说等你打猎归来，我给你做好吃的，和你饮酒为乐，我们就这样一直到老。这些亲昵的话语，读来仿佛一个贴心温柔的妻子真的出现在面前一样，丈夫偶尔想偷偷懒，妻子为了督促他，鼓励他继续以积极的态度面对生活，就有了这些言语。这是一个贤内助的智慧和温柔，就算再心如钢铁的汉子也抵挡不住吧！这位妻子不仅勤劳、懂生活、体贴细心，而且知人情、懂礼数。第三章中，丈夫回来，妻子将佩玉赠给他，以永修爱情之好。这样的妻子何人不爱呢？

值得一提的是，丈夫是真正的懒惰吗？其实未必。有一个如此贴心而暖心的贤内助，生活中点点滴滴都被她打点明白，丈夫自然就省去了许多生活的烦恼，慢慢地就放松了生活的神经。实际上，说丈夫没有早起，更是反衬妻子对生活细节的体察和她作为妻子的伟大。

在古代，女子地位虽然不如男性，可真正完全沦为男性附庸的其实是封建社会那两千多年，地位最低的时期乃是宋代理学兴盛之后。在先秦时期开放的郑国，虽然也属男权社会，但是我们可以清晰地看到女性的作用和地位、女性人性中那些闪耀的光辉，这些都被广泛地认可、记载和传颂。那个时代的女性，相比后世还是幸福的。

一个勤俭持家、知书达礼、体贴温柔的妻子，在几千年前就是公认的好媳妇。一个成功男人的背后必然有一个伟大的女人。当今时代的男性或许要多给女性一些包容和关爱，这样女性才能回馈出更多的温柔与细心，发挥她们天生的才能。每一个合格的丈夫都要感谢自己的妻子，毕竟每一个温馨的家庭都离不开妻子的温柔。

有女同车

有女同车[1]，颜如舜华[2]。
将翱将翔，佩玉琼琚。
彼美孟姜，洵美且都[3]。
有女同行，颜如舜英[4]。
将翱将翔，佩玉将将[5]。
彼美孟姜，德音不忘[6]。

注释

1. 有：助词，位于单音节词前。同车：同乘一辆车。
2. 舜华：木槿花。
3. 洵：实在。都：体面，娴雅。
4. 舜英：木槿花。
5. 将（qiāng）将：佩玉互相碰击的声音。
6. 德音：声誉美好。

译　文

姑娘和我同乘车，容颜美丽如舜花。
举步飘逸如鸟飞，各色佩玉身上戴。
那位漂亮姜大姐，确实姣美又文雅。
姑娘和我同车行，面如舜花真漂亮。
举步飘逸如鸟飞，佩玉相撞声锵锵。
那位美艳姜大姐，声誉美好不消亡。

解读

这是赞美嫁来郑国的齐国公主的诗篇。

春秋时期，齐国是春秋五霸之首，齐桓公是春秋时期诸侯国的盟主，在齐桓公称霸之后，诸小国纷纷溜须拍马，进可以攀附“大腿”，退不至于被这个霸主所怨，防止哪天运气不好，遭灭国之祸，郑国也是其中之一。郑自建国以来，从未有过与齐联姻的记载，而齐桓公甫一称霸，郑国就娶了齐国的这位孟姜氏，可见那个时代的婚姻和政治脉搏、国家兴亡都息息相关。所以无怪此诗歌咏孟姜说“德音不忘”，原来孟姜嫁过来就相当于换来了齐郑两国的和平。外交修善，前途光明，你说这孟姜是不是百姓的福音?

此诗从迎娶礼节到新娘妆容，最后到新娘的配饰，细致地描写了孟姜的姿态。所谓“佩玉”，在古代是为了让女子落脚轻柔，不逾规矩的，孟姜的佩玉声音如此动听，反衬出她性格柔顺、仪态万方、有礼有德。此诗对孟姜全方位的称颂，表达了民众对郑国迎娶这样一位“福星”无比喜悦的心情。

不管怎样，这首诗都可以说是一首华美的迎亲曲，诗中的这位新娘不仅有美丽的容颜，更有高尚的品德，从某种意义上来说，它展示的是一场理想的婚姻。爱情始于颜值，但更陷于才华，忠于人品，希望我们每个现代人，也都能遇到那个“洵美且都”的心上人。

山有扶苏

山有扶苏[1]，隰有荷华[2]。
不见子都[3]，乃见狂且[4]。
山有桥松，隰有游龙[5]。
不见子充，乃见狡童。

注释

1 扶苏：茂木。
2 隰（xí）：低湿的洼地。荷华（huā）：荷花。
3 子都：古代的美男子。下文“子充”同。
4 乃：反而。狂且：犹言狂行钝拙之人。
5 游龙：红草，亦名水红。

译　文

山上长着参天树，洼地荷花到处开。
未能见到美男子，却见轻狂的人来。
高大松树遍山坡，洼地红草处处开。
没有见到美男子，却见轻浮少年来。

解读

《郑风》一直被称为《诗经》里的“靡靡之音”，因为郑国民风开放，男女之间表达感情也非常大胆。这首《山有扶苏》就是《郑风》里特别有代表性的一篇。这是一首能够让人真真切切感受到爱情滋味的诗歌。我们常说，爱情像巧克力，像咖啡，但这首诗里，爱情带着一股百香果的味道，酸酸甜甜，又特别清新俏皮。古人也很迂腐，非要说这是讽刺郑昭公的，其实是有一些过度解读的。著名的《诗经》《楚辞》研究学者袁梅教授曾经说：这是一位女子与爱人欢会时，向对方唱出的戏谑嘲笑的短歌。

这首诗并不长，一共两章，每章有四句，全篇都是少女的口吻，在戏谑调侃，在笑骂这个男生，但是在这样的话里，我们能感受到她其实是很喜欢这个男孩的。第一章里，用以物起兴的方式开始，说山里有扶苏树，池塘里有荷花，我是来看美男子的，偏偏遇到你这样一个小狂徒。第二章以同样的方式开始，结构也是一样，但感情却更浓烈了几分：怎么偏偏遇到你这样一个小"狡童"！类似于现在常说的"小冤家""小混蛋"，虽然都不是什么赞美之词，但怎么听都觉得带着一种亲昵之感。

本诗虽短，但有一种少男少女情窦初开、欢喜相见的既视感，这个少女一定长得俏皮可爱，说话脆生生的。后人给这首诗作评，说以物起兴的方式很常见，和后文没有什么直接关联，但其实也未必，山里有繁茂的扶苏树，池塘里有漂亮的荷花，这本来就是个山清水秀的环境，少男少女选这里约会也是合情合理的，而且这种场景很容易让我们产生遐想——他们接下来会说什么，做什么？所以，一首好诗，就是能够让人有画面感，有联想空间。

不管后人怎样评价《郑风》，我们都会被这个女孩的嬉笑怒骂所感染，因为这就是青春年少时遇到爱情的样子。一些年轻的小情侣之间彼此的备注很多都是"小傻子”“大坏蛋”，看见这个称呼就莫名的心跳加速，莫名的想笑，这应该就是少年恋人之间独有的情趣。中国人常说“情人眼里出西施”，诗里面的少女一边强调：我其实是想看美男子的；一边戏谑：怎么是你这个小狂徒！给人一种欲拒还迎的感觉。但这恰恰是一种非常纯粹干净的情感表达，也是非常值得珍惜的感情和时光。毕竟，不是人人都能一直停留于这个口无遮拦、敢说敢笑的年纪。相较于少男少女纯真的情感，我们成年人要顾忌的事情就多了很多。不知道你们有没有在手机里备注过爱人的昵称，也不知道你们还记不记得，当年偷偷谈恋爱时怎么称呼对方，或者记不记得一起藏在某个角落里喝汽水的感觉呢？不管时代怎么变化，不管我们的生活怎么变化，有一些东西是一直存在的，就比如，恋人之间这种酸酸甜甜的感觉。

萚兮

萚兮萚兮❶，风其吹女❷。
叔兮伯兮，倡，予和女❸。
萚兮萚兮，风其漂女❹。
叔兮伯兮，倡，予要女❺。

注释

❶萚（tuò）：脱落的木叶。
❷其：助词，无实义。女：同“汝”，你。
❸和：跟着唱。
❹漂：飘。

5 要：邀请，跟随。

译 文

树落叶啊草凋零，大风来把你们吹。
小弟弟啊大哥哥，你们领唱我跟随。
树落叶啊草凋零，漫天飘荡任风吹。
小弟弟啊大哥哥，你们领唱我跟随。

解读

这是一篇邀人唱和的诗。

在最开始的时候，《诗经》中这些所谓的“诗”就是一篇篇歌词，谱曲歌唱完全是为了周代礼乐的建设和发展，在典礼、祭祀、宴饮等不同场合，按需要来演唱不同种类的诗篇。今人从所谓的艺术审美视角去鉴赏它，品读出了它的文学美，则完全是意外之喜，因为它本身的作用和价值是在音乐上的，准确是说是为礼乐而服务的。此诗或许就是宴饮礼乐的一个片段。

此诗虽然短小，但内容值得玩味。有人认为当时这首诗的唱和形式很可能是男女对唱，一唱一和，所以有点“情歌对唱”的感觉。实际上，所谓“叔兮伯兮”，很可能是一个贵族家庭在宴饮之时，小辈遵从礼数，邀请长辈一同歌唱作乐时的称呼。毕竟叔伯之称一般可不是夫妻之间的称呼。

从内容上看，这首邀人唱和的诗的开头是以枯叶的飘落来起兴的，风儿吹着落叶飘舞，请你和我来唱和，让人颇有一种时光易逝，何不及时行乐之感。就好比我们如今看到什么场景，也会触景生情，想要唱歌或者和友人倾诉一番等，这种感觉其实也是很简单且普遍的。

狡童

彼狡童兮[1]，不与我言兮。
维子之故[2]，使我不能餐兮。
彼狡童兮，不与我食兮。
维子之故，使我不能息兮[3]。

注释

[1] 狡童：狡猾的少年，也可解释为容貌姣美的少年。
[2] 维：因为。
[3] 息：安，安宁。

译文

那位漂亮小伙子，不肯与我把话谈。
由于你的缘故啊，使我无心来进餐。
那位漂亮小伙子，不肯与我来吃饭。
由于你的缘故啊，使我寝食都不安。

解读

《狡童》也是一首爱情诗。有人说这是一首表达女子失恋伤怀的诗，也有人说这是描述小两口吵架的诗。朱熹说：这是男女相怨之诗。朱熹把《诗经》里很多篇诗都解读成了“政治课”，或者道德教育课，但站在今天的角度看，它更像是一首表达恋爱初期少女心事的诗。爱情就是让人患得患失，对少年人来说，朦朦胧胧，忽远忽近，才是爱情最迷人的地方。

《狡童》很短，全都是少女视角，满心埋怨她喜欢的那个男孩。在这个女孩看来，这个男孩狡猾且帅气，因为“狡童”既可以解释为狡猾的坏蛋，也可以解释为面容姣好的少年。全篇两章，共八句，第一段说：那个好看的小混蛋，他不和我说话，就是因为这个，导致我无心吃饭。第二段又说：那个好看的小混蛋，他不和我一起吃饭，就因为这个，导致我睡不好觉。这和《关雎》里的“寤寐思服，辗转反侧”应是一个感受吧。

这篇很短，但少女的焦虑和烦忧跃然纸上。法国有位女作家说：爱情是女人生命的全部。这话虽有些夸张，但清晰地解释了一个现象，那就是为什么在恋爱中，女生总是要反反复复地去确认对方是不是爱我。陷入爱情的女生永远不安，因为不安，就变得很“作”，为什么不搭理我？为什么没回我信息？为什么不和我一起吃饭？为什么没看我？这些在男生看来无关紧要的事情，构成了恋爱中女生的全部。

不管哪个年代，女生遇到爱情，产生的化学反应都是一样的，《狡童》里这个郑国的少女代表了很多女孩的状态。很多人认为《诗经》的语言系统太古老，很难和现代链接，但并非完全这样，这一篇就非常易懂，因为少女心事，古来相同。我们常说“诗言志”，诗的语言并不是佶屈聱牙才高级，一首好的诗，是可以准确传达出作者的心思的。我们看着甚至有点着急，这到底是发生了什么？怎么就不搭理这个姑娘了？和古人相比，我们现代人的社交方式变了，表达方式也变了。假设一下，这一幕要是发生在今天，我们就未必能看到这样一首既俏皮又直白的诗，极大可能是男孩的微信会“崩、崩、崩”不停地响，女孩发来一堆堆的表情包或者动图，目的和诗里面的少女是一样的——求关注、求回复。所以，到底是今天我们科技发展让交流变得简单了？还是我们的表达能力下降了呢？

褰裳

子惠思我，褰裳涉溱[1]。
子不我思，岂无他人？
狂童之狂也且[2]！
子惠思我，褰裳涉洧[3]。
子不我思，岂无他士？
狂童之狂也且！

注释

1 褰（qiān）：用手提起。裳（cháng）：下身的衣服。涉：渡过。溱（zhēn）：郑国河名。

2 也、且（jū）：语气助词，没有实义。

3 洧（wěi）：郑国河名。

译 文

你若爱我把我念，提裙涉过溱河来。
你若不把我来念，岂无他人把我爱？
傻小子里你最呆！
你若爱我把我念，提裙涉过洧河来。
你若不把我来念，岂无男士把我爱？
傻小子里你最呆！

解读

此诗是一首男女打情骂俏的风情诗。

如果说本诗是一首爱情诗，多少有些不严谨。此诗中并无男欢女爱的桥段，而是单纯以女性口吻，直截了当地对男性发出爱情的质问。这种爱恨交加、似嗔似喜、正话反说的爱情质问，正源自二者之间的小矛盾，或者客观因素的干扰，使得爱情千回百转、出现波折，也正因这波折，才有风情。因此，这也算是一首打情骂俏的风情诗。

在周代，为了鼓励人口繁衍、增加人口数量，对抗频繁战火与天灾导致的劳动力不足问题，政府特许仲春时节男女可以私会。而这种带有强迫性质的男女交往也多有矛盾，此诗或许也与这层背景有关。

此诗之美，在于对人物的极致刻画。主人公泼辣耿直，快人快语的性格已经真真切切地让我们感受到了。这性格是现代的，是先进的，也是大快人心的。在那个男权时代，敢于说出“你若爱我，我提起衣裙就跨河寻你；你若不爱我，那天底下男人又不止你一个”这句话，是多么难能可贵，多么勇气可嘉。反观这句话，在那个情感桎梏且观念落后的时代，是否又有一种振聋发聩、石破天惊的自由之火迸发之感？我们不得不惊异于那个时代女性的人格与精神，这或许也正是《诗经》的伟大之处。

人在漫长的一生中，要历经太多情感，而爱情只是人生长河中的一部分。与其做一个完全沉溺于爱河、最后才发现“女之耽兮，不可脱也”的弱女子，被男性伤害或被时代左右，倒不如学习此诗中的女主人公，敢于直截了当地呐喊，向爱情宣示自己的主动权。打情骂俏也好，戏谑风情也罢，我都有自己的态度，你爱或者不爱，我都不能被你左右。

丰

子之丰兮❶，俟我乎巷兮❷，悔予不送兮❸！
子之昌兮❹，俟我乎堂兮，悔予不将兮❺！
衣锦褧衣❻，裳锦褧裳❼。
叔兮伯兮，驾予与行❽。
裳锦褧裳，衣锦褧衣。
叔兮伯兮，驾予与归❾。

注释

❶ 丰：丰满，标致。
❷ 俟：等待。
❸ 送：追随。
❹ 昌：健壮。

❺ 将：同“送”。
❻ 衣锦：穿着锦绣上衣。褧衣：麻纱罩衣。
❼ 裳锦：穿着锦绣下裙。褧裳（jiǒng cháng）：麻纱罩裙。
❽ 驾：驾车。与行：与你同行。
❾ 归：谓出嫁。

译　文

你有丰满俊容颜，亲自迎我到巷口，自怨未能随你还！
你的身体多强健，亲自迎我到门外，自怨未能随你还！
身着锦衣罩外衫，穿上锦裙罩外裙。
我的阿弟与阿哥，驾车来迎再成婚。
身着锦裙罩外裙，穿上锦衣罩外衫。
我的阿弟与阿哥，快驾车来随你还。

解读

这是一首因为父母干涉而未能与心上人成婚的女子表达沮丧悔恨之情的诗篇。

在周代，父母之命、媒妁之言是婚姻的必由之路。除此之外，世俗的眼光，礼乐的要求，繁文缛节的束缚，甚至是贵族家中请的婚前教授礼乐的老师、平民家里请的婚前服侍新娘的保姆，都或多或少会对婚姻进行一定的干涉。总而言之，那个时代的女性毫无婚姻自由可言，对此人生大事没有任何参与的权利。此诗就是如此，明明心上人已经来女方的堂前接新娘了，因为父母意见不合，商谈不妥，最后硬生生把这门已接近成行的婚姻拒之门外。

此诗两度所谓的“悔予”，当真是女子的自悔吗？其实非也。父母之命难违，让你嫁，你不愿意嫁也得嫁，就算他不是你的心上人，你也要嫁鸡随鸡，嫁狗随狗；不让你嫁，就算是你的真命天子在堂前，马上就能牵他的手飞一般地奔向月宫，你也得在一墙之隔的屋里五内俱焚，无计可施。这就是那个时代的现实，有什么自悔可言呢？所以女子的悔，明明就是怨；而又无法怨天尤人，更不能怨父怨母，所以就只能自怨自艾了。《诗经》中的女子各不相同，本诗中的女子就是那种最为多见的弱女子了。可纵然现实如此，青春炽热的芳心还是难以被父母的枷锁所绞杀，她多少还是幻想了一番，幻想着保姆给自己穿了出嫁的新装，自己催促着哥啊弟啊，快快驾车送我到他家去。诗后两章用回环往复的笔法，就好像她真的又有了嫁给这个仪表堂堂的心上人的机会一样，那样的急切，那样的匆促。可是幻想终究是幻想，所以这样的写法，读来更是让人心酸。眼前一梦终虚幻，现实是无情且残忍的，此诗就是那个时代的女性悲歌。

比起诗中这位女子所处的被动境遇，我们现代人对爱情和婚姻似乎都有了更多的主动权，但因为各种各样的外因而被迫放弃感情，也是常有之事。或许当我们面临两难的选择时，也应该像诗中的主人公一样，设想一下分手后内心是否会懊悔痛苦。如果还有遗憾，何不再多坚持一下呢？

东门之墠

东门之墠[1]，茹藘在阪[2]。
其室则迩[3]，其人甚远。

东门之栗，有践家室[4]。
岂不尔思？子不我即[5]。

注释

❶ 墠（shàn）：郊外平坦之地。
❷ 茹藘（lú）：又名茜草、牛蔓。阪（bǎn）：坡。
❸ 迩：近。
❹ 践：排列整齐。
❺ 即：就。

译 文

东门广场平坦坦，茜草生长土坡间。
他的住处离我近，他却好像离我远。
东门附近有栗树，善良人家在树边。
哪能不把你来想？你却不来我身边。

解读

这首简单的小诗是一首男女对唱的情歌。据学者考证，诗的两章在当时应该是男女分唱，一人一章的安排。

如果非要说此诗有什么社会意义，或者因为什么重大社会问题的缘故使得男女二人不得相见，反映了一定的社会现实等等，那就多少有些小题大做了。这首简单的情诗，就是简洁地展示了郑地民间一种男女的风情，与现在民歌中的男女撑竹筏时对喊的俏皮话差不多。孔子曰“郑声淫”，也就是说郑地相对来说思想自由一些、观念更开放一些。

《诗经》中有许多表达男女热恋、彼此思念的诗篇，但这篇却是男女双方的对歌，颇有新意。男子说“其室则迩，其人甚远”，与现在说的“咫尺天涯”有异曲同工之妙。两人相爱时，心里就是怀着这样忽远忽近、晴雨不定的感觉。女子回答说“岂不尔思，子不我即”，难道我不想念你吗？谁让你不来找我！恋爱时的小心思，就是这样弯弯绕绕，希望对方主动一点，靠近自己。古往今来的怀春男女，其实真的没什么两样啊。

风雨

风雨凄凄，鸡鸣喈喈[1]。
既见君子，云胡不夷[2]？
风雨潇潇，鸡鸣胶胶[3]。
既见君子，云胡不瘳[4]？
风雨如晦[5]，鸡鸣不已。
既见君子，云胡不喜？

注释

1 喈（jiē）喈：鸡叫的声音。
2 云：语气助词，无实义。胡：怎么。夷：平。
3 胶胶：鸡叫的声音。
4 瘳（chōu）：病好，痊愈。
5 晦：昏暗。

译 文

刮风下雨天气凉，鸡鸣喈喈天已亮。
见到丈夫回家来，心急怎能不平复？
风雨交加声潇潇，群鸡啼叫天已晓。
见到丈夫回家来，心病怎能不痊愈？
风雨急骤天昏暗，鸡鸣喈喈不肯停。
见到丈夫回家来，心中怎能不欢喜？

解读

此诗主题历来说法不一，但是大体有两种说法，还是一如既往地以对“君子”的解释来划分的。认为“君子”是正人君子者，便说此诗主题是乱世之中出一君子；认为“君子”是夫君者，便说此诗主题是妻子喜盼丈夫归来。两种说法都能自圆其说。

“乱世君子”说，主要根据是此诗的比兴。以愁云惨淡、风雨飘摇的景色起兴，给人一种黑暗、没落的压抑之感。而君子在此种背景下脱颖而出，好比英雄救世一般地出现，光芒夺目，令万众欣喜。以此景为兴，反衬出君子的光彩照人，深入刻画了乱世英雄的伟岸。由于封建时代不提倡男欢女爱，所以这种“君子”观、“英雄救亡”观极其流行，并且被发扬光大，成为主流。许多为国捐躯的儒生在遗书中都愿意提一嘴“风雨如晦，鸡鸣不已”，以彰显自己在乱世之中的英雄情怀。可以说，这种解释多少影响了国人骨子里的家国热忱。

而“夫君归来”说，起兴之景就可这样理解：妻子在无望的等待中，凄风苦雨、黑夜漫漫，突然听到了几声鸡鸣。这鸡鸣是黎明到来的信号，是刺破黑暗的象征，同时也预示着生活中那无尽的苦难即将过去，愉快、美好的生活即将到来。这时夫君就回来了，那个行役多年杳无音讯的夫君，本应有死无生、有去无回的夫君，居然安全归来了。这难道不是生活的光明和命运的馈赠？

可以说，此诗对于意境和色彩的把控，将光明与黑暗、对比手法与传奇色彩交织在一起，打造了一幅辉煌动人的生活画卷。这画卷里人生百味全部囊括其中。很难想象，在一个落后闭塞的奴隶制国度中，居然可以诞生拥有如此匠心和高超艺术技巧的诗人，几千年后的今天依然让我们叹为观止。

由于“风雨”的象征意味，这首诗有了双重的解释。但无论是哪一种，它都表达了一种“于无所希望中得救”之感。“既见君子，云胡不喜”，一个喜欢的人便是自己生命中的微光，相逢怎能不喜呢？而若作“君子”之解，也但愿我们每个人，处在风雨之境，仍能自勉自立，做社会的那束光。

子衿

青青子衿[1]，悠悠我心。
纵我不往[2]，子宁不嗣音[3]？
青青子佩，悠悠我思。
纵我不往，子宁不来？

挑兮达兮[4]，在城阙兮[5]。
一日不见，如三月兮！

注释

1 衿：衣领。
2 纵：即使，就算。
3 宁：竟然。嗣：留下，留有。音：音信，消息。
4 挑兮达（tà）兮：往来轻疾的样子。
5 城阙：城楼。

译文

青青颜色你衣领，悠悠绵长我的心。
即使我不把你见，难道你竟无音信？
你的佩玉青又青，我的情思长又长。
即使我不把你见，你竟不肯来探望？
往来游走心焦急，就在城阙那上边。
一天未能看到你，好像三月没见面！

▶ 子衿

青青子衿，思念悠悠，玉带飘飘，心向远方。看那人在城楼守望，往来徘徊，谁也不知道他来回走了多少趟了。本诗到了一世枭雄曹操那里，求贤若渴的心情是这样的：“青青子衿，悠悠我心。但为君故，沉吟至今。”

解读

此诗应是一首爱情诗，但其引申义颇多。到底引申出了什么呢?

在古代，如果《诗经》中的一首诗是一篇缠绵悱恻的爱情诗，那么只要它能有另外的一种解释，只要有一点儿不像爱情诗，那它就会被解释为另外的那种主题，而且会迅速发展为主流。这是古人对男女之情有偏见导致的。此诗就被解释为“学生不遵礼乐、老师苦候不来”的诗篇，也有解释说是友人之间互相等候的。发展到后来，此诗中“等待”的引申义又被大大拓展，在曹操的《短歌行》中，此诗又以求贤若渴、招贤纳士的主题被引用。可是无论如何，此诗内容的幽怨和暧昧都绝不像大男人之间的友情或者师生情那样简单，还是作为男女之间幽怨的爱情诗比较合适。

此诗虽然短小，但是情调嫣然，好像有一种小女人撒娇的温馨甜腻。青黑色的是你的衣领，没日没夜的是我的思念。一天不在城墙边看见你，我就像过了几个月那样难熬！这种幽怨的情致，用一两句话就表达得透彻心扉了。在《卫风·静女》中，也提到了男女在城墙边约会，所以可知城墙边或许是当时男女寄放爱情的常驻地，每每只要有一方没有如约而至，另一方就要“挑兮达兮”地在城阙之上观望等待。生动形象的动作描述，千回百转的心理状态，直截了当的娇嗔怒骂，大概就是爱情的样子吧！

《诗经》有很多表达男女情爱的作品，本诗算是很有代表性的一篇。诗中的主人公是一位自信、大胆、热情的姑娘，她毫不扭捏，直白地向心上人表达自己的情意：“纵然我不能去看你，你就不能写信给我，或者直接来找我吗？”在爱情中，女性绝不是只能守在深闺，思念或哀伤，而是就应该这般独立自主，表达自己的诉求和愿望，谁说热情主动的只能是男人呢！

扬之水

扬之水❶，不流束楚❷。
终鲜兄弟❸，维予与女❹。
无信人之言，人实迋女❺。
扬之水，不流束薪❻。
终鲜兄弟，维予二人。
无信人之言，人实不信。

注释

❶ 扬：水流缓慢的样子。
❷ 束：捆扎。楚：荆条。
❸ 鲜：少，缺少。
❹ 女（rǔ）：同“汝”，你。
❺ 迋（guàng）：欺骗。
❻ 薪：柴。

译　文

小河之水缓缓流，一捆荆条冲不走。
我家本来兄弟少，总共才有我和你。
勿听外人来进言，他们说谎来诳你。
小河之水缓缓流，一束柴火冲不走。

我家本来兄弟少，只有你我相关心。
勿听外人来进言，他们实不可信赖。

解读

此诗主题历来有二：一是爱情诗，一是兄弟团结诗。

爱情诗的理由，是缘于此诗的起兴。在《诗经》中，往往“束薪”“束楚”都是与男女有关的比兴。

诗中所谓“无信人之言”，就是外面有人风言风语了，妻子来劝诫丈夫，夫妻之间要相互信任，你我二人没有什么兄弟姊妹，更要相依为命，不能被外人的流言左右。温暖的小家庭之感便涌上心田了。

团结诗的理由则是，在西周末期，民生凋敝，社会混乱，血缘宗法制也崩坏殆尽，所谓“终鲜兄弟”便是此意。患难见真情，昔日的同姓兄弟作鸟兽散，就只剩你我了。所以你我之情肝胆相照，实在需要珍惜，别人都不可信啊！这样理解，此诗就是一首呼吁乱世之中人与人之间要相互信任、团结起来的诗篇。亲君子、远小人，认清现实，团结真朋友，这是乱世的生存之道。

无论从爱情还是亲情的角度解析，这首诗都是很有意思的。“扬之水，不流束楚”，河水缓缓地流淌，漂不起成捆的木柴，倒是很有哲学意味。人终究是孤独的，人生漫漫，也终究只能与那么几个亲人，或是爱人组建共同的命运方舟，所以更不应互相猜忌，应当多一些信任，彼此珍惜，携手面对生命中的一切。

出其东门

出其东门，有女如云。
虽则如云，匪我思存[1]。
缟衣綦巾[2]，聊乐我员[3]。
出其闉阇[4]，有女如荼[5]。
虽则如荼，匪我思且。
缟衣茹藘[6]，聊可与娱。

注释

1 匪：非。存：心中想念。
2 缟（gǎo）衣：白色的绢制衣服。綦（qí）巾：茜青色佩巾。
3 聊：且。员（yún）：同“云”，语气助词，没有实义。
4 闉阇（yīn dū）：曲折的城墙重门，瓮城。
5 荼：白色茅花。
6 茹藘（lú）：茜草，可作红色染料，这里借指红色佩巾。

译　文

走出郑国东城门，姑娘多如天上云。
虽然多如天上云，非我日夜想的人。
白衣绿巾好姑娘，才可使我乐开心。
走出郑都城门外，姑娘就像白茅花。
虽然好似白茅花，非我日夜想的她。

白衣红巾好姑娘，才可与她共欢合。

解读

此诗乍一看确实是一首表达感情专一的诗篇。出门一望，美女如云，可是我的心只属于那个人。可是实际上真的只有这么简单吗？

诗中所谓“有女如云”的“云”，并不是今日“美女如云”的意思，而是指衣服的颜色如云彩一般的白。郑地都城，原本是殷商故地，有众多殷商遗老。商人崇拜的颜色是白色，而商人喜欢从事的致富之路就是经商。据传，中国的商贸活动是从商代起源的，经商者也被称作“商人”。穿白衣、从事商贸，这是郑地殷商遗老特有的风俗，他们定期会聚集在城门买卖货物。所以诗中一群白衣女子云集东门，这好理解了，就是商地遗民的一些习俗。而古代农业大国，重农抑商，对这些殷商女子的行为，诗人理解不了，所以转而讲述自己喜欢那些衣着朴素、务农本分的女子，就极为正常了。

不过诗人到底是因为这个原因而喜欢“缟衣綦巾”的女子，还是纯粹因为“缟衣綦巾”的女子真的是他心中所爱，如今难以考证了。在后世元稹的“曾经沧海难为水”和辛弃疾的“众里寻他千百度”中，我们依稀能看见此诗的影子。人海茫茫，一生要与无数人擦肩而过，但那些绮丽的风景只是过客，我唯独愿意多看你一眼，为你千回百转。在今天这样一个快餐式交友的年代，这份专一、痴情和浪漫，令人感动不已。

野有蔓草

野有蔓草[1]，零露漙兮[2]。
有美一人，清扬婉兮[3]。
邂逅相遇[4]，适我愿兮。
野有蔓草，零露瀼瀼[5]。
有美一人，婉如清扬。
邂逅相遇，与子偕臧。

注释

1 **蔓草**：蔓延的草。
2 **零**：滴落。**漙**（tuán）：露水多的样子。
3 **清扬**：眉清目秀的样子。**婉**：美好。
4 **邂逅**：无意中相见。
5 **瀼**（ráng）：露水多的样子。

译　文

郊野蔓蔓春草青，露落草上水珠圆。
有一美人在草间，眉清目秀真好看。
不期相遇很有缘，感情投合遂我愿。
郊野蔓蔓春草青，露落草上水晶莹。
有一美人在草间，身姿飘逸眼明亮。
不期相遇很有缘，同她珍惜这初见。

解读

这是一首表达一见钟情、难抑欢乐的爱情诗。

周代因为要鼓励生育，增加劳动力、促进生产，所以于每年仲春之月不禁男女之约，规定超龄的还未结婚的男女，可以在仲春时候自由相会。

天真烂漫、情窦初开的青春男女们，终于可以自由呼吸一些属于自己天地的气息了。恰逢春意盎然、莺歌燕舞，正是爱意蔓延的时候，在野外相遇的正是自己的心上人，好风景配良人，人生至乐，不过如此。这种爱情多少带着一种野性的自由，好像是由最原始的人之本性生发出的感情，淳朴厚重，又极有力量。读者在品读出这爱情甜蜜的同时，多少也能感受到那个年代的人们对于美好爱情的珍惜与渴望。

这首浪漫的小诗，将一见钟情写得如此美妙："有美一人，清扬婉兮。"看到你的第一眼，便知道你是我一直在寻觅的："邂逅相遇，适我愿兮。"用此句作为对心上人的表白，真是再合适不过了。爱情就是这样一种不期而遇的惊喜，永远值得我们用心等待。

溱洧

溱与洧，方涣涣兮[1]。
士与女[2]，方秉蕳兮[3]。
女曰："观乎[4]？"
士曰："既且。"

“且往观乎？[5]洧之外，洵訏且乐[6]。”
维士与女，伊其相谑，赠之以勺药。
溱与洧，浏其清矣[7]。
士与女，殷其盈矣[8]。
女曰：“观乎？”
士曰：“既且。”
“且往观乎？洧之外，洵訏且乐。”
维士与女，伊其将谑，赠之以勺药。

注释

1 涣（huàn）涣：水盛的样子。
2 士：古代对男子的称呼。
3 方：正。秉：执。蕑（jiān）：兰草。
4 观乎：去看吗？
5 既：已经。且：通“徂”，去、往。
6 訏：大。
7 浏：水清的样子。
8 殷：众多。

译　文

溱河与洧河，河水正弥漫。
小伙和姑娘，双手正持兰。
姑娘说：“去看吧？”
小伙回答：“已看完。”
“应当再去看一看？洧河水流两岸边，宽阔欢乐真好玩。”
姑娘与小伙，说笑戏逗两相恋，手拿芍药赠情人。

溱河与洧河，河水正清澈。
小伙和姑娘，熙熙攘攘河两岸。
姑娘说："去看吧？"
小伙回答："已看完。"
"应当再去看一看？洧河水流两岸边，宽阔欢乐真好玩。"
姑娘与小伙，说笑戏逗两相恋，手拿芍药赠情人。

解读

此诗同样是一首爱情诗，这次男女相会的地点在河畔。

据史载，每年的三月三日，是郑国人在溱、洧河畔聚会的节日，而聚会的主题就是祈求多子多福。所以这就变相地给男女相会提供了一次不可多得的机会，潜规则就是：这是一个与男女有关的节日，不禁止男女相会。所以在这一天，男男女女喜气洋洋，奔赴河边，观赏风景，谈情说爱。

大家听说过当下很火的"谐音梗"吗？其实在几千年前，先人谈恋爱就用过了。赠"蕑"，谐音是"坚"，意味着情比金坚；赠"芍药"，芍与妁、药与约谐音，意味着约期定、情事成。只不过，在当时这并不叫谐音梗，而叫一语双关。此诗这种高超的文学技巧，或许是第一次在中国文学中出现。

值得一提的是，郑国的国花就是兰花。郑地人民喜欢兰花，喜欢它的淡雅和美丽，它寄托着青年男女浪漫的情思。诗中穿插的男女一问一答的形式，也让人眼前一亮。

这首诗的美，在于春光之美，风俗之美，更在于青春之美。尽管古时候生产力水平不高，郑国也不算什么强盛的大国，但丝毫不妨碍普通的青年男女享受美好的春日，徜徉于爱情的愉悦中。德国作家歌德说:“哪个男子不钟情，哪个少女不怀春？”青年的恋爱是美好的，只因那一切都发生在人生的春天。珍惜时光吧！

鸡　鸣

鸡既鸣矣，朝既盈矣[1]。
匪鸡则鸣，苍蝇之声。
东方明矣，朝既昌矣[2]。
匪东方则明，月出之光。
虫飞薨薨，甘与子同梦[3]。
会且归矣[4]，无庶予子憎[5]。

注释

1. **朝**：朝廷，朝堂。**盈**：满。
2. **昌**：兴旺，众多。
3. **甘**：愿。
4. **会**：朝会。**且**：就要，即将。**归**：回家。
5. **无庶**："庶无"，希望，但愿。**予**：给予。**憎**：憎恶。

译　文

晨鸡已经在啼叫，群臣早朝全都到。
不是晨鸡在鸣叫，而是苍蝇嗡嗡叫。
东方天光已大明，群臣全都上朝廷。
不是东方天已明，乃是月光亮晶晶。
虫儿纷飞闹哄哄，情愿与你在梦中。
暂且上朝及早归，你我莫招群臣憎。

解读

在古代，人们非常重视早起。这不仅仅是为了顺应日出而作、日落而息的生活节奏，也是为了培养一个人的良好修为。古时大臣上朝，必须早早起床梳洗，准备公务。朝廷特设“鸡人”，每逢重要事件，就以“鸡人”呼叫百官，提醒百官守时。

与《郑风·女曰鸡鸣》很相似，这首诗也是一篇以女子口吻劝说男子快起床的诗歌。但有趣的是两者的侧重点不同，那首诗侧重的是赞美女子的勤劳和体贴，此诗主要是讽刺男子的懒惰。诗篇的整体风格是诙谐幽默的，好像以轻松的语气告诉大家：可不要像诗中男子那样耍贫嘴，要像妻子那样，做一个勤劳的人。诗中没有刻意谴责男子，但是依然秉持了一个理念，那就是给予女性的尊重。只有拥有一个勤劳体贴、温柔细心的贤内助，家庭才会是幸福而美满的。这是《诗经》难能可贵的地方，它在那个充满偏见的社会，代表了人民普通而深刻的眼光，肯定了女性在社会中重要的地位。

用现代人的说法，这大概算是最早表现“起床困难症”的作品了。虫鸣鸡叫，东方泛白，酣睡之人却只当月色朦胧，梦境难舍，这要上朝的男主人公，和我们今天的一些上班族有什么两样呢？不过他有一位温柔的妻子贴心督促，倒可能叫我们十分羡慕了。

还

子之还兮[1]，遭我乎峱之间兮[2]。
并驱从两肩兮[3]，揖我谓我儇兮[4]。
子之茂兮[5]，遭我乎峱之道兮。
并驱从两牡兮[6]，揖我谓我好兮。
子之昌兮[7]，遭我乎峱之阳兮[8]。
并驱从两狼兮，揖我谓我臧兮[9]。

注释

❶还（xuán）：身体轻捷的样子。
❷遭：相遇。峱（náo）：山名。
❸从：追赶。肩：三岁的兽。
❹揖：相见时作拱手状的礼节。儇（xuān）：敏捷灵便。
❺茂：美好。
❻牡：雄兽。
❼昌：盛大光明。
❽阳：山的南面。
❾臧：强壮勇武。

译文

你的身手十分敏捷，我们相遇在山谷。
一起追赶两头野兽，你却大方地称赞我技高。
你的射技如此精湛，我们相遇在山道。

并肩追赶两头公猪，你拱手称赞我身手不凡。
你的身材那样健壮，我们相遇在山南。
骑马追赶两只野狼，你却作揖夸赞我不寻常。

解读

此诗是一首猎人打猎相遇、互相夸赞的诗篇。

在齐国，人们崇尚狩猎，或可以说，人们推崇勇敢和雄壮的精神。在那个物资匮乏、吃一顿荤都是奢求的年代，打猎不仅仅是生存必备的技能，也是男子勇武的象征。一个男人立业成家，肩上要扛起生活的重担，打猎就是他男人之所以为男人的证明。日久天长，齐人尚武之风也盛行起来。齐国作为春秋五霸之首，在当时属于“超级大国”，地大物博，国盛兵强，齐国的尚武之人也渐渐有了目空天下的感觉。此诗就是在这种背景下展开的。

此诗中，与其说二人偶遇、相互称赞，不如说二人之间在暗暗较劲，以图争过对方。二人携手并骑，每一次见到猛兽都是一同拿下，谁也不肯落后。你一言我一语，互相夸赞的同时，也不忘暗带着一番自夸。显然，二人虽然对彼此的狩猎技巧都互表赞叹，却又非要与对方比个高低，心中还是多少有一些不服的。分析诗篇字里行间之深意可以发现，诗中所谓的夸赞可能并不是真正的心悦诚服，我们甚至可以想象在以后的日子里二人如果再次相约出猎，定要一分高下。这种表面寒暄客套，背地里倔强好胜、互不服输的男子心气，是当时齐国男子们的精神写照。

当今时代，我们反躬自省，男青年们是否或多或少缺了一些这样的阳刚之气呢？面对生活中的挑战，同行的竞争，甚至公司同事明争暗斗、力争上游之时，男青年们选择退缩者有之，选择事不关己、一走了之的也不少。嫌麻烦、怕惹事、不敢承担，怕输想赢，又缺乏倔强不服输的劲头，导致很多机会白白流失，一事无成。所以只有在生活中的小事上培养出自己的一股倔劲，在真正的大事面前才能百折不挠，永不服输。

著

俟我于著乎而❶，充耳以素乎而❷，尚之以琼华乎而❸。
俟我于庭乎而，充耳以青乎而，尚之以琼莹乎而。
俟我于堂乎而，充耳以黄乎而，尚之以琼英乎而。

注释

❶著：门和屏风之间。乎而：语助词。
❷以：用，拿。素：白色丝线。
❸尚：加。琼华（huā）：美玉。

译文

新郎等我门屏间，充耳用那白线悬，悬挂着琼华美玉。
新郎等我于庭前，充耳用那青丝悬，琼莹美玉真晶莹。
新郎等我于堂前，充耳用那黄线悬，琼英美玉光闪闪。

解读

这是一首在迎亲过程中，新娘偷窥新郎的诗歌，也可理解为是在迎亲环节歌唱的乐歌。

古时父母之命、媒妁之言，女子的终身大事是早就被父母安排好的。虽说如此，女子却连未来丈夫的面也难得一见，所以此诗女子以偷窥的形式，来满足一下自己的好奇心。整个过程是紧张刺激的，所以诗篇的风格基调也是戏谑和活泼的，紧张是因为偷窥不能让人发现，否则会被人说女儿家不守规矩；女子心中也是小鹿乱撞，期盼看一眼未来相伴终身之人到底是什么模样？女子复杂而生动的心理，在诗篇中展露无遗。

诗篇的色彩描写，丰富而多样，给人以美的享受；语言长短不齐，用现在的话讲，是很接地气的。诗篇对于细节的描写也是值得玩味的，为什么写了男子衣上的花纹、耳朵上的配饰，却单单没有提相貌呢？这是诗篇卖关子的地方，也是留给读者思考的地方。这或许表明了女子羞涩的心理：短短一瞥之间，能看到这些就不错了，至于面貌如何，实在没敢细看。万一他不好看呢？又万一他好看，恰巧与我对视，岂不糟糕？新娘羞怯的心理、害羞的状态，活灵活现，如在眼前。

这首诗通过描写迎亲时新娘的心理，将一场古老的华夏结婚仪式写得很有情趣。《诗经》中也不乏类似描写婚礼场面或表达祝福的作品，如《樛木》《桃夭》等，读它们，使我们感受到先民对家庭和婚姻的重视，以及仪式感的重要性。婚礼作为社会生活中的一个基础环节，自然应该重视，但这种礼仪不应陈腐和流程化，而应该像古人那样，以发自内心的朴素的喜悦和情感为基础。

东方之日

东方之日兮，彼姝者子，在我室兮。
在我室兮，履我即兮[1]。
东方之月兮，彼姝者子，在我闼兮[2]。
在我闼兮，履我发兮[3]。

注释

1. 履：蹑，踩。即：行，足迹。
2. 闼（tà）：门内。
3. 发：脚印。

译　文

东方太阳已升起，那位姑娘真漂亮，来我室中在一起。
来我室中在一起，伸出脚来踩我迹。
月亮升起在东方，那位姑娘真漂亮，来我夹室住一起。
来我夹室住一起，伸出脚来踩我印。

解读

此诗是一首闹洞房时唱的“荤歌”。有趣的是，这首诗无论是在过去还是现在，提及的学者大都避而不谈。

在封建社会，等级森严，禁男女之私欲，男女露脸见一面都是冒天下之大不韪的，更别提这首诗了，那简直是登上大雅之堂讲荤段子，会被腐儒们大呼无耻的，这倒也情有可原。可是时至今日，我们在品读这首诗时依然囫囵吞枣，不愿意把这首诗的真相讲透了，遮遮掩掩地只说一些“爱情诗”“男女幽会诗”“新婚诗”等等。不得不让人质疑，今天的性教育以及对男女关系的开放理念是否仍然带有封建的影子，连对一首古诗的解释都含糊其辞，连“取其精华，去其糟粕”的基本态度都做不到，何谈思想开放、男女平等以及传统文化的发扬？

这就是一首先秦人民闹洞房时戏谑调笑的诗。闹洞房这种习俗，在今天许多地方尚有保存，毫不避讳地说，这种风俗是古时遗留下来的落后的风俗。伴娘伴郎也好，迎亲家属团也好，亲戚朋友也好，都跟着新郎新娘入洞房，欢天喜地倒不必谈，问题是人之本性总难以克制，小人之心也不可不防，这种场合总能给一些小人揩油的可乘之机。新娘新郎本是新婚之后和美安稳就可以了，却总要男男女女哄做一团，推推搡搡玩一些肢体接触的“擦边球”游戏，名义上是沾新人喜气，实际上对女性带有一定侮辱性，而大喜之日也不好言明。

诗中就是这落后风俗的一个片段，众亲朋在用一些荤段子，添油加醋地开新郎的玩笑。婚后行房，生儿育女，人之常情，人之本性，这没有什么不能提的，也是正常的人生过程，我们要注意的，是要去其糟粕，否定落后风俗的恶劣影响和不良风气，而不是一味地遮掩诗中“开车”的部分，这样只会让接受传统文化教育的人们离正路越来越远。

但是诗中也有需要“取其精华”的部分。在称颂新娘美貌的部分，首次以日月的光辉来比喻美女，开以日月歌咏美女之先河，后世文坛，在形容美人时，或多或少都借鉴了这首诗。

东方未明

东方未明，颠倒衣裳[1]。
颠之倒之，自公召之[2]。
东方未晞[3]，颠倒裳衣。
倒之颠之，自公令之。
折柳樊圃[4]，狂夫瞿瞿[5]。
不能辰夜[6]，不夙则莫[7]。

注释

1. **衣**：上身穿的衣服。**裳**：下身穿的衣服。
2. **自**：因为。
3. **晞**：破晓。
4. **樊**：篱笆。**圃**：菜园。
5. **瞿（jù）瞿**：瞪着眼睛看的样子。
6. **辰**：白天。
7. **夙**：早。**莫（mù）**：同“暮”，晚。

译文

太阳还未出东方，颠倒衣裳穿身上。
颠颠倒倒穿衣裳，只因齐君召唤忙。
太阳未出天未亮，颠倒裙衣穿身上。

倒倒颠颠穿衣裳，齐君吩咐我紧张。
折断柳枝做篱笆，狂夫瞪眼细监视。
守夜之人不胜任，齐君召令没定时。

解读

此诗是一首讽刺朝廷报时不当致使大臣们起居无节的诗，暗含深意。

在古时，大臣每天有早朝，晚上也同样有集体议政的工作，也需按时到达，成语“朝令夕改”，意思就是早朝的政令晚朝改，就与此有关，诗中的“不能辰夜”所谓的“辰”和“夜”，也是这个意思。古时不像现在，可以随时用手机看时间，怕睡醒起不来还可以定个闹钟。先秦时期对时间的把握全靠天色，所以要“按时”，就必须有人提醒，民间可借助鸡鸣，宫中就只好借助“鸡人”了，要有专人来提醒，从上到下都跟着这套程序走。此诗就是写这套程序错乱之后，官员表达的不满情绪。

这首诗如果单纯理解为官员讽刺宫中的时间观念错乱，那就显得浅薄了。宫中时间错乱，那就说明无法正常展开政务工作，说明君王懒惰，政令难以正常施行，齐国的政治开始荒芜了、走下坡路了，所以与其说此诗是单纯讽刺报时不当，不如说是在暗示齐国朝政的荒废。从诗篇开头“颠倒衣裳”的描写就可以看出来，百官实际上也是群龙无首，六神无主，心思也没在政务上。所以，此诗应是在齐国朝廷开始走下坡路时所创作的。

清明的政治从领导者制定规律的时间表开始，因为上行下效，领导自律才能带动所有人提高工作效率。试想，像诗中主人公这般不分白天黑夜，随时都可能需要从床上爬起，颠倒着穿上衣服出门，还怎么有心情做好工作呢？

南山

南山崔崔[1]，雄狐绥绥[2]。
鲁道有荡[3]，齐子由归[4]。
既曰归止[5]，曷又怀止[6]？
葛屦五两[7]，冠緌双止[8]。
鲁道有荡，齐子庸止[9]。
既曰庸止，曷又从止？
蓺麻如之何[10]？衡从其亩[11]。
取妻如之何？必告父母。
既曰告止，曷又鞠止[12]？
析薪如之何[13]？匪斧不克。
取妻如之何？匪媒不得。
既曰得止，曷又极止？

注释

1. **崔崔**：高。
2. **绥绥**：徘徊的样子。
3. **荡**：平坦。
4. **齐子**：齐女，指文姜。**由**：从（这里）。**归**：出嫁。
5. **既**：既然。**止**：句末语气词。
6. **曷**：为什么。
7. **葛屦**（jù）：葛布鞋。**五**：配。**两**：双，两只。

❽ 冠：帽子。緌（ruí）：帽带结于下巴后下垂的部分。
❾ 庸：由，用。
❿ 蓺（yì）：种植。
⓫ 衡：横。
⓬ 鞠：穷，极，尽其淫欲。
⓭ 析：劈开。

译 文

南山啊高高耸立，雄狐啊缓步摇晃。
去鲁大道坦荡荡，从此出嫁是文姜。
已经嫁给鲁桓公，襄公何又将她想？
鞋带交错成一对，帽带飘飘是一双。
去鲁大道坦荡荡，从此出嫁是文姜。
已经嫁给鲁桓公，襄公何又将她想？
种麻应当怎样种？必须纵横耕田垄。
娶妻应该如何做？必告父母且遵从。
桓公既已告父母，何又携妻见襄公？
劈柴应当如何劈？没有斧子劈不成。
娶妻应该如何做？没有媒人娶不成。
桓公既已娶文姜，何又携妻到齐城？

解读

这是一首反应真实历史事件的诗歌，主题历来没有异议，就是讽刺齐襄公与文姜兄妹乱伦的诗歌。

齐襄公和文姜是齐僖公同父异母的两个孩子，齐襄公为兄，文姜为妹，二人很早便有乱伦私情。由于政治原因，春秋时期许多邻国都有联姻，齐鲁两国邻近，两国联姻，就是把文姜嫁去鲁国，配与鲁桓公。是时文姜与齐襄公之事多少也被人所知，可因鲁国弱小，鲁桓公也就未敢吭声，可是在两人成婚之后，文姜三天两头回齐国，找齐襄公私会。更过分的是，在鲁桓公要去齐国会见齐襄公时，文姜也非去不可，并且这一次当着自己丈夫的面公开与齐襄公私会。作为一个男人，鲁桓公是可忍孰不可忍，忘记了鲁国是卑微小国的事实，只想挽回自己身为男人的尊严，于是回去骂了文姜一顿。文姜被骂，扭头就告诉了齐襄公，齐襄公直接在宴会上灌醉了鲁桓公，在送鲁桓公回去的车中使人杀害了鲁桓公。

兄妹乱伦，在当时的贵族圈中可能不是首例；可是既然把妹妹嫁出去，又公开和妹妹通奸，这种不耻之事，人民雪亮的眼睛是不会放过的。

此诗的句型，连续四章都是“既曰……曷又？”意思是“既然……为什么又？”重章叠句，声声控诉，反复增强语势，就好像在直接质问：既然你们是兄妹，为什么要公开通奸？既然齐国和鲁国联姻，为什么文姜又和齐国的君主不清不楚？这种直截了当的质问，把人所共知的人情道理以反诘语气呼喊出来，让人直呼痛快，也让人更增加了对齐襄公和文姜的怒火。然而，规矩人人都懂，却不一定人人都能遵守，正义纵然不会缺席，可是迟到却是常常有之。弱国不仅无外交，而是一无所有，基本的尊严和脸面都会让强国踩在脚下，沦为列强的笑柄和玩物，鲁桓公就是这样的例子，诗篇虽然大力讽刺了齐襄公的行为，但是绝对没有表露出一丝对鲁桓公的同情。弱者是不配拥有同情的，只有自身过硬，从弱小变得强大，才有被人尊重的资本。

作为礼仪之邦，人们对文姜这种无视礼法的行为表达了深切的不满和谴责。“既曰归止，曷又怀止”，既然已嫁做人妇，为何还惦念着？在整个社会约定俗成的礼法下，夫妻是应该相互尊重的，更何况如文姜这般谋害亲夫。悖礼忘义，无论在哪个时代都不会被接纳。

甫田

无田甫田[1]，维莠骄骄[2]。
无思远人，劳心忉忉[3]。
无田甫田，维莠桀桀[4]。
无思远人，劳心怛怛[5]。
婉兮娈兮[6]，总角丱兮[7]。
未几见兮，突而弁兮[8]。

注释

1 无田：没有力量耕种。甫田：很大的田地。
2 莠（yǒu）：田间的杂草。骄骄：杂乱茂盛的样子。
3 忉（dāo）忉：忧愁的样子。
4 桀桀：杂乱茂盛的样子。
5 怛（dá）怛：悲伤的样子。
6 婉：貌美。娈：清秀。
7 总角：小孩头两侧上翘的小辫。丱（guàn）：两角的样子。
8 弁（biàn）：帽子。古时男子成年后才戴帽子。

译　文

无力耕种大片田，满地野草生得高。
不要想念远方人，思而不得心忧愁。
无力耕种大片田，遍地野草高又高。
不要想念远方人，思而不得心悲伤。
他真年轻又漂亮，一双总角分两边。
上次见他没多久，忽然长大戴弁冠。

解读

这是一首描写妻子思念远方的丈夫的诗。丈夫离家多年，到现在还没有回来，妻子十分想念，特别是面对满田的杂草束手无策时，不禁黯然神伤，悲从中来。

全诗三章，每章四句。开头两章使用重章叠句的形式直接叙事，妻子看着田里杂草丛生，不禁感叹自己是自不量力，丈夫不在还想耕种大块的田。唉！不要再想他了，想也只是白白地劳心费神！

第三章由实转虚，主人公出现幻觉，似乎觉得丈夫突然归来，想象他见到离家时还扎着丫角的小儿子，忽然间已经长大成人了，惊喜不已。这一自我虚构的情形，既是对丈夫归来的渴望，又是对孩子快快长大的期盼。

初读此诗，就如同见一位妇人，站在田边，面对满田杂草愁容满面，自怨自艾，不禁说出来气话："无思远人，劳心忉忉（怛怛）"。这实际上不过是极其思念的反语、伤心语。说是"无思"，恰是刻骨相思。妇人心中那复杂矛盾的情感跃然纸上！

思念一个人的感觉，今人与古人是相通的。如果是现在的女孩，那一定是这样的场面：面对又大又沉的行李箱，女孩自言自语：别再想了，异地恋还敢指望他能帮你拿行李吗？但是在脑中又禁不住想象他突然出现在面前的样子。

卢 令

卢令令[1]，其人美且仁。
卢重环[2]，其人美且鬈[3]。
卢重鋂，其人美且偲[4]。

注释

1 卢：猎犬。
2 重环：子母环。
3 鬈（quán）：头发美好的样子。
4 偲（cāi）：多才的样子。

译 文

黑猎狗儿颈环响，猎人仁爱又美丽。
黑猎狗儿带双环，猎人漂亮又强健。
黑狗颈环套双环，他是美丽多才男。

解读

此诗短小精悍。作者用羡慕的眼光，对猎人的英姿和内在的美德进行了赞美。

本诗开篇便对猎犬和猎人进行直接描写，一唱三叹：黑犬脖子上的铃铛叮当作响，猎人英俊又善良。黑犬脖子上套双环，猎人英俊又勇敢。黑犬脖子上环套环，猎人英俊又能干。整首诗简单明了，直抒胸臆。

古人常常把能文能武作为衡量一个人有出息的标准。在日常生活中，人们也常常以这种标准来衡量和观察身边的人，一旦有这样的人出现，就倍加赞赏，本诗中的猎人就是其中一例。作者选取狩猎这一常见场景，对猎人的勇敢、善良、能干和英姿进行赞美，既写出了生活中常见事，又体现了诗人独到的审美眼光。

当今社会，狗虽然已经很少作狩猎用，但是却成为了人类的宠物，生活中的伙伴。如果你在小区中看见一只雄健的拉布拉多犬，脖子上戴着叮叮当当的项圈，而牵着狗的人又是一位风姿绰约的美女。你会不会禁不住发出赞美：狗好，人又漂亮！

敝笱

敝笱在梁[1]，其鱼鲂鳏。
齐子归止，其从如云[2]。
敝笱在梁，其鱼鲂鱮[3]。
齐子归止，其从如雨。
敝笱在梁，其鱼唯唯[4]。
齐子归止，其从如水。

注释

❶ 敝笱（gǒu）：破旧渔篓。
❷ 从：仆从，随从。
❸ 鲂鱮（fáng xù）：鱼名。
❹ 唯唯：鱼相随行的样子。

译文

鱼梁放置破鱼筐，鲂鱼鳏鱼任游荡。
文姜违礼回齐国，随从多如云飘翔。
鱼梁放置破鱼筐，鲂鱼鱮鱼任出入。
文姜违礼回齐国，随从多如雨倾注。
鱼梁放置破鱼筐，鱼儿来往自安详。
文姜违礼回齐国，随从多如水浩荡。

解读

这是一首讽刺诗，与《齐风·南山》为姐妹篇。两首诗主题相同，都是对文姜与其同父异母的哥哥齐襄公的淫乱丑行进行的辛辣讽刺。

齐文姜是齐襄公的妹妹，嫁给鲁桓公为妻，但她却同齐襄公私通，鲁桓公也因此被齐人杀死；文姜的儿子鲁庄公继位后，文姜还是不断往齐国跑。齐人看不惯她这种乱伦的丑行，便写了这首诗。

全诗三章内容基本相同，为了押韵，也为了意思上逐层递进，各章只换了少数几个字眼，这是典型一唱三叹的《诗经》写法。各章均以“敝笱在梁”起兴，比喻诗中文姜的丈夫鲁桓公犹如是鱼堰上的破旧渔筐，文姜像一条漂亮的鱼，鲁桓公这个破旧的渔网，显然不能网住文姜这条鱼。文姜照样回到齐国与其兄齐襄公私通，跟随的仆人还如云、如雨、如水，不惜民力民财，肆意挥霍。可见齐国宫廷内部荒淫奢侈到了何种程度。这一比兴的运用，除了讽刺鲁桓公的无能无用外，也形象地揭示了鲁国礼制、法纪的敝坏，不落俗套而又耐人寻味。

诗中“如云”“如雨”“如水”三个夸张的明喻，不但很有创意，而且使诗歌的讽刺之意逐层推进，其意向也一步一步地向纵深发展：背靠一个强有力的“母国”，文姜带着车队仆从，大摇大摆地招摇过市，根本无所顾忌。

兄妹私通，这种乱伦的行为令人骇然，但是身为百姓，对统治者的荒淫无道无能为力，也只能通过作诗来讽刺一番。

载驱

载驱薄薄[1]，簟茀朱鞹[2]。
鲁道有荡，齐子发夕[3]。
四骊济济[4]，垂辔沵沵[5]。
鲁道有荡，齐子岂弟[6]。
汶水汤汤[7]，行人彭彭[8]。
鲁道有荡，齐子翱翔。
汶水滔滔[9]，行人儦儦[10]。
鲁道有荡，齐子游敖[11]。

注释

❶ **载**：乃。**薄（bó）薄**：车疾行的声音。

❷ **簟（diàn）**：竹席。**茀（fú）**：竹帘。**朱鞹（kuò）**：染红的去毛兽皮，作为覆蔽。

❸ **发**：早上。

❹ **骊**：黑色的马。**济济**：整齐。

❺ **辔**：缰绳。**濔（nǐ）濔**：柔软的样子。

❻ **岂弟**：欢乐安闲。

❼ **汤（shāng）汤**：水大的样子。

❽ **彭（bāng）彭**：盛多的样子。

❾ **滔滔**：水流浩荡。

❿ **儦（biāo）儦**：众多的样子。

⓫ **游敖**：悠游自在。

译文

马车奔驰隆隆响，竹席红皮围车厢。
向鲁大道平坦坦，文姜整天起路忙。
四匹黑马排整齐，柔软马缰向下垂。
向鲁大道平坦坦，文姜和乐不羞惭。
汶河之水浩荡荡，行路人熙熙攘攘。
向鲁大道平坦坦，文姜肆意来游逛。
汶河之水浪滔滔，行路人来来往往。
向鲁大道平坦坦，文姜纵情闲游荡。

解读

这是一首讽刺齐襄公与文姜乱伦的诗。据《春秋》记载，文姜在出嫁鲁国后数次与齐襄公相会，甚至在其夫鲁桓公死后仍不顾其子鲁庄公的颜面而与齐襄公保持不正当的关系，鲁庄公竟也不能加以制止，因此人们作此诗加以讽刺。

诗中描绘了文姜乘坐的华丽车队，浩浩荡荡地从鲁国去齐国与齐襄公私会的情景：看那马车疾驰而过，轰隆作响，车上装饰着漂亮的坐垫和皮革帘子，鲁国的大道又宽阔又平坦，文姜急匆匆地连夜回娘家。诗人在字里行间暗示出车中文姜的趾高气扬与目中无人，并进行了辛辣的讽刺。

此诗最大的特点是用了许多联绵形容词，如“薄薄”“济济”“沵沵”“汤汤”“滔滔”“彭彭”“儦儦”。这一系列的联绵词把文姜回娘家的情形描绘得活灵活现，从形、神、声三方面再现当时车队的豪华浩大，让人读起来如亲眼所见一般，同时也借此反衬文姜的荒淫无耻，胆大妄为。

全诗只描写了车队的样子以及人们驻足观望、侧目而视的情景。这么豪华的车队去哪里，干什么呢？大家心知肚明，不必明说，你懂的！讽刺但不说破，可见人民的智慧是无穷的。

猗嗟

猗嗟昌兮❶，颀而长兮❷。
抑若扬兮❸，美目扬兮❹。
巧趋跄兮❺，射则臧兮❻。
猗嗟名兮，美目清兮。
仪既成兮❼，终日射侯❽。

不出正兮[9]，展我甥兮[10]。
猗嗟娈兮，清扬婉兮。
舞则选兮[11]，射则贯兮[12]。
四矢反兮，以御乱兮。

注释

1. 猗（yī）嗟：赞叹之辞。
2. 颀：指身材高大。
3. 抑：美貌。扬：前额丰满。
4. 扬：睁开。
5. 跄（qiāng）：从容，舒展。
6. 射：射箭。臧：好，妙。
7. 仪：仪式。
8. 侯：靶。
9. 出：离开。正（zhēng）：靶心。
10. 展：诚，真是。
11. 舞：跳舞，射礼中的一项程序。选：与众不同。
12. 贯：中而穿革。

译　文

啊，身体多健壮，身材高大美儿郎。
器宇轩昂有风度，目明眼亮神飞扬。
急步走路多轻巧，射箭技艺特高强。
啊，名声多么响，一双眼睛亮又清。
宾射之礼都完毕，终日射箭中侯正。
箭箭不离靶中央，乃是齐国好外甥。
啊，少年真英俊，眉目清秀神采扬。

舞步整齐中节拍，发箭射穿侯中央。

四箭皆中同一处，可以御敌治家邦。

解读

这是一首赞美一名优秀少年射手的诗。古人学习“六艺”：礼、乐、射、御、书、数，射箭是古代青年必须习练的一项技艺。诗中的少年相貌不凡，动作矫健，正是一位善射的典型。

全诗每章都以“猗嗟”这个赞叹词开始，先声夺人，使人精神为之一振。接着，我们见到的是一个身材健硕、鼻直口阔、双目炯炯有神的健美少年。演兵场上，旌旗猎猎，鼓声震天，这位身着甲胄的勇武少年快步走入场地，只见他身体灵活、动作矫健，时而快步前进，时而左右翻滚，拈弓搭箭，百发百中！观众当中一片欢呼喝彩。这样的健儿必然是捍卫国家的钢铁卫士啊！

本诗的用词十分考究、形象，诗人频繁使用“美目扬兮”“美目清兮”“清扬婉兮”这样的词汇来形容射手身体强壮、仪表俊美，把这位少年射手的形象和技艺描写得栩栩如生，读起来让人有一种如见其人的感觉。

我们当今社会很少能见到骑射表演，也就难以想象当时威武雄壮的场面了，但是我们在电视和网络上却经常能见到体育竞技比赛的场面，当我们看到奥运会上体育健儿的威武英姿时，就可以体会到诗中描绘的射手给人带来的那种美感。

葛屦

纠纠葛屦[1]，可以履霜[2]？
掺掺女手[3]，可以缝裳？
要之襋之[4]，好人服之[5]。
好人提提[6]，宛然左辟[7]，
佩其象揥[8]。
维是褊心[9]，是以为刺[10]。

注释

❶ 纠纠：绑住。葛屦（jù）：葛布鞋。
❷ 履：踏。
❸ 掺（shān）掺：形容女子的手纤细。
❹ 要："腰"，作动词。襋（jí）：衣领，作动词。
❺ 好人：对自己主人的尊称。
❻ 提提：优雅动人。
❼ 宛然：回转的样子。辟：同"避"。
❽ 象揥（tì）：象牙做的发簪。
❾ 褊（biǎn）心：心地狭窄。
❿ 刺：讽刺。

译文

葛草鞋破用绳系，双脚怎能来踩霜？
两手纤细干干瘦，我又安能来缝裳？

裙腰裙襟都缝成，贵妇穿在她身上。
贵妇移步很安详，扭转腰肢躲一方，
象牙簪子头上戴。
由于贵妇心胸窄，写诗讽刺为此桩。

解读

这是一首讽刺丈夫偏心的诗。在古时候，有钱有势的富人往往三妻四妾，但是，这些妻妾的生活并不都是幸福的，特别是家庭地位不高的“妾”，一旦失宠，就会像奴婢一样供人驱使。本诗就是描写这样一位“妾”的悲惨生活。

全诗描绘了一个挨饿受冻的缝衣女：天寒地冻，她脚上只穿着一双夏天的草鞋，这双草鞋早已破烂不堪，怎么能走在满地的寒霜上？一双纤细的手在寒冷中瑟瑟发抖，又怎么能替别人缝制衣裳？在这隆冬时节，做好衣服自己却不能穿，还得拿着衣服伺候别人来试穿，那个贵妇对着镜子穿上衣服，又在头上插上象牙簪子，左照右看、心满意足，转过身却一脸傲慢、目中无人。

此诗在艺术上的一个重要特征便是细节描写。细节描写对塑造人物形象或揭示人物性格常常作用很大，作者在诗中对两个女性人物进行了细节描写：通过描写缝衣女脚上的草鞋和羸弱的双手，一个饥寒交迫的缝衣女形象便跃然纸上；对于女主人，作者并没有描摹她的容貌，只是描绘了她试穿新衣时的傲慢神态和扭身动作，便刻画出了一个自私吝啬、目中无人的女贵人形象。

在古代，女性受封建道德礼法的制约，不能独立自主地生活，只能依靠男人来维系自身的生存，最终成为男人的附属品，社会地位自然低下。当今社会，女性拥有和男性相对平等的社会地位，在家庭中自然也理直气壮了，所以才有了“气管炎”“耙耳朵”等词语的出现。

汾沮洳

彼汾沮洳[1]，言采其莫[2]。
彼其之子，美无度[3]。
美无度，殊异乎公路[4]。
彼汾一方[5]，言采其桑。
彼其之子，美如英[6]。
美如英，殊异乎公行[7]。
彼汾一曲[8]，言采其荬[9]。
彼其之子，美如玉。
美如玉，殊异乎公族[10]。

注释

❶ 汾（fén）：水名。沮洳（jù rù）：低湿的地方。
❷ 莫：草名，即莫菜。
❸ 无度：无法衡量。度，衡量。
❹ 殊异：优异出众。公路：官职。
❺ 方：边，旁。
❻ 英：花。
❼ 公行：官职。
❽ 曲：拐弯的地方。

⑨ 蕢（xù）：草名。

⑩ 公族：官职。

译　文

在那汾河低湿地，他正忙着来采莫。
他这人儿让人爱，无法衡量他可爱。
美得无法来衡量，公路与他无法比。
在那汾水河边上，他正起劲来采桑。
他这人儿让人爱，容貌英俊花一样。
容颜英俊似鲜花，公行比他比不上。
在那汾水河湾旁，他正专心采蕢草。
他这人儿让人爱，容貌美丽像玉石。
容颜漂亮似玉石，公族比他不可及。

解读

这是一首女子赞扬美少年、表达爱慕之情的诗歌。诗中的男子是一位勤劳质朴的普通青年，但是女子却对其痴心不改，即使是王公贵族也不能和自己心爱的人相比。

诗中描写了这样一个场景：在汾水河岸边，一个英俊的小伙子在辛勤地劳作，他在汾水的低洼地、拐弯处、河岸边采野菜、采桑叶、采蕢草。这就是女子心爱的人，他勤劳质朴，自食其力，长相英俊、品格高尚、举世无双，即使那些贵族公子也没法和他相比啊！

诗中男子劳作的地点和采摘的东西都用了泛指的手法，主要是为了表达女子爱慕的人是一个勤劳质朴、自食其力的劳动者。接下来，三段重复强调“彼其之子”的“美无度”“美如英”“美如玉”，极力赞美心上人的举世无双、无以伦比，他不仅外表俊美而且品格高尚。全诗字里行间无不渗透着女子的喜悦、赞美、骄傲之情，她唯恐赞美之词不足以表达内心深情，又再次强调心上人的美与那些“公路”“公行”“公族”都颇为不同。

女子赞美自己的心上人不同于普通人仰慕的贵族子弟，体现了她独特的择偶标准——不以富贵为标准，而是注重人的内在品质，特别是在人人都感叹爱情稀缺的年代，这样的观念更是难能可贵。

园有桃

园有桃，其实之殽[1]。
心之忧矣，我歌且谣[2]。
不知我者，谓我士也骄。
彼人是哉[3]，子曰何其[4]！
心之忧矣，其谁知之[5]？
其谁知之[6]，盖亦勿思[7]！
园有棘[8]，其实之食。
心之忧矣，聊以行国[9]。
不知我者，谓我士也罔极[10]。
彼人是哉，子曰何其！
心之忧矣，其谁知之？
其谁知之，盖亦勿思！

注释

❶殽：同“肴”，菜肴。
❷歌：众人同唱的曲子。谣：一人独唱的曲子。
❸是哉：如此这般正确吗。
❹子曰何：你认为如何。其：语气词，表疑问。
❺其：语气词，表推测。
❻谁知之：谁了解我。
❼盖：何不，为什么不。
❽棘：酸枣树。
❾行国：在国内周游。
❿罔极：意思是心中没有知足的时候。

译文

果园里边种桃树，桃子可吃味道好。
我的心中有忧愁，排遣忧愁用歌谣。
一些人们不知我，说我做人太骄傲。
他们所说正确否，对错你把态度表！
我的心里有忧愁，许多苦衷谁知晓？
许多苦衷谁知晓，何须多想费思考！
果园里边种棘树，果实可吃是酸枣。
我的心中有忧愁，且游国内把忧消。
一些人们不知我，说我立身无准则。
他们所说正确否，对错你把态度表！
我的心中有忧愁，许多苦衷谁知晓？
许多苦衷谁知晓，何须多想费思考！

解读

这是一首在生活上不得志的人感叹自己怀才不遇、抒发内心苦闷和牢骚的诗歌。在封建社会，政治往往比较黑暗，有真才实学却又出身低微的人常常报国无门，胸中才华却难以施展，所以作此诗来发泄心中的愤懑和不满。

此诗语言直白明了，每章开始都用园中的果树起兴，然后便是直接抒发自己内心的情感：园中的树上结满桃子，那些鲜美的果实可以让我吃个饱，可是我的内心充满忧伤啊，只能用歌谣来排解。那些不理解我的人一定认为我是清高孤傲，这些人说得对，可是我该怎么才能不忧伤呢？我内心无尽的忧伤，谁能理解？谁都不能真正理解，我还是不要白白地伤感为好！

从诗本身分析，我们能知道这位作者属于士阶层，他对所在的魏国不满，是因为没有人了解他，而且人们还指责他高傲和反复无常，因此他在忧愤无法排遣的时候，只得长歌当哭，自慰自解，最后在无可奈何中，他表示姑且离开吧，置一切不顾了。因此，从诗的内容和情调判断，本诗属于士大夫感叹自己怀才不遇、报国无门的作品。

在任何一个时代，每个人都会遇到各种挫折和困难，一时间悲观失望、灰心丧气，难免发几句牢骚，但不要长期颓废下去，只要自强不息，总会云开月明。

陟 岵

陟彼岵兮[1]，瞻望父兮。

父曰："嗟！予子行役，夙夜无已[2]。上慎旃哉[3]！

犹来无止[4]！”
陟彼屺兮，瞻望母兮。
母曰：“嗟！予季行役，夙夜无寐。上慎旃哉！
犹来无弃[5]！”
陟彼冈兮，瞻望兄兮。
兄曰：“嗟！予弟行役，夙夜必偕[6]。上慎旃哉！
犹来无死[7]！”

注释

1 岵（hù）：多草木的山。
2 已：停止。
3 上：通“尚”表示祈祷。**慎**：小心谨慎。**旃**（zhān）：语气助词。
4 犹：还是。**止**：停留不归。
5 弃：弃家不归。
6 偕：勤奋刻苦。
7 死：客死不归。

译文

登上草木繁盛山，瞻望家父在远方。
父亲开口长声叹：“我儿服役在前方，四处忙碌日夜忙。
望你万事要谨慎！归家不要多延停！”
登上山头光秃秃，眺望远方我老母。
母亲开口长声叹：“小儿服役在前方，从早到晚不能眠。
望你万事要谨慎！归家不要想放弃！”
登上那边高山冈，眺望老兄在远方。

老兄开口长声叹："小弟服役在前线，早晚勤勉劳作忙。
望你万事要谨慎！归家不要死他方！"

解读

这是一首征人思亲之作，描写了行役之人对家中父母兄长的思念之情，同时也表达了对繁重徭役的抗议。

身在他乡的游子，思乡心切，登高望乡，亲人的音容笑貌历历在目：登上那草木繁茂的高山，我向父母兄弟所在的故乡眺望，我仿佛听到父母兄弟一声叹息：唉！苦命的儿在远方服役，昼夜操劳不得休息；小心保重自己身体呀，家里人都盼你早日回来，能回来的时候千万不要在外逗留，要赶紧回来！

全诗重章叠唱，每章开首两句直接抒发思亲之情。远望可以当归，长歌可以当哭，此诗开篇，登高远望便有三层递进：登上山顶，思父思母又思念兄长。然而，诗的妙处和独创性，不在于开始的正面直写思亲之情，而在于接下来的幻境，诗中主人公进入了这样的一个幻想：在他登高思亲的时候，家乡的亲人也正在思念自己，并在耳旁嘱咐他提醒一定要保重身体、早日平安归来。远望当归之意、长歌当哭之情立刻表现得淋漓尽致、痛切感人。

背井离乡，登高远望，思念亲人，这是中国古今共通的一种情感。家乡的观念在中华民族的情感世界中显得尤为重要，所以每当我们无法抑制对家乡的思念时，只有登高远望才能稍稍感到慰藉。

十亩之间

十亩之间兮，桑者闲闲兮[1]，行[2]，与子还兮[3]。
十亩之外兮，桑者泄泄兮[4]，行，与子逝兮[5]。

注释

1. 闲闲：宽闲的样子。
2. 行：走。
3. 还：回家。
4. 泄（yì）泄：悠然自在。
5. 逝：离去。

译文

十亩桑田多宽阔，采桑女从容自得，走，我们回家真高兴。
十亩桑田多宽阔，采桑女悠然自得，走，我们同去真高兴。

解读

这是一首描写采桑女携伴而归的田园诗，勾画出一派清新恬淡的田园风光，抒写了采桑女劳动时轻松愉快的心情。

夕阳西下，暮色初上，牛羊下山，炊烟渐起，夕阳的余辉透过碧绿的桑叶照进一大片桑园，忙碌一天的采桑女准备回家了，顿时，桑园里响起一片呼朋引伴的声音，女子们渐渐走远，说笑声和歌声却仿佛仍袅袅不绝，在桑园里回旋。这就是《十亩之间》展现的一幅桑园晚归图。

此诗共六句，重章复唱，其最鲜明的美学特点是用轻松的旋律，表达愉悦的心情，这种特点是通过使用语气词“兮”来实现的。首先，每句末尾都使用了语气词“兮”，很自然地拖长了语调，表现出一种舒缓而轻松的心情；其次，此诗境表现的内容是劳动结束后，姑娘们相偕回家时的情景。因此，这“兮”字里，也包含了紧张劳动结束之后的轻松和愉快之情。本诗的诗句与诗境、语调与心情，达到了完美的统一。

生活中真正的美一定是来自劳动，而不是为了吸引眼球而作秀。劳动者劳动一天之后所展现出的那种轻松和愉悦是最纯真自然的，是无法掩藏的，这种美从劳动者身上自然流露，纯真无瑕。

伐檀

坎坎伐檀兮[1]，置之河之干兮[2]，河水清且涟猗[3]。
不稼不穑[4]，胡取禾三百廛兮[5]？
不狩不猎，胡瞻尔庭有县貆兮[6]？
彼君子兮，不素餐兮[7]！
坎坎伐辐兮[8]，置之河之侧兮，河水清且直猗[9]。
不稼不穑，胡取禾三百亿兮[10]？
不狩不猎，胡瞻尔庭有县特兮[11]？
彼君子兮，不素食兮！
坎坎伐轮兮，置之河之漘兮[12]，河水清且沦猗[13]。

不稼不穑，胡取禾三百囷兮[14]？
不狩不猎，胡瞻尔庭有县鹑兮[15]？
彼君子兮，不素飧兮[16]！

注释

❶**坎坎**：用力伐木的声音。
❷**干**：河岸。
❸**涟**：风吹水面形成的波纹。**猗**：语气助词，没有实义。
❹**稼**：种田。**穑**：收，割。
❺**廛**（chán）：束，捆。
❻**县**：同“悬”，挂。**貆**（huán）：小貉，小猪獾。
❼**素餐**：意思是白吃饭不干活。素，空，白。
❽**辐**：车轮上的辐条。
❾**直**：河水直条状的波纹。
❿**亿**：束，捆。
⓫**特**：三岁的兽。
⓬**漘**（chún）：水边。
⓭**沦**：小波。
⓮**囷**（qūn）：束，捆。
⓯**鹑**：鹌鹑。
⓰**飧**（sūn）：熟食。

▶ **伐檀**

檀树砍伐声叮叮当当，就连平静的水面都起了波澜，那些高贵的大人先生们既不插秧割稻也不打猎，可他们的庭院里堆着粮食挂满了鹌鹑，他们以“君子”自居，只怕是白白吃闲饭的那种君子吧！后世的梅尧臣有诗曰“十指不沾泥，鳞鳞居大厦”，所讽刺的也正是这样的人。

译　文

砍伐檀树咚咚响，檀木放于河岸边，河水清清泛波澜。
你们不种亦不收，为何取禾三百束？
你们从不来打猎，为何院中挂猪獾？
那些大人先生们，不是白白吃闲饭！
砍木做辐响叮当，车辐放于河岸旁，河水清清波浪直。
你们不种亦不收，为何取禾三亿束？
你们从不来打猎，为何大兽挂院里？
那些大人先生们，不是白白把饭吃！
砍木叮当作车轮，车轮放置在河岸，河水清清小波纹。
你们不种亦不收，为何取禾三百束？
你们从不来打猎，为何院中挂鹌鹑？
那些大人先生们，不是白白把饭吞！

解读

《伐檀》是《诗经》里的名篇，也是一首嘲讽满满的诗歌。其实无论在哪个年代，人们对不劳而获的人必然带有怨气和敌意。西周时期，土地分封，诸侯林立，各诸侯国之间相对独立，所以《诗经》具有鲜明的地域性，我们会发现《魏风》里的篇章大部分都在抨击暴政，讽刺剥削压榨，而且都非常尖锐。这首《伐檀》应该就是一群伐木者在相互聊天时产生的民歌，他们相互抱怨当政者的不仁，责骂剥削者是吸血鬼、寄生虫。那个年代，伐木者可能没有什么文化，但这首民歌却能直击事物的本质。

这首民歌就是用第一人称在质问剥削者：你们不工作，

财富是从哪里来的？全篇分三段，意思相同，但情绪不断推进。第一段，伐木工在砍树的时候，想到那些上位者不工作，却有粮食收，有猎物享用，根本就是个吃白饭的。第二段，伐木工要把砍下来的树做成车子的辐条，他们又想到，这些上位者不光不工作有粮食，有猎物，吃白饭，还吃得很饱。第三段，辐条做好了，工人们还要做车轮，但是那些吸血鬼呢？不光不用工作，还吃得还特别好！三段下来，有一些词汇上的差别，我们可以看到，伐木工们一直在不停地劳作，而剥削者院子里悬挂的东西也一直在变化，这也说明了“彼君子”的贪婪。

《伐檀》应特别值得关注的是它的句式和韵律，三段之中，四言、五言、六言乃至八言的句子都有，这有一些突破大家对《诗经》四言成句的认知，有一点像宋词。《伐檀》其实是中国杂言诗的开端之作，杂言诗在中国文学史上也有它比较独特的地位，比如像李白的《蜀道难》《将进酒》都属于杂言诗。另外，《伐檀》是一韵到底，所以即便是句式多变，通篇读起来也特别上口。

在中学课本里，我们就读过这首“伐木者之歌”，我们都明白它的主旨是怨恨剥削者不劳而获的，就像伐木工们做的车轮一样，经济的车轮一直在随着时代转动，我们今天当然也反对不劳而获，但我们也得直视经济学规律，目前的确没有办法可以让价值变得真正对等，上世纪末的代加工产业里，也存在价值的不对等。也是因为存在这种价值差，社会才会不断进步和发展。

硕鼠

硕鼠硕鼠，无食我黍。
三岁贯女[1]，莫我肯顾[2]。
逝将去女[3]，适彼乐土。
乐土乐土，爰得我所！
硕鼠硕鼠，无食我麦。
三岁贯女，莫我肯德[4]。
逝将去女，适彼乐国。
乐国乐国，爰得我直[5]！
硕鼠硕鼠，无食我苗。
三岁贯女，莫我肯劳[6]。
逝将去女，适彼乐郊。
乐郊乐郊，谁之永号[7]！

注释

❶ **三岁**：泛指多年。**贯**：事，侍奉。**女**：同“汝”，你。
❷ **莫我肯顾**：莫肯顾我。顾，顾怜。
❸ **逝**：用作“誓”。**去**：离开。
❹ **德**：此指感激。
❺ **爰**：乃。**直**：同“值”，代价。
❻ **劳**：慰劳。
❼ **号**（háo）：哀号。

译　文

大老鼠啊大老鼠，莫要再吃我的谷。
多年我把你豢养，你却不把我照料。
发誓将要离开你，前去幸福好乐土。
乐土乐土真是好，那是我们好去处！
大老鼠啊大老鼠，不要再吃我的粮。
多年我把你豢养，得你感激是妄想。
发誓将要离开你，前去乐国好地方。
乐国乐国真是好，劳动所得自己享！
大老鼠啊大老鼠，不要再吃我禾苗。
多年我把你豢养，你却不把我慰劳。
发誓将要离开你，我们马上去乐郊。
乐郊乐郊真是好，谁还长声去哀号！

解读

和《伐檀》一样，这也同样是一首非常有代表性的讽喻诗，但它讽刺的是谁，其实是有争议的。有人认为硕鼠代表君王，但理学家朱熹不这么说，他说君王是被冤枉的，本诗讽刺的应该是相关的官员。不管是谁，作者讽刺的就是向劳动人民盘剥赋税的人。后人考据说，《硕鼠》创作于西周末春秋初，那是一个诸侯崛起的时代，也是一个农民开始反抗的时代。这首诗和《伐檀》有一点不同，在抗议剥削的同时，也表达了对理想生活向往，诗歌里的“乐土”“乐国”应该是中国文学中，对田园生活和理想国度最早的概念了。

全诗三章，用直接的比喻，以大老鼠来比喻向农民施加重税的人。这三章中，都反复提到了“我”和“汝”，这是对立的两面：第一章说，我养活你多年，你却不顾我的死活；第二章说，我养活你多年，你却丝毫不感谢我；第三章说，我养活你多年，你却一点都不慰劳我。层层下来，全是不可调和的矛盾，因为不可调和，所以，我决定，不再养活你了，我要去找我的乐土了，从此安居乐业，所得都是自己的，再也不用悲叹哀嚎了。三章读下来，我们能感受到这群农民的决心。

那个时代的人真的很讨厌老鼠，所要讽刺的人都能用老鼠比喻。如果我们非要探讨一下原因的话，可能就是因为农耕社会粮食太珍贵了！在三章里面，分别提到了“黍”“麦”“苗”，我们知道黍是黄米，一种谷类，麦是小麦，苗指禾苗，这些是古代农耕生活中最具代表性的农作物。

中国诗歌里，有一种分类，叫作“田园诗”，它代表了一种生活态度和处世态度，后人总结说这是一种“田园精神”。在农耕社会里，这种田园精神是一种近乎极致的追求，没有苛捐杂税，没有压迫奴役，日出而作、日落而息，自给自足。中国隐士中最有代表性的就是陶渊明了，《桃花源记》成了中国乃至整个东亚的精神家园，而从陶渊明向前溯源，《硕鼠》应该算是田园精神的发端。我们都知道，这个世界上是不可能存在真正的桃花源的，就像西周末期的农民想要逃离赋税，但终究还是要卷入下一道洪流之中一样。然而，诗歌的美好，就在于它是内心世界的表达，它承载了人们最美好的希望，也给了后人无数个美丽的梦想。我们今天奔波劳碌，烦恼于永无休止的加班加点，但如果我们读过诗，起码知道，总还有一种自在无虞的生活，值得向往。

蟋蟀

蟋蟀在堂[1]，岁聿其莫[2]。
今我不乐，日月其除[3]。
无已大康[4]，职思其居[5]。
好乐无荒[6]，良士瞿瞿[7]。
蟋蟀在堂，岁聿其逝。
今我不乐，日月其迈[8]。
无已大康，职思其外[9]。
好乐无荒，良士蹶蹶[10]。
蟋蟀在堂，役车其休[11]。
今我不乐，日月其慆[12]。
无以大康，职思其忧[13]。
好乐无荒，良士休休[14]。

注释

❶ **堂**：堂屋。

❷ **聿**（yù）：语气助词，没有实义。**莫**：同“暮”。

❸ **除**：消逝，过去。

❹ **已**：过度，过分。**大康**：康乐，安乐。

❺ **职**：主要职务。**居**：所处的地位。

❻ **荒**：荒废。

❼ **瞿**（jù）**瞿**：心中警戒的样子。

❽ **迈**：消逝，过去。

❾ **外**：指分外的事。

⑩ 蹶（guì）蹶：勤劳敏捷的样子。
⑪ 役车：服役出差乘坐的车。休：休息。
⑫ 慆（tāo）：逝去。
⑬ 忧：忧患。
⑭ 休休：安闲自得的样子。

译　文

天冷蟋蟀进堂屋，一年将尽又岁末。
如今我若不享乐，光阴如流身边过。
也别过分享安乐，还要想着做工作。
喜欢享乐业别废，贤良常常自警戒。
天冷蟋蟀进堂屋，一年时光将逝去。
如今我若不享乐，光阴似箭不可留。
也别过分享安乐，分外之事要思虑。
喜欢享乐业别废，贤良之士勤刻苦。
天冷蟋蟀进堂屋，役车休息回故乡。
如今我若不享乐，光阴如箭不回还。
也别过分享安乐，国家忧患还要想。
喜爱享乐业别废，贤良之士心安详。

解读

这是一首劝人勤勉工作的诗。一寸光阴一寸金，寸金难买寸光阴，时光飞逝，韶华易老，古人也深刻地认识到了这点，所以《诗经》中常常有如此劝勉之作。

天气渐渐寒冷，夜里的蟋蟀也开始从户外躲进堂屋。又快到年底了，一年时光即将匆匆过去。人生要及时行乐，日月如梭，光阴是留不住的，但是行乐不可过度，该做的事情不要耽误，该关心的职责不要忘记。不荒废正业又不忘记享受生活，这才是贤良君子该有的样子。

此诗三章意思相同。诗人由秋虫的习性变动感知季节变化，进而引起对时光流逝的感慨，然后说要抓紧时机好好行乐，不然便是浪费了光阴，但这种享乐不是纵欲之乐，还要“思其居”“思其外”“思其忧”。“思”字是全诗的主眼，“三思”意味深长，也是劝勉之意的标识。这反复的叮嘱包含着诗人宝贵的人生经验，既是自警也是警人。

今人多住楼房，很难见到蟋蟀入堂，所以也很少引起对时光的感伤吧。现在女孩子看到蟋蟀一定会惊叫连连，喊男友赶紧把它弄走！其实，它只是来告诉你：一年又快过去了，该做的任务你都做了吗？

山有枢

山有枢[1]，隰有榆[2]。
子有衣裳，弗曳弗娄[3]。
子有车马，弗驰弗驱。
宛其死矣[4]，他人是愉。
山有栲[5]，隰有杻[6]。
子有廷内[7]，弗洒弗扫。
子有钟鼓，弗鼓弗考[8]。
宛其死矣，他人是保[9]。
山有漆[10]，隰有栗[11]。

子有酒食，何不日鼓瑟？
且以喜乐，且以永日。
宛其死矣，他人入室。

注释

❶ 枢（shū）：树名，即刺榆树。
❷ 隰（xí）：潮湿的低地。榆：树名。
❸ 曳：拖。娄：牵。曳、拖在这里是指穿着。
❹ 宛：死去的样子。
❺ 栲：树名，即山樗。
❻ 杻（niǔ）：树名。
❼ 廷内：庭院和房屋。
❽ 考：敲击。
❾ 保：占有，据为己有。
❿ 漆：漆树。
⓫ 栗：栗子树。

译　文

高山之上长刺榆，低湿土地生白榆。
你有许多好衣裳，向来不穿也不取。
你有好车和好马，从不驾车去驰驱。
不知哪天命归天，别人进屋全窃取。
高山之上长栲树，低湿土地生杻树。
你有内室与庭堂，从不洒水来扫除。
你有钟来又有鼓，从不敲打寻欢娱。
不知哪天你死去，别人进屋都占去。
高山之上长漆树，低湿土地生栗树。

你有酒来又有肉，何不天天把瑟弹？
且用奏乐来找乐，且借弹瑟混时间。
不知哪天命归天，别人住进你房间。

解读

此诗全篇口语，可以理解为一位友人的热心劝勉之作。诗人看到自己的朋友拥有财富却不知享用，因此忍不住出言相劝，言语略带愠怒责备，但内心却是充满善意，一片赤诚。

全诗的内涵和脉络十分清晰明了：山坡上长满树，洼地中间也长满树，你有衣裳、车马、钟鼓、宅院和美食，却不知道使用，如果一朝不幸离人世，全留给别人了，你说你是不是傻？

从诗中描写的内容可以看出：诗人和友人都是贵族阶级，家境殷实富有，但他们的生活理念却不相同。诗人认为生命短暂、命运无常，应该及时行乐；而诗人的那个友人，或者是因为节俭，又或是因为吝啬，又或者是因为忙于工作没有时间，总之无法过上悠游安闲的生活。可能是多次劝勉都不见效果，这次诗人言辞激烈，略带愤怒，坦率直白地劝诫：你要是死了，这些好东西都便宜别人了！这首诗最大的特点就是口语化色彩极其浓烈，也反映了诗人急切和赤诚的劝诫心态。

估计我们每个人身边都会有这样的一个朋友：每天辛勤工作、忙忙碌碌，也积攒了不少财富，但是却不吃也不穿、省吃俭用到吝啬的地步，甚至有时不顾身体健康拼命工作赚钱，面对这样的朋友我们有时也会忍不住略带埋怨地劝道：你这么拼命为了啥？

扬之水

扬之水，白石凿凿[1]。
素衣朱襮[2]，从子于沃[3]。
既见君子，云何不乐？
扬之水，白石皓皓[4]。
素衣朱绣，从子于鹄。
既见君子，云何其忧？
扬之水，白石粼粼[5]。
我闻有命[6]，不敢以告人！

注释

1. 凿凿：鲜明的样子。
2. 襮（bó）：绣有花纹的衣领。
3. 于：从，跟随，到。沃：地名。
4. 皓皓：洁白。
5. 粼粼：清澈的样子。
6. 闻：听到。命：命令，政令。

译　文

小河之水慢慢流，冲得白石更新鲜。
白色内衣红领边，随你来到这曲沃。
已经见到那桓叔，心中怎能不欢乐？

小河之水慢慢流，冲得石头更白净。
白衣红领绣五彩，随你来到曲沃城。
已经见到那桓叔，心中怎会有忧情？
小河之水慢慢流，冲得白石亮晶晶。
我听曲沃有政令，不敢随意说分明！

解读

本诗有两种解释：朱熹认为这是一首描写历史事件的诗歌，另一种解释认为这是一首描写男女约会的诗歌。

朱熹认为："晋昭侯封其叔父成师于曲沃，是为桓叔。其后沃盛强，而晋微弱，国人将叛而归之，故作此诗。"晋昭侯的叔叔被封在曲沃，后来励精图治，曲沃逐渐强大。人民离开晋昭侯，投奔曲沃，看到河水冲击着白色的石头，激荡起欢乐的水花。我离开混乱的地方前往光明的地方，怎么能不欢乐呢？看到了君子，怎么会不高兴呢？言下之意，故土的政治已经十分混乱，不得不离开了。但是，即使知道晋国的朝政已经荒废，"我闻有命"，是不敢随便说出来这个事实的。

另一种解释认为本诗是写女子和情人在河边约会的。白色的衣服红色的领绣，看到那位男子，让我心中高兴，见到那位男子，从此我的心中再也不会有忧愁。文中可以看到，约会是悄悄进行的，"我闻有命"，显然是女子的一种调笑口吻，把情郎当作上级官员，自己是愿意听从他的话的，是不会告诉旁人自己和他约会这件事的。

诗无达诂，无论哪种解释，似乎都有一定的道理。一首诗有多种解释，也是一种有趣的事情，我们并非钻之弥坚的学者，何必非要穷尽一切史料去寻找唯一的解释呢？再说，很多诗篇本身就是只言片语地描写一个场景的断章，没头没尾，好似天外飞来的一张残缺的纸片。我们今天欣赏诗歌的语言，不妨也学习一下陶渊明的豁达：“好读书，不求甚解；每有会意，便欣然忘食。”

椒　聊

椒聊之实[1]，蕃衍盈升[2]。
彼其之子，硕大无朋[3]。
椒聊且，远条且[4]。
椒聊之实，蕃衍盈匊[5]。
彼其之子，硕大且笃[6]。
椒聊且，远条且。

注释

1 椒聊：椒树。实：果实。
2 蕃（fán）衍：同“繁衍”。盈：满。升：古代计量单位。
3 无朋：无比。
4 远条：香气远扬。
5 匊（jū）：两手合捧。
6 笃：厚道，老实。

译　文

花椒树上结果实，采子众多用升量。

你看那位好妇人，身材高大世无匹。
串串花椒挂树上，芳香远播久飞扬。
花椒树上结果实，采子众多用手捧。
你看那位好妇人，身材高大又仁厚。
串串花椒挂树上，芳香远播久飞扬。

解读

这是一首祝愿男子多子多孙的诗。古代医疗条件低下，人们时刻受到疾病和死亡的威胁，血脉的延续有时很困难，所以多子多孙、人丁兴旺是一个家族的美好期望。

本诗就是祝愿男子子孙众多的诗篇：花椒树上的果实，硕果累累、繁衍丰茂，采摘下来，双手捧不下，用升斗也装不下。他们的子孙啊，形象高大、身体壮硕，不能用语言形容。愿他们像果实累累的花椒树，开枝散叶。

此诗首先以兴的手法，抒写景物之美：粗大虬曲的花椒树，枝叶繁茂，碧绿的枝头结着一串串鲜红的花椒子，阵阵清香，随风飘动，长势喜人，丰收在望，采摘下来，足有满满的一升；接着，以此为铺垫，用花椒树喻人，祝愿男子人丁兴旺，子孙像花椒树上结满的果实那样数目众多、高大健壮。诗中比喻新奇、贴切，增强了诗歌的表现力和感染力。

多子多福一直是我们民族的美好期望，家族的人丁兴旺也预示着血脉延续！但是时代在改变，当今社会多为独生子女，这种期望和祝愿在当下可能就不那么常见和易于理解了。

绸缪

绸缪束薪[1]，三星在天[2]。
今夕何夕[3]？见此良人。
子兮子兮[4]，如此良人何[5]？
绸缪束刍[6]，三星在隅。
今夕何夕？见此邂逅。
子兮子兮，如此邂逅何？
绸缪束楚，三星在户。
今夕何夕？见此粲者[7]。
子兮子兮，如此粲者何？

注释

1. 绸缪（chóu móu）：捆绑，缠绕。
2. 三星：参星。
3. 今夕何夕：今晚是怎样的夜晚？
4. 子兮：你呀。
5. 如……何：把……怎么样。
6. 刍（chú）：喂牲口的青草。
7. 粲（càn）者：美人。

译文

拿绳紧把薪柴缠，参星高悬在天边。
今晚究竟啥夜晚？与这良人来相会。

哎呀你呀哎呀你，对这良人如何办？
拿绳紧把草料捆，参星已到天东南。
今晚究竟啥夜晚？能会和悦人儿面。
哎呀你呀哎呀你，和悦人儿如何办？
拿绳紧把荆条缠，参星高照门上边。
今晚究竟啥夜晚？得与美人来相见。
哎呀你呀哎呀你，对这美人如何办？

解读

关于这首诗的主旨，古今看法比较一致，大都承认这是一首关于婚姻的诗歌，但是诗中所表达的内容却很特别，因为诗中的戏谑口吻，这可能是古代贺新婚闹新房时所唱的歌。

开篇以缠绕捆束为起兴，来象征刚刚结婚的夫妻的缠绵恩爱，用三星的位置变化表示时间的推移。然后便是众人对新婚夫妇的调侃和戏谑：今晚是什么日子啊，让我能够遇到这样的美人？你呀你呀，让我如何尽情享受这幸福的时刻，共度良宵呢？

此诗语言活脱风趣，极富有生活气息。特别是“今夕何夕”之问，含蓄而俏皮，表现出那种由于惊喜连日子也记不起来的兴奋的心理状态。此诗每小节的后四句颇值得玩味：诗人以平淡的语言，描写常见的事物，抒发人之常情，却使人身临其境、如在眼前，体验到闹新房的欢乐滋味。这充分显示了民间诗人的创造力。

洞房花烛夜、金榜题名时，历来就是人生的快乐时刻。在这春宵一刻值千金之时，新郎估计早已乐得忘乎所以，不知道年月日了。众人看到此时新郎的样子，忍不住用诗歌来调笑一番：“妹妹你坐船头，哥哥我岸上走……”

杕杜

有杕之杜[1]，其叶湑湑[2]。
独行踽踽[3]，岂无他人？
不如我同父[4]。
嗟行之人，胡不比焉[5]？
人无兄弟，胡不佽焉[6]？
有杕之杜，其叶菁菁[7]。
独行睘睘[8]，岂无他人？
不如我同姓[9]。
嗟行之人，胡不比焉？
人无兄弟，胡不佽焉？

注释

[1] 杕（dì）：树林独生的样子。杜：棠梨树。
[2] 湑（xǔ）湑：繁盛。
[3] 踽（jǔ）踽：孤独的样子。
[4] 同父：共有一个父亲的人。
[5] 胡：为什么。比（bì）：亲近，帮助。
[6] 佽（cì）：帮忙，扶助。
[7] 菁菁：繁茂。
[8] 睘（qióng）睘：无依无靠。
[9] 同姓：指兄弟。

译　文

那棵孤独棠梨树，叶儿生长多繁盛。
独自徘徊冷清清，难道没人一同行？
不如兄弟有真情。
可叹路上那些人，为何不同我亲近？
我无兄弟独一人，为何不肯相帮助？
那棵孤独棠梨树，叶儿密密青又青。
独自走路孤零零，难道没人一同行？
不如兄弟有亲情。
可叹路上那些人，为何不同我亲近？
我无兄弟独一人，缘何不肯相帮助？

解读

这是一首流浪者之歌。诗中人远行在外，形单影只，触景生情，内心凄凉无比，忍不住黯然伤神，叹息自问。一个流浪者的形象跃然纸上。

诗歌开篇就用棠梨树起兴：那路旁的棠梨树枝繁叶茂，我却一个人孤零零地在路上独自行走。难道路上没有其他人吗？可是他们却不如我的兄弟。叹息往来的行人啊，为什么不跟我一同前行？我没有兄弟啊，为什么不帮助我呢？通过这首诗，我们看到了作者处于孤立无援、无依无靠的悲惨境地。

诗中叹息的内容平实浅近，也正是流浪者最基本的需要：行人为什么不来亲近我？我没有兄弟在旁，为什么不来帮助我？孤独的人就如同落水的孩童，非常需要他人的援救和帮助。诗中的两个问题蕴藏着浓重的绝望和忧伤，这确实是一声令人心寒的长叹。

远行无依的人是最孤独的，也是最需要他人帮助和问候的，你一句简单的问候，在他心中可能就是乌云中的一道彩虹。在人生的路上，请对每一个遇到的陌生人都报以微笑，你的一个小小的善意就可能融化他人心中的寒冰，给人带来无限的希望。

羔　裘

羔裘豹祛[1]，自我人居居[2]。
岂无他人？维子之故[3]。
羔裘豹褎[4]，自我人究究[5]。
岂无他人？维子之好[6]。

注释

[1]祛：袖口。
[2]自：对。我人：我们这些人。居居：同“倨倨”，傲慢无礼。
[3]维：因为。故：故人，故友。
[4]褎（xiù）：同“袖”。
[5]究究：狂傲虚浮。
[6]好：相好。

译　文

豹皮袖口羔皮袄，待我无礼傲气足。

难道无人把我爱？念你是我老朋友。

豹皮袖口羔皮袄，对我骄傲无礼貌。

难道无人把我爱？念你曾是我好友。

解读

这是一首讽刺刚刚进身显贵的老朋友的诗。诗中的朋友在发迹以后，鲜衣怒马，在老朋友面前，耀武扬威、不可一世。那诗人会怎么做呢？

诗中的朋友身着羊羔皮衣，豹纹装饰着袖口和领口，看上去好气派，可是诗人却不卑不亢，训斥道：竟然在我面前大摇大摆，装模作样，难道除了你，我就没有其他朋友了吗？我之所以还把你当作朋友，是因为看在旧日情谊的份上。

此诗两章，脉络极清楚，每章的前二句描写卿大夫对故友的侮慢之态；后二句则通过自问自答，表现了原为友人的诗人对朋友目中无人的怨愤之情，但诗句的语气显得“怨而不怒”，很能体现“温柔敦厚”的诗教。

如果朋友升官发财后就目中无人，在你面前各种“炫富”，你会怎么做呢？相信很多人都会选择断交，这样的朋友没有也罢。可是诗人却没有这样做，他没有直接放弃两人的友谊。朋友得意忘本，诗人却严厉警告：你不要太飘，做人要低调！我之所以还当你是朋友，是念及我们旧日的感情！诗人的做法也很值得我们今人借鉴的。

鸨羽

肃肃鸨羽[1]，集于苞栩[2]。
王事靡盬[3]，不能蓺稷黍[4]。
父母何怙[5]？
悠悠苍天，曷其有所[6]？
肃肃鸨翼，集于苞棘。
王事靡盬，不能蓺黍稷。
父母何食？
悠悠苍天，曷其有极[7]？
肃肃鸨行，集于苞桑。
王事靡盬，不能蓺稻粱。
父母何尝[8]？
悠悠苍天，曷其有常？

注释

❶肃肃：雁振翅声。鸨：鸨雁。羽：羽毛。
❷苞：丛生。栩（xǔ）：柞树。
❸靡：没有。盬（gǔ）：停止。
❹蓺（yì）：种植。
❺怙（hù）：依靠。
❻有所：得其所，回归故乡。
❼有极：到头，到顶点，终止。
❽尝：吃。

译 文

鸨雁肃肃整羽毛，栖于丛生柞树上。
君王征役无尽时，不能耕种稷和黍。
父母依靠谁来养？
请问高远那苍天，我们何时归故乡？
鸨雁振翅肃肃响，栖于丛生枣树上。
君王征役无尽时，不能耕种黍和稷。
父母生活吃啥粮？
请问高远那苍天，何日终止服役忙？
鸨雁振翅空中飞，栖于丛生桑树上。
君王征役无尽时，不能种稻和高粱，
父母养命尝啥粮？
请问高远那苍天，何时生活能正常？

解读

这是一首描述国家徭役沉重、民不聊生的诗歌。当时晋国政治黑暗，沉重的徭役使农民终年在外奔波，根本无法耕田种地，赡养父母。诗人作此诗，意在表达不满。

诗人以饱受苦难的农民的口吻向统治者发出抗议，向苍天呼喊：大鸨扑棱棱地振动着翅膀，成群地栖息在丛生的树上，王侯家的徭役无止又无休啊，我无法回家种植五谷，我那可怜的父母靠什么生活啊？可望不可及的老天爷啊，我何时才能不再四处奔波，返回家乡？

全诗三章首句均以大鸨这种鸟起兴。鸨鸟是属于大雁类的飞禽，其爪间有蹼而无后趾，生性只能浮水，奔走于沼泽草地，不能抓握树枝条栖息，这里却反常地栖息在树上。诗人借此来比喻农民反常的生活状态——本该在家耕田种植，却被迫长期在外服徭役，不能安居乐业。诗用隐喻的手法，正是诗人独具匠心之处。

徭役是古代的一种杂役，就是农民无偿地去王侯家从事生产劳动。早些年，农民还会为自己所在的村子出公差、修路干活等，但是随着社会的发展，我们国家已经彻底取消了这种义务劳动。如今农民再无徭役，但是听说有的学校的班主任会让孩子的家长到学校替自家孩子值日，不知道这算不算一种新的徭役呢？

无衣

岂曰无衣？七兮[1]。
不如子之衣，安且吉兮[2]。
岂曰无衣？六兮。
不如子之衣，安且燠兮[3]。

注释

1. 七：表示衣服很多。
2. 安：舒适。吉：好，漂亮。
3. 燠（yù）：暖和。

译文

谁说没有衣裳穿？算算总共有七样。

虽多不如你的衣，穿上舒服又漂亮。
谁说没有衣裳穿？算算总共有六样。
虽多不如你的衣，穿上舒适又暖和。

解读

从诗的意思来看，此篇可能是一首因衣服而引起睹物思人之感的追思之作。作者可能是一位民间诗人，他本来有一位心灵手巧的妻子，生活幸福美满，不幸的是妻子早亡，某天试穿新衣服的时候，睹物思人，想起心爱的妻子，悲从中来。

全诗朴实无华，但句句出自肺腑：难道说我没有衣裳吗？我有很多衣裳。可是每一件都比不上你亲手为我缝制的衣裳，穿起来那么舒服，那么美观，那么合身，那么温暖。

古代学者认为此诗主旨是晋武公向周釐王请求封爵之意，但今人更认为这是一首追思亡妻的感怀诗。诗中的语言浅显直白，情真意切，就是因为衣服而想起逝去的妻子。这样的理解更能体现《诗经》的人民性——即《诗经》中所咏唱的都是百姓的日常生活。

相爱却不能相守，自古便令人无限遗憾。特别是天人两隔，怎么不让人心痛神伤？这种情感在诗人的笔下不断传唱，于是就有了“十年生死两茫茫，不思量，自难忘”，也有了“山盟虽在，锦书难托”。

有杕之杜

有杕之杜，生于道左。
彼君子兮，噬肯适我[1]？
中心好之[2]，曷饮食之[3]？
有杕之杜，生于道周。
彼君子兮，噬肯来游？
中心好之，曷饮食之？

注释

❶ 噬：发语词。
❷ 中心：心中。好（hào）之：钟爱它。
❸ 食：饮食。

译　文

杜梨树儿真孤单，长在偏僻路左边。
那位君子风度翩，是否愿来我这边？
敬爱贤人诉友情，何不请来喝一顿？
杜梨树儿真孤单，长在偏僻路周边。
那位君子风度翩，是否愿与我同游？
敬爱贤人诉友情，何不请来喝一顿？

解读

这是一首描写一个孤独的人期盼友人来访，一同畅饮谈心，来缓解内心孤独寂寞的诗。孤独是一种人类共有的内在情感，唯有朋友间的交流才能缓解这种孤独。

杜梨树在《诗经》中一直是“孤独”“孤单”的意象。诗歌开篇以杜梨树起兴：那棵孤零零的杜梨长在路的左边，那风度翩翩的君子，何时能到我这里做客？我心中对你钦佩之至，你何时能来一起喝酒畅谈？

此诗的画面感极强，读过之后，一幅栩栩如生的画面就展现在读者眼前：荒野古道旁，矗立着一株孤零零的杜梨树，一名孤独的男子站在树旁翘首以盼，口中喃喃自语：我那知己兄弟，何时才能来和我相聚？至于诗人是否如愿见到挚友，诗中没有交代，这里姑且不论，不过有一点则是可以肯定的，那就是诗人的这种孤独感通过诗歌已有所宣泄，得到一定缓解。

子曰：“有朋自远方来，不亦说乎？”可见自古以来，朋友来访就是一件令人惊喜的事情，会给孤独的心灵带来慰藉和温暖。朋友虽好，但必须是志同道合的真诚挚友，而不能是“酒肉朋友”或“塑料姐妹”。

葛　生

葛生蒙楚[1]，蔹蔓于野[2]。
予美亡此[3]，谁与独处[4]！
葛生蒙棘，蔹蔓于域[5]。

予美亡此，谁与独息！
角枕粲兮[6]，锦衾烂兮[7]。
予美亡此，谁与独旦！
夏之日，冬之夜。
百岁之后，归于其居[8]！
冬之夜，夏之日。
百岁之后，归于其室[9]！

注释

1 **蒙**：缠绕。**楚**：荆条。
2 **蔹**（liǎn）：草名，即白蔹。
3 **予美**：指所爱的人。
4 **谁与**：与谁，能和谁在一起。
5 **域**：坟地。
6 **角枕**：敛尸所用的枕头。**粲**：色彩鲜明。
7 **锦衾**：锦缎褥子，裹尸用。**烂**：色彩鲜明。
8 **居**：指坟墓。
9 **室**：指墓穴。

译　文

葛藤爬上那荆条，蔹草蔓延满荒郊。
我那丈夫离人世，无伴独居真难熬！
葛藤爬上酸枣树，蔹草蔓延满墓地。
我那丈夫离人世，无伴独寝意凄凄！
看那角枕仍鲜丽，见那锦被仍灿烂。
我那丈夫离人世，无伴独自夜待旦！

夏季白天长又长，冬天夜晚甚漫长。
一旦百年我死亡，地下伴夫夙愿强！
冬天夜晚甚漫长，夏季白天长又长。
一旦百年我死亡，墓中伴夫夙愿强！

解读

这是一首悼念亡夫的诗歌。晋献公在位时喜好开疆拓土，国内百姓、士兵伤亡较多，这首诗便可能是悼念在战争中牺牲的丈夫的哀歌。

在古代，男性是家中的主要劳动力，也是家庭的支柱。丈夫战死，从此天人两隔，妻子的悲痛可想而知：

葛藤疯长，覆盖住了丛生的灌木，野葡萄藤在荒凉的坟茔不断蔓延。我最亲密的爱人在这里长眠，谁能陪他一起呢？

他头下的角枕是那样光鲜，他身上的锦被是那样灿烂！我亲密的爱人在这里长眠，谁能陪他一起呢？

夏日炎炎，冬夜漫漫，终有一天我也要随你在此长眠！冬夜漫漫，夏日炎炎，终有一天我也要和你聚首黄泉！

诗歌前两章以葛藤和野葡萄藤开始，既有起兴整章的作用，也有比喻相亲相爱的夫妻关系的意思。藤蔓一般都会攀附、依靠在其他植物身上生长，就像爱人那样相依相偎，而诗人却失去了丈夫，孤苦无依。此外，这两种植物也可能是对眼前所见景物的真实描绘，在荒凉的野外坟茔，各种藤蔓疯长，一片凄凉萧瑟的景象，为全诗奠定一种悲伤的基调。

战争给人带来的永远都是灾难和伤痛，我们应当珍惜今天来之不易的安定和平，更要铭记曾经有无数的人为这幸福生活付出了鲜血和生命。国虽大，好战必亡；天下虽安，忘战必危。

采苓

采苓采苓[1]，首阳之巅[2]。
人之为言[3]，苟亦无信[4]。
舍旃舍旃[5]，苟亦无然[6]。
人之为言，胡得焉[7]？
采苦采苦，首阳之下。
人之为言，苟亦无与[8]。
舍旃舍旃，苟亦无然。
人之为言，胡得焉？
采葑采葑，首阳之东。
人之为言，苟亦无从[9]。
舍旃舍旃，苟亦无然。
人之为言，胡得焉？

注释

❶ 苓（líng）：甘草。
❷ 首阳之巅：首阳山山顶。
❸ 为言：讹言，谎话。为（wěi）：通“伪”。
❹ 苟：一定。无信：不要相信。
❺ 舍旃（zhān）：离开它，舍弃它。

❻无然：不要以为然。
❼胡得焉：能得到什么。
❽无与：不要参与。
❾无从：不要跟随。

译　文

采甘草啊采甘草，在那首阳山顶上。
那人说的虚伪话，千万别信别上当。
劝你把它全丢弃，别信他人不提防。
那人说的虚伪话，有何可取费思量？
采苦菜啊采苦菜，首阳山下采些来。
那人说的虚伪话，切勿赞许受伤害。
劝你把它全丢弃，别信他人不提防。
那人说的虚伪话，有何可取费思量？
采葑菜啊采葑菜，首阳山东采起来。
那人说的虚伪话，可别信它把事坏。
劝你把它全丢弃，别信他人不提防。
那人说的虚伪话，有何可取费思量？

解读

从诗歌的表面文字来看，此诗的主题是劝说世人不要听信谗言。关于此诗的深意，学者普遍认为是因献公听信谗言，杀了太子申生，所以国人作此诗来讽刺他的昏庸。此观点虽然无法考证，但是鉴于《诗经》中“国风”的讽刺功能，这种说法也是有可能的。

此诗的内容浅显易懂：苦命的人啊，在首阳山上采茯苓、采野菜、采葑菜。那些卑鄙小人的谎言，请你不要相信采纳。不要相信，忘了它吧，完全不是那样！听信那些人的假话，最终能得到什么呢！

此诗分三章，每章都用“托物起兴”的表现手法开篇：第一章的“采苓采苓，首阳之颠”，第二章的“采苦采苦，首阳之下”，第三章的“采葑采葑，首阳之东”，都是用“先言他物”的手法以引起下文。接下来，诗人用直白的口吻谆谆告诫人们不要轻信谎言。只要你不相信他们的谎话，他们就什么目的也达不到。

谣言止于智者，道听途说的事不可轻易相信。如今网络上经常爆出各种“新闻”，但不需几日，正当网民义愤填膺的时候，就会出现各种惊人反转。所以，“吃瓜需谨慎，让子弹飞一会儿！”

车　邻

有车邻邻[1]，有马白颠[2]。
未见君子，寺人之令[3]。
阪有漆，隰有栗。
既见君子，并坐鼓瑟。
今者不乐，逝者其耋[4]！
阪有桑，隰有杨。
既见君子，并坐鼓簧。
今者不乐，逝者其亡[5]！

注释

❶ 邻邻：车行的声音。
❷ 白颠：马额上长白毛。
❸ 寺人：宦官。
❹ 耋（dié）：七八十岁，指年老。
❺ 逝者：今后，将来。其：语气词，表推测。

译　文

车队向前邻邻响，马儿额头白毛长。
没见秦王他的面，宦官前去报君王。
山坡之上种漆树，低湿之地植栗树。
已经见到秦王面，并肩而坐把瑟鼓。

现在若是不享乐，以后年老无欢乐！
山坡之上种桑树，低湿地上长白杨。
已经见到秦王面，并肩而坐演奏簧。
现在若是不享乐，以后想乐人已亡！

解读

这是一首劝人及时享乐的诗。全诗三章通过诗人的自我描述，向人展示了拜访朋友的过程和与朋友一起欢聚作乐的情景。

诗的首章从拜会友人写起，诗人乘着马车前去，车声“邻邻”，如音乐一般好听，这暗示诗人心情极其愉悦。更令人得意的是拉车的马，这些马的额头间都长着一簇白毛，好似一团白雪，这些都是名贵的好马，诗人借此衬托自己的尊贵。诗人的朋友也不是寻常百姓，而是贵族之家，因此未见主人之前，必须等待侍者的通报、传令。诗人如此诉说，目的在于自我标榜，向人表明自己和朋友的身份地位都非同一般，十分尊贵。接下来诗人描写宴会的场景：珍馐美食，鼓瑟吹笙。并发出感叹：要及时行乐，人生转瞬即逝。

诗中只是描述了拜访朋友的过程，标榜了诗人和朋友的身份和地位，慨叹光阴易逝，及时享乐，其他背景未知。至于到底是贵族的自我炫耀还是失意人的逃避现实，则留给了读者无限想象，但是诗人当时的心境和情感却表达得淋漓尽致，明确无误。

人生本就不容易，成功得意之时也不必过于谨小慎微，抓住这转瞬即逝的时光，偶尔放肆一下也未尝不可，“春风得意马蹄疾，一日看尽长安花。”

驷 驖

驷驖孔阜[1]，六辔在手。
公之媚子[2]，从公于狩。
奉时辰牡[3]，辰牡孔硕[4]。
公曰左之[5]，舍拔则获[6]。
游于北园，四马既闲。
輶车鸾镳[7]，载猃歇骄[8]。

注释

❶ **驷驖**（sì tiě）：四匹赤黑色如铁的马。
❷ **媚子**：亲信、宠爱的人。
❸ **时**：即“是”，这。**辰牡**：公鹿。
❹ **硕**：肥大。
❺ **左之**：向左。
❻ **舍拔**：放箭。舍，放。拔，箭末。
❼ **輶**（yóu）：轻便的车。
❽ **载**：装载。**猃**（xiǎn）：长嘴的猎狗。**歇骄**：短嘴的狗。

译 文

四匹黑马高又大，六条缰绳手中执。
襄公宠爱那些人，跟从君王把猎打。
奉献这群应时兽，应时公兽体硕大。
襄公下令向左转，放箭射杀所得多。

猎罢畅游于北园，四马拉车真熟练。

轻车马嚼鸾铃响，车载各种猎狗回。

解读

这是一首赞美秦王狩猎的诗，《毛诗序》和《鲁诗》都认为是在赞美秦襄公。秦襄公是秦仲的孙子，在周平王东迁时护驾有功，被封为诸侯。

这首诗以白描的手法描写了国君狩猎的过程，场面极其宏大。第一章写将要去狩猎的情景：四匹漆黑的骏马，高昂嘶鸣，秦王手握六条缰绳驾车疾驰，卫队仆从在旁跟随前行。第二章描写猎杀的场景：围场小吏放出肥壮健硕的公鹿，秦王兴奋地呼喊，左转包抄，搭弓搭箭，猎物应声而倒！第三章写狩猎之后的画面：秦王尽兴后到北园游玩，那四匹马儿此刻悠闲地啃食着地上的青草，车上的鸾铃叮当作响，车厢旁边趴着刚刚还在追逐猎物的猎犬。

诗人仅仅使用铺叙描摹的手法，就把一幅生动的秦王狩猎图描绘得栩栩如生，展现在读者面前。全诗叙事取景高度浓缩，突出典型场景和人物，抓住富于表现力的瞬间和细节，达到了以“一斑”而窥见“全豹”的艺术效果。

《诗经》中有两首描写狩猎的名篇，即《郑风·大叔于田》与此篇，前者反复铺张，以繁见长；后者精要简约，以简著称。这两首诗歌代表了中国文学的两大传统手法，很值得我们写作时学习和借鉴。

小戎

小戎俴收[1]，五楘梁辀[2]。
游环胁驱[3]，阴靷鋈续[4]。
文茵畅毂[5]，驾我骐异[6]。
言念君子，温其如玉。
在其板屋，乱我心曲。
四牡孔阜，六辔在手。
骐骝是中[7]，䯄骊是骖。
龙盾之合[8]，鋈以觼軜[9]。
言念君子，温其在邑[10]。
方何为期？胡然我念之？
俴驷孔群[11]，厹矛鋈錞[12]。
蒙伐有苑[13]，虎韔镂膺[14]。
交韔二弓，竹闭绲縢[15]。
言念君子，载寝载兴。
厌厌良人[16]，秩秩德音[17]。

注释

[1] 俴（jiàn）：浅。收：轸。

[2] 楘（mù）：用皮革在辕上缠绕形成的特定花纹。梁辀（zhōu）：如舟样弯曲的辕。

[3] 游环：活动的环。胁驱：马车上的皮条。

❹ **靷**（yǐn）：引车前行的皮带。**鋈**（wù）：白铜。**续**：系在车上的环。
❺ **文茵**：虎皮坐垫。**畅**：长。**毂**：车。
❻ **骐异**（zhù）：两种马。
❼ **骝**（liú）：黑鬣黑尾的红马。**中**：在中间，指辕马。
❽ **龙盾**：画龙的盾牌。
❾ **觼**（jué）：有舌的环。**軜**（nà）：骖马的缰绳。
❿ **温**：温文尔雅。**在邑**：驻守城邑。
⓫ **俴驷**：披薄金甲的四马。**孔群**：马群很和协。
⓬ **厹**（qiú）**矛**：韧有三角的矛。**錞**（duì）：矛柄的金属套。
⓭ **蒙**：杂色。**伐**：盾。**有苑**：有花纹。
⓮ **虎韔**（chàng）：虎皮做的弓袋。**镂**：雕刻花纹。**膺**：弓袋正面。
⓯ **绲**（gǔn）：绳子。**縢**：缠束。
⓰ **厌厌**：安静。
⓱ **秩秩**：懂礼节有教养之意。

译文

轻巧战车车厢浅，五个皮箍绕独辕。
铜环缰绳控骖马，拉车皮条铜环连。
虎皮坐垫车毂长，驾着骏马奔向前。
心中思念我夫君，温和如同玉一般。
他伐西戎住木屋，使我心中不能安。
四匹公马很肥大，六条缰绳手中拿。
拉车服马是骐骝，骖是黄马和黑马。
画龙盾牌合一处，轼前铜环把辔挂。
心中思念我夫君，性情温和守边邑。
将在何日凯旋归，为何这样想念他？
四马和谐不披甲，三刃长矛铜光闪。
大盾画羽图案美，虎皮弓袋雕花纹。

两弓交叉装弓袋，竹制夹弓绳缠牢。
思念我那好夫君，晚睡早起抖精神。
安静平和我夫君，礼节名声天下传。

解读

按照现代多数学者的观点，这是一首妻子怀念征夫的诗。秦人地处西陲，民风彪悍，战事不断，秦人妻子为即将出征的丈夫送行，也少了中原诸国女子的戚戚怨怨，哭哭啼啼，而是多一些粗犷豪放和对丈夫建功立业的期许。

此诗采用了先实后虚的写法，即先写女子所见，后写女子所想。秦师出征那天，她前往送行，看见出征队伍的阵容十分壮观：只见战车列阵，兵强马壮，兵器精良，她的丈夫执鞭驾车，整装待发。队伍出发后，女子翻来覆去，辗转难眠，对丈夫的思念不能自已：我那温良如玉的夫君，你何时才能回来，别再让人担心、挂念。

在章法结构上，作者对全诗作了精心安排：全诗共三章，每章前六句赞美秦师兵车阵容的壮观，后四句抒发女子思君之情。前六句状物，重在对客观事物的描述；后四句言情，重在个人情感的抒发。各章格式虽同，但所写的具体内容各有侧重，少有雷同，这就使得全诗的章法结构井然有序，又不显呆板。

秦人好武，秦军喜战，这固然与秦国的军功赏罚制度有关，但也反映了秦国整体社会的价值取向。自古以来，男儿参军入伍，保家卫国，建功立业，都是一种荣耀，应该得到社会主流价值观的认可和赞扬。而当今社会“将军坟前无人问，戏子家事天下知”，“花样美男”流行，“娘炮”扎堆，这绝非一种正常的审美追求，需要给予适当的限制和引导。

蒹葭

蒹葭苍苍[1]，白露为霜。
所谓伊人[2]，在水一方。
溯洄从之，道阻且长。
溯游从之，宛在水中央。
蒹葭凄凄，白露未晞[3]。
所谓伊人，在水之湄[4]。
溯洄从之，道阻且跻[5]。
溯游从之，宛在水中坻[6]。
蒹葭采采[7]，白露未已[8]。
所谓伊人，在水之涘[9]。
溯洄从之，道阻且右[10]。
溯游从之，宛在水中沚。

注释

❶ 蒹葭：芦苇。
❷ 伊人：那个人。
❸ 晞：干。
❹ 湄：岸边。
❺ 跻（jī）：登高。
❻ 坻（chí）：水中的小沙洲。

❼ 采采：茂盛的样子。
❽ 已：止，干。
❾ 涘（sì）：水边。
❿ 右：弯曲，迂回。

译　文

河岸芦苇茂苍苍，早晨秋露结成霜。
心中思念好姑娘，她在小河那一边。
逆河而上去找她，道路危险又漫长。
顺水而下去找她，好像她在水中央。
河岸芦苇茂又密，早晨露水未晒干。
心中思念好姑娘，她在河的那一边。
逆河而上去找她，道路渐高又危险。
顺流而下去找她，好像她在水中滩。
河岸芦苇密麻麻，早晨秋露未全干。
心中思念好姑娘，她在河水那一边。
逆河而上去找她，道路险阻又转弯。
顺水而下去找她，好像她在水中滩。

解读

《蒹葭》是《诗经》中脍炙人口的名篇，几乎每个人都知道这句“所谓伊人，在水一方”。从诗歌的角度来说，《蒹葭》更是值得称颂的，在《诗经》中，如果说哪一首在意境方面最为突出，最能够代表当时诗歌的水平，那一定是《蒹葭》。不同于《秦风》慷慨、激昂、悲凉的整体氛围，这首《蒹葭》温柔而婉转。现代学者通常把它定义为一首情诗，古人说它是一首求贤诗或者是讽喻诗，总之是把它和政治联系到一起。从某种意义上来说，这两种解法都低估了《蒹葭》的价值和内涵。许多学者将它定义为“中国第一首朦胧诗”，这也无可厚非。

《诗经》中大部分诗歌都采用重章叠唱的形式，《蒹葭》这首诗也是一样，它一共分三章，反复咏唱，但如果我们用审视诗歌内容的眼光去看，一章已经足够将意境表达清楚了。“蒹葭”，就是芦苇。“苍苍”是灰白相间。所以，我们会有画面感：茫茫芦苇，一片苍苍；接下来是时间，“白露为霜”，露水凝结成霜的时节，其实从“苍苍”中我们也可以看得出，这必然是一个深秋时节。“所谓伊人，在水一方”，如果刚刚是静物描写，那么现在这幅画面活了起来，因为有秋水，有光有影，还有一个人。在中国诗歌里，秋水和春水是不同的，春水是绿色的，“春来

▶ 蒹葭

河畔芦苇是白苍苍的，白露到了清晨就结成霜，心上的人儿就在隔水相望的地方吧！逆流而上却寻不到她，就像歌里唱的一样，她那么近，那么远啊。无独有偶，法国诗人斯特芳·马拉美在《牧神的午后》里写下过这样的句子：“莫非我爱的是个梦？我的疑问有如一堆古夜的黑影。”

江水绿如蓝”，春水是灵动的，而秋水却是空灵而沉静的，这就是中国诗歌独有的“意境之美”。“溯洄从之，道阻且长”，逆流而上去找她，道路又不好走又漫长，到底有多么漫长呢？那是永远也走不到的长度。“溯游从之，宛在水中央”，如果顺流而下去找她，这位伊人好像又被隔在了水中央，顺流逆流都无法找到她。这就是这首诗要表达的：一种无法跨越的阻隔。这只是第一章，如果用唐宋诗人的逻辑，这就是一首完整的诗词了，但《诗经》不然，它还在继续咏唱。第二章里，白露未晞，第三章里，白露未已，这是在讲时间，随着时间的推移，伊人依然隐约可见，也依然求之不得。

《蒹葭》中有太多值得我们讨论的话题，两千多年来，它之所以广为流传，除了朦胧唯美的意境、和谐的韵律之外，最重要的，是被后世许多作品所借鉴的“企慕之境”。如果我们来讨论到底什么是“企慕之境”，或许许多文学作品都能给出答案，即“求而不得”或“力所难及”，《西厢记》中“隔花阴，人远天涯近”、孟郊《古别离》里面“未得渡清浅，相对遥相望”，都是这样一种意境。钱锺书先生说，这是一种“心向往之，却身不能至”的情感。《蒹葭》之所以深入人心，就是因为它在“理想”与“现实”之间划了一道无法跨越的鸿沟，鸿沟对面的美好，依稀可见，却永无企及之可能。

如果我们今天来谈论《蒹葭》，仍旧把它固化在中国古代诗歌的框架内，其实也是小看了这首诗的魅力。罗素曾经讲过一段话：“每当我激情之中的那个理想的境界升起的时候，我就会感到在我的脚下，在我与那理想之间，马上会出现万丈深渊”，这就是英国作家理解的“企慕之境”。

生活中，我们总是有太多的期待，我们希望自己可以有所成就，希望可以达成某个目标。然而，几年，十几年之后，我们会发现，当初的期待似乎依旧是期待，我们与它之间的距离从未缩短，这时，我们通常会感叹、会无奈，甚至是心生厌烦——这就是《蒹葭》所传递给我们的内涵。我们依旧可以执着地追求，但也可以立足当下作出放弃之决定，但“伊人依旧，宛在水中央”。这就是《蒹葭》的魅力，它可以穿越时空，直击心灵。

终　南

终南何有？有条有梅❶。
君子至止❷，锦衣狐裘。
颜如渥丹❸，其君也哉！
终南何有？有纪有堂❹。
君子至止，黻衣绣裳❺。
佩玉将将❻，寿考不忘❼！

注释

❶ 条：山楸。梅：楠树。
❷ 止：句末语气词。
❸ 颜：脸色。如：像。渥：涂抹。丹：红色涂料。
❹ 纪（qǐ）：通“杞”，乔木名。堂：通“棠”，棠梨树。
❺ 黻（fú）：古代礼服上黑与青相间的花纹。
❻ 将（qiāng）将：叮叮当当的声音。
❼ 寿考：健康长寿。不忘（wáng）：不止，没有尽头。

译　文

终南山上有何物？有那山楸与楠树。
君王驾临名山中，狐裘锦衣一身素。
面色红润有光泽，真乃秦国好君主！
终南山上有何物？有那杞树与棠梨。
秦王驾到大山中，绣花衣裙高贵服。
身上佩玉锵锵响，祝君长寿永为王！

解读

这是一首秦国臣子颂扬国君的诗歌。秦襄公因护送周天子有功，被赏赐大片土地，但这些领土都被戎狄部落占据着，秦襄公率领子民打败西戎，夺回土地，最终被周天子封为诸侯。《毛诗序》认为这首诗就是秦襄公被封为诸侯时秦国臣子所作。

这首诗主要通过描写秦公的服饰、容颜和仪态来表达对君主的敬仰和赞美。开篇以终南山上的树木作起兴，然后说有位君子到达此地，他穿着白色的狐裘，外罩锦衣，身上的美玉叮当作响，面色红润，大有福相，这就是我们的国君啊，万寿无疆！

诗中所描摹的形象是动态的。诗人通过视觉、听觉方面对人物的形象描绘，仿佛让人亲眼看到、亲耳听到秦公步履雍容地来到终南山祭祀行礼，进而烘托出秦君的富贵庄严，令人由衷地敬仰和赞美。

百姓的愿望是简单朴素的，只要君主能够带领百姓吃饱穿暖、安居乐业，就会得到拥戴。自古以来，得民心者得天下，执政者能够为百姓着想，为人民服务，政权就会稳定，社会就会长治久安。

黄鸟

交交黄鸟[1]，止于棘。
谁从穆公[2]？子车奄息[3]。
维此奄息，百夫之特[4]。
临其穴，惴惴其慄[5]。
彼苍者天，歼我良人[6]？
如可赎兮[7]，人百其身[8]！
交交黄鸟，止于桑。
谁从穆公？子车仲行。
维此仲行，百夫之防[9]。
临其穴，惴惴其慄。
彼苍者天，歼我良人？
如可赎兮，人百其身！
交交黄鸟，止于楚。
谁从穆公？子车鍼虎。
维此鍼虎，百夫之御[10]。
临其穴，惴惴其慄。
彼苍者天，歼我良人！
如可赎兮，人百其身！

注释

❶ **交交**：鸟叫声。
❷ **从**：殉葬。
❸ **子车**：姓。**奄息**：名。
❹ **特**：匹敌。
❺ **惴（lì）**：战栗。
❻ **歼**：消灭，杀尽。
❼ **如**：如果，假设。**可**：可以，能够。**赎**：交换，换回。
❽ **人百其身**：以百倍的生命来交换。
❾ **防**：防范，防备。
❿ **御**：抵御，抵挡。

译 文

黄雀鸣叫声凄凉，栖息在那枣树上。
谁随穆公一起死？子车奄息去殉葬。
就是这位好奄息，百个男人比不上。
走近墓穴他惊望，全身发抖心慌张。
高高苍天你在上，竟使好人被灭亡？
如能允许赎他命，愿用百人来抵偿！
黄雀鸣叫声凄凉，落在那棵桑树上。
谁随穆公一起死？子车仲行去陪葬。
这位仲行才德强，百个男人也难防。
走近墓穴他惊望，全身发抖心慌张。
高高苍天你在上，竟使好人被灭亡？
如果可以赎他命，愿用百人来抵偿！
黄雀鸣叫声凄凉，停于那些荆条上。
谁随穆公一起死？子车鍼虎得殉葬。

这位铖虎有才德，百个男人也难挡。
走近墓穴他惊望，全身发抖心慌张。
高高苍天你在上，竟使好人被灭亡！
如果可以赎他命，愿用百人来抵偿！

解读

《诗经》中一共有两首《黄鸟》，《秦风》中的这一首，是一首很悲哀的诗，甚至可以说是一首“万人悲歌”。它源于一个比较有名的秦国国君——秦穆公。“秦晋之好”这个词就源于秦穆公，但他有个特别恶劣的癖好，就是让人殉葬。这种从商朝就有的恶习，几乎贯穿了中国古代史，一直到清康熙时才被彻底废止。殉葬在各朝各代都有，但秦穆公特别恶劣，因为他让三个良臣跟着他一起死，可能也就是因为这三个人都殉葬了，导致秦穆公死后，他的继承者们大多平平无为，整个春秋时期，秦国再没有过高光时刻。这首《黄鸟》就是这三位良臣殉葬之后，百姓们写作的一首诗，以此来表达对殉葬制度的抗议。

全诗一共分三章，分别悼念了被秦穆公拉着殉葬的三位良臣。每章的第一句，决定了这首诗的悲凉味道，“交交黄鸟，止于棘”，黄鸟在酸枣树上哀鸣，我们都知道，酸枣树刺多，果实又小又苦；第二章“交交黄鸟，止于桑”，桑，桑树，取了“丧”的谐音；第三章“交交黄鸟，止于楚’，楚是荆树，全是刺，也有“痛楚”的隐喻。在这种悲凉哀伤的气氛之下，作者每一段都在重复“惴惴其栗”，意在表达对活人殉葬的恐惧。之后作者又反复强调：老天啊，为什么要让这些好人死啊，如果可以替他去死，那么人们愿意死一百次。

如果我们反复地读，就会发现每一章都存在情感的递进，开篇先用黄鸟哀鸣渲染气氛，定下基调，第二层在讲述被殉葬的人是多么优秀，以此来表达哀悼，第三层就是情感的暴发，百姓在痛心疾首地质问苍天，愿意以死相替，但更多的还是对殉葬制度的不满和抱怨。如果通过借喻来看，大家是在质问苍天，但又何尝不是在质问秦穆公呢？！

写《左传》的左丘明，曾评价秦穆公的这种做法是惨无人道的，我们从今天来看这件事，评价也是四个字：草菅人命。殉葬这种陋习我们姑且不去评论它，在秦穆公让人殉葬的背后，其实还有另一个故事，用现在的话说：菜要多吃，酒要少喝，喝多肯定误事儿。相传，秦穆公死前找大臣喝酒，酒过三巡，对大家说：咱们君臣一体，生则同生，死则同死。估计当时这三位良臣也喝上头了，立刻表态：愿意陪您一块死。然后就有了这样的结局。也许就是因为这么个典故，大文豪苏轼对《黄鸟》这首诗有不同的看法，他觉得不是秦穆公逼着这三位殉葬，而是这三位“士为知己者死”。今天我们当然无法为过去的事情下定论，但酒桌上不要什么都答应，却是千古不变的教训。

晨风

鴥彼晨风[1]，郁彼北林[2]。
未见君子，忧心钦钦[3]。
如何如何？忘我实多[4]。

山有苞栎[5]，隰有六驳[6]。
未见君子，忧心靡乐[7]。
如何如何？忘我实多。
山有苞棣[8]，隰有树檖[9]。
未见君子，忧心如醉。
如何如何？忘我实多。

注释

1 鴥（yù）：疾飞的样子。
2 郁：茂盛的样子。
3 钦钦：愁闷的样子。
4 实多：可能性更大。
5 苞：灌木丛生的样子。栎（lì）：栎树。
6 六驳（bó）：梓榆。
7 靡乐：不乐。
8 棣：郁李。
9 树：挺立的。檖（suì）：山梨树。

译文

鴥鸟展翅疾飞翔，北边树林郁葱葱。
未见丈夫他的面，心中忧伤把他想。
奈何他啊可奈何？心中早就把我忘。
丛生栎树遍山坡，低湿地里遍梓榆。
未能见到丈夫面，心里忧伤无欢乐。
奈何他啊可奈何？心中早就把我忘。
丛生棠梨遍山间，低湿地里山梨多。

未见丈夫他的面，心忧如碎没有乐。

奈何他啊可奈何？心中早就把我忘。

解读

这是一首爱情独唱，描写一个痴心女子焦急地期盼着见到她朝思暮想的人，但那位“君子”却迟迟没有出现，女子不禁猜想他是不是把自己忘了。

全诗共三章。首章用燕隼归林起兴，也兼有赋的成分。鸟儿疲倦知道飞回树林，而女子等待的人却不知道回来。女子望穿秋水，忧心忡忡，不禁担心起来：怎么办，怎么办啊？那人怕是已经把我彻彻底底地忘了吧？第二章、第三章换物起兴，但句式相同，重章叠唱，层层递进，思念更甚！

全诗语言质朴，不假雕琢，明白如话，这是《诗经》语言艺术的一大特色。《诗经》内容大多都是与生活息息相关的，所谓“饥者歌其食，劳者歌其事”正是如此。此首诗歌所表达的内容就是女子对心上人的思念，情感真挚动人，毫无扭捏作作之态，读起来使人如闻其声，如窥其心。

诗中每章末尾一句都是“忘我实多”。不少学者据此推断这首诗表达的是一个被抛弃的女子对负心人的血泪控诉。如果真是这样，这绝对是一个悲惨的故事。而我更愿意相信这是女子因思念而发出的嗔怨，毕竟女孩子口中的“讨厌”，大多数时候都是“讨人喜欢，百看不厌”的意思。

无 衣

岂曰无衣？与子同袍。
王于兴师[1]，修我戈矛，与子同仇[2]！
岂曰无衣？与子同泽[3]。
王于兴师，修我矛戟，与子偕作[4]！
岂曰无衣？与子同裳。
王于兴师，修我甲兵，与子偕行[5]！

注释

1. 王：指国家。于：语气助词，没有实义。
2. 同仇：有共同的敌人。
3. 泽：通“襗”，贴身衣裤，内衣。
4. 偕作：一起行动。
5. 偕行：一起前进，一起上战场。

译 文

谁说没有军衣穿？和你同穿那战袍。
国家御敌要出师，加紧修整戈和矛，共同对敌逞英豪！
谁说没有军衣穿？和你同穿那内衣。
国家御敌要出师，加紧修理矛和戟，共同前进去讨敌！
谁说没有军衣穿？和你同穿那衣裳。
国家御敌要出师，快修铠甲和武器，我们一起奔战场！

解读

《无衣》在《诗经》中有两首，一首出自《唐风》，一首出自《秦风》，这两首《无衣》是截然不同的风格，前者是在写政客的流氓嘴脸，后者是一首慷慨激昂的战歌。这里我们讨论的是后者《秦风·无衣》。据说这首诗创作于秦穆公时代，周朝内乱，战乱波及秦国，秦人同仇敌忾，奋起反抗，于是有了这首传世的名篇。《诗经》中有不少关于战争题材的诗歌，比如在《小雅》《大雅》中就有许多写周王室征战的诗歌，周朝提倡礼乐文明，所以绝大部分诗歌都是倡导和平的。《鲁颂》《商颂》中也有一些战争题材的诗歌，基本也都是表达对频繁战乱的反感心理。但《秦风·无衣》就有些不同，它颂扬的是在战争中舍生忘死的高昂斗志。本诗并不是在说秦人好战，只是说明秦人在面对战争时，有更慷慨更豪迈的气势。

《秦风·无衣》之所以能够成为千古名篇，并非只是靠着秦人不怕死的气势，它还有独到的地方。三章开头的第一句都是的："岂曰无衣？"这是一个反问句，有学者评价说：开口便有吞吐六国之气！这和卿卿我我的《郑风》和奢靡的《大雅》完全不同，这个反问句实际上是在质问懦弱的人：你真的没有军装吗？一句话，就带着千钧之力了。你怎么能说你没有军装呢？我们是同袍兄弟啊，我的就是你的，我们穿着同样的军装啊。引申的含义就是：我们的命运是共同的。在这种气势之下，蝇营狗苟的私心被全部荡平，这就是军人的气势。没有人喜欢战争，但战争中的某些情绪，更让我们看见人性的崇高和力量。全篇三章实际上是在阐述同一个意思：国家兴师了，我们把武器准备好，一起去打仗。最后一句是结论："与子同仇"，我们共同对敌，因为这是一个需要所有人团结起来共同抗敌的时代。

这首诗并不长，但气势逼人，作为战歌，它并不是简单机械地重复一个内容，而是有情感有画面的。这样的战歌不仅可以唱，还可以舞蹈，是可以形成分列式一样的场景的，甚至是可以形成一幕话剧的。试想一下，有人在反问："岂曰无衣？"士兵们会山呼海啸般地回答："与子同袍！""与子同泽！""与子同裳！"当王侯的命令下达时，所有的士兵都在统一动作："修我戈矛！""修我矛戟！""修我甲兵！"过了几千年，我们今天看阅兵式的时候，仍然会从心里生出一种无以言表的震撼，这是军人带给我们的热血和震撼，从另一个角度来看，这种震撼也佐证了为什么好的诗歌可以传世千古。

虽然这首《无衣》创作于秦穆公时期，但很多人是因为新冠肺炎疫情才重新留意到这首诗的，因为捐赠给武汉的物资上印有这句话。如果我们用今天的文法和思维来解释"岂曰无衣，与子同袍"，会让它有新的维度："与子同袍"并非同穿一件衣服，而是"我们穿着一样的衣服"。从历史上看，先秦时期军装已经统一了，所以这样的解释放在当下更为契合，无论是抗疫战场上穿着隔离服的医务工作者们，还是服务于抗疫的志愿者们，都是新时代下的"与子同袍"。当今社会和先秦时期是不同的，但本诗所传递的那种共同对敌、共赴生死的情怀是无二的。

渭 阳

我送舅氏，曰至渭阳[1]。
何以赠之？路车乘黄[2]。
我送舅氏，悠悠我思。
何以赠之？琼瑰玉佩[3]。

注释

1 **渭**：渭水。**阳**：山之南，水之北。
2 **路车**：贵族使用的马车。**乘**：四匹。**黄**：黄红相间的马。
3 **琼**：美玉。**瑰**：美石。

译 文

我送舅父归晋国，渭水北岸相告别。
我用什么赠亲人？四匹黄马和路车。
我送舅父归晋国，思念深情长悠悠。
我用什么赠亲人？美玉佩饰表衷肠。

解读

这是一首表达外甥和舅舅之间情谊的诗。诗歌的时代背景应该是秦康公从秦国国都雍城出发送舅舅重耳（晋文公）回国继位这件事。

此诗第一章开头两句“我送舅氏，曰至渭阳”，在交待诗人和送别者之间的关系的同时，也表达了外甥和舅舅之间的深情厚谊，从秦国国都雍城到渭阳路途遥远，险阻重重，在分别时刻，外甥送了舅舅四匹黄马和一架大车，两人并没有传统离别时的那种悲伤，因为归国是重耳多年的愿望，是件大喜事儿，这一辆大车、四匹黄马有送舅舅快快回国之意，蕴含着无限的祝福。在第二章中送的礼物换成了玉佩，这不仅是赞美舅舅的高尚人品，也是希望晋国和秦国能永远保持亲密的政治关系。

由于此诗特殊的政治背景，它表达的意义不仅仅是普通的血缘之情，更包含着政治上的同盟和互助。晋文公重耳在外流亡多年，饱经磨难，终于在六十二岁时回国继位，在这种背景下，这次离别更多的是喜庆和祝福。本诗简短明了，节奏欢快，充分地表达了诗人在送别时特殊的内心情感。

常言道："娘亲舅大"，更何况是一位要回国继承王位的舅舅呢！能不送点贵重的礼物吗？

权 舆

於我乎[1]！夏屋渠渠[2]，
今也每食无余。
于嗟乎！不承权舆[3]！
於我乎！每食四簋[4]，
今也每食不饱。
于嗟乎！不承权舆！

注释

❶於（wū）：感叹词。
❷夏屋：大房子。渠（qú）渠：深而大的样子。
❸权舆：起初，开始。
❹簋（guǐ）：古时盛食物的器皿。

译 文

我呀我呀想当年！大房高耸食物足，
现在每餐无剩余。
哎呀哎呀真可叹！早年富贵无法续！
我呀我呀想当年！每餐四簋饭菜足，
现在吃饭不饱肚。
哎呀哎呀真可叹！早年富贵无法续！

解读

这是一首贤士发牢骚的小诗，讽刺秦君礼贤下士却有始无终，不能长久。

此诗内容通俗易懂，极为形象有趣。开篇就是一声长叹：唉，我呀！曾经满桌美食，如今每顿都没有剩饭。可叹啊！待遇远不如当初！唉，我呀！曾经餐餐珍馐，如今顿顿挨饿吃不饱。可怜啊！待遇远不如从前！看似是在慨叹前后饮食的悬殊变化，实则是倾诉自己在国君心中的地位下降了。

诗的前后两章内容虽然相近，但用词的细微变化能显示出歌唱者前后待遇的落差之大：第一章里提及的变化还只是从大碗饭食到每顿都没什么剩余；第二章里已经从每顿四个菜到吃不饱的地步了，于是作者一唱三叹，“啊，大不如前了！大不如前了！”这嗟叹声中充满了失望和希望：对遭受冷遇的失望和对礼贤下士之风的希望。此诗读起来颇有“长铗归来乎，食无鱼”的感觉。

语言是一门艺术。自古劝人就有“直谏”和“讽谏”的说法，看来诗人是一个“讽谏”高手！

宛丘

子之汤兮[1]，宛丘之上兮[2]。
洵有情兮[3]，而无望兮[4]。
坎其击鼓[5]，宛丘之下。
无冬无夏，值其鹭羽[6]。
坎其击缶[7]，宛丘之道。
无冬无夏，值其鹭翿[8]。

注释

1. **汤**：游荡，放荡。
2. **宛丘**：四方高、中央凹下的土山。
3. **洵**：确实。**有情**：有感染力。
4. **望**：希望。
5. **坎**：击鼓声。
6. **值**：同“执”，拿着。**鹭羽**：用白鹭羽毛做的舞具。
7. **缶**（fǒu）：瓦器。
8. **翿**（dào）：以白鹭羽毛做成的舞具。

译文

你的身姿飘悠悠，尽情跳舞宛丘上。
我真爱你情义重，心中明知没希望。
伴舞鼓声咚咚响，宛丘之下跳舞忙。
没有冬来也没夏，手持鹭羽似飞翔。

伴舞敲鼓咚咚响，起舞宛丘道中间。

没有冬来也没夏，手持舞具盖头上。

解读

这首诗表达了诗人对一位巫女的爱慕之情。上古时期，巫风盛行，而每次祭典活动都少不了舞蹈和音乐的配合。跳舞的巫女往往都是面容姣好、体态婀娜的年轻女子，诗人爱慕的这个舞者便是这样一位能歌善舞的巫女。

此诗感情浓烈，语言直白。开篇两句写巫女的舞姿优美奔放，诗人陶醉其中，不能自已，而巫女却可能一点也没有注意到诗人，这使诗人惆怅慨叹，悲观绝望，读者从中可以品味出诗人的单相思之意。第二、三章全用白描手法：在热闹欢腾的鼓声、缶声中，巫女飞快地舞动旋转，从宛丘的山顶到山下道口，从寒冬到盛夏。时空在不断变换，她的舞蹈却仍是那么神采飞扬、热烈奔放，充满野性之美。全诗无一句情语，却处处可感受到诗人对舞者的深深迷恋，这份刻骨铭心的爱恋实在令人印象深刻。

巫女美丽奔放让诗人为之迷恋，却又引起内心深深的自卑，最终只能用满含深情的目光欣赏这绝美的舞蹈。有时爱情会令女生大胆，令男生自卑。在爱情面前，男生应该更大胆一些，如果连追求爱情的勇气都没有，那怎么能够获得真正的幸福呢？

东门之枌

东门之枌❶，宛丘之栩❷。
子仲之子，婆娑其下❸。
穀旦于差❹，南方之原❺。
不绩其麻❻，市也婆娑❼。
穀旦于逝❽，越以鬷迈❾。
视尔如荍❿，贻我握椒⓫。

注释

❶ 枌（fén）：白榆树。
❷ 栩（xǔ）：柞树。
❸ 婆娑：徘徊，一说舞蹈。
❹ 穀旦：良辰，好日子。差：择。
❺ 南方之原：南方的原野。
❻ 绩：纺织。
❼ 市：到集市去。
❽ 逝：追随。
❾ 越以：语气助词。鬷（zōng）：汇集。迈：前行。
❿ 荍（qiáo）：锦葵花。
⓫ 握：一把。椒：花椒。

译　文

东城门外有白榆，宛丘之上生柞树。
子仲家中好女儿，树下欢乐蹁跹舞。

请你挑选好日子，同去南方平原上。
不纺手中那些麻，闹市起舞心欢畅。
趁此吉日一起往，屡次幽会去远方。
我看你像锦葵花，赠我一大把花椒。

解读

这是一首描写男女情爱的情歌。上古时期，巫觋之风盛行，各种祭祀节日众多，“榖旦”便是祭祀生殖神的节日，在这个节日，青年男女可以放开禁忌，自由恋爱乃至交合。本诗所描写的内容反映了当时的陈国尚存这种社会风俗。

此诗开篇就交代了男女欢聚的场所：东门之外的宛丘上，长着一片茂密的树林，子仲家的姑娘在林中翩翩起舞。挑选“榖旦”这个美妙的节日，在城南的平地上，子仲家的姑娘不用“绩麻”，来此跳着飘逸优美的舞蹈。这美好的日子即将结束，我想认识那美丽的姑娘却心中胆怯，来回徘徊。在我眼中，她像锦葵花一样漂亮，而她也送我一把花椒做定情信物。

前人曾经常认为“郑卫之风”过于“淫荡”。其实所谓的“淫荡”无非是指这些诗歌里描写的内容多是男欢女爱，不顾禁忌，热情奔放。其实，不止郑风、卫风，从诗文内容上看，陈风也是非常“奔放”的。实际上，这些风俗在上古社会都属于正常的习俗，汉代封建礼教文化观念形成后，后世学者往往对这种风俗表示鄙视或批判，所以才冠以“淫荡”的罪名。

以现代观念去看待诗中描写的内容，往往觉得难以理解，但是上古这种男女爱情可能比当下的爱情更纯洁真诚。沈从文在《边城》中描写的湘西男女，通过歌声来寻找爱情。茫茫大山，只闻其声，不见其人，但是一旦通过歌声认定了对方就是心目中的爱人，便会忠贞不渝，无论美丑、穷富。相比之下，当下网恋的“见光死”就显得浅薄多了。

衡门

衡门之下[1]，可以栖迟[2]。
泌之洋洋[3]，可以乐饥[4]。
岂其食鱼，必河之鲂[5]？
岂其取妻[6]，必齐之姜[7]？
岂其食鱼，必河之鲤？
岂其取妻，必宋之子[8]？

注释

1. 衡门：横木做成的门，指简陋的居所。
2. 栖迟：居住休歇。
3. 泌（bì）：泉水。洋洋：水流不息的样子。
4. 乐（liáo）：疗救。
5. 鲂（fáng）：鱼名。
6. 取：同“娶”。
7. 齐之姜：齐国姓姜的女子。
8. 宋之子：宋国姓子的女子。

译　文

横木当门虽鄙陋，尽可徘徊和休息。
泌泉涌水多而盛，清凉泉水可充饥。
难道我们要吃鱼，定吃黄河那鲂鱼？
难道我们要娶妻，定娶齐国姜家女？
难道我们要吃鱼，定吃黄河那鲤鱼？
难道我们要娶妻，定娶宋国子家女？

解读

古代学者认为这是一首隐者表达自己安贫乐道的诗，但今天的学者认为此诗当属情诗。

此诗描写了一场男女野外幽会的场面：夕阳西下，月上柳梢，一对青年男女悄悄来到城门下密会。一番卿卿我我的甜言蜜语之后，又来到泌水河边，伴着哗哗的流水，极尽男欢女爱。小伙儿对着眼前心爱的人慨叹：吃鱼何必一定要黄河中的鲂、鲤，娶妻又何必一定要娶齐姜、宋子这样的贵族？只有两情相悦才能获得幸福啊！言外之意，他对眼前的女子非常满意，十分喜欢，希望能够娶她为妻。此诗虽然简单明了，却表现出了陈地百姓自由、纯朴的情爱观。

此诗在章法上比较独特，先是叙事，进而由叙事引发议论。诗中“起兴”没有放在诗首，而是放在议论之前，且与所起兴的事物又共同构成旨意相同的议论，使议论充满了形象感，加深了诗的意境。

俗话说：“萝卜白菜，各有所爱”。爱情当中合适的才是最好的，不要被表面的光鲜亮丽所迷惑，得先“确认过眼神”，才能知道“是对的人”。

东门之池

东门之池[1]，可以沤麻[2]。
彼美淑姬[3]，可与晤歌[4]。
东门之池，可以沤纻[5]。
彼美淑姬，可与晤语[6]。
东门之池，可以沤菅[7]。
彼美淑姬，可与晤言。

注释

[1] 池：护城河。
[2] 沤（òu）：渍，把麻用水浸泡。
[3] 美淑姬：美丽善良的女子。
[4] 晤（wù）歌：以歌声相互唱和。
[5] 纻（zhù）：麻的一种。
[6] 晤语：见面交谈。
[7] 菅（jiān）：菅草。

译　文

东城之外护城河，可以泡麻做衣裳。
美丽善良姬家女，可以和她来对唱。
东城之外护城河，可以浸纻做衣衫。

美丽善良姬家女，可以与她见面谈。
东城之外护城河，可以浸菅来搓绳。
美丽善良姬家女，可以与她诉衷情。

解读

这是一首描写劳动中的男女欢快对唱的诗歌。至今，我国的陕西和广西等地仍保留着这种对唱的风俗。《诗经》"饥者歌其食，劳者歌其事"的特点在这首诗中得到了充分的体现。

全诗三章十二句，但只是一个意思，第一章就已经把全部意思说明白了，第二章和第三章只是语言上的复沓。复沓，即使用相同或相近意义的词语反复吟唱，这正是中国民歌一种传统的语言形式。这种反复吟唱，既表现了青年感情的纯朴强烈，又强调了诗歌的主题，说明随着劳动过程的延续，爱情也在不断升温。这种艺术方式，一直沿用到现代。

爱因斯坦曾举例解释狭义相对论：和喜欢的人在一起，时间就会变短。看来真是如此，诗中的小伙子和心爱的人一起，再辛苦的劳动也不觉得那么累了。

东门之杨

东门之杨，其叶牂牂[1]。
昏以为期[2]，明星煌煌[3]。
东门之杨，其叶肺肺[4]。
昏以为期，明星晢晢[5]。

注释

❶ 牂（zāng）牂：茂盛的样子。
❷ 昏以为期：以昏为期，以黄昏为约会时间。
❸ 明星：启明星。煌煌：明亮。
❹ 肺（pèi）肺：风吹树叶的声音。
❺ 晳（zhé）晳：明亮。

译　文

东门之外有白杨，树叶茂盛生长旺。
相约黄昏来相会，如今已是明星亮。
东门之外有白杨，风吹树叶沙沙响。
相约黄昏来相会，等到启明星光亮。

解读

这是一首描写男女约会但对方却失约的诗，至于这个苦苦等待、焦躁不安的人是男是女却不得而知。

诗人用简洁的语言描绘了一个意境深远的画面：黄昏降临、星月在天，乌蓝的天空撒下银白色的光雾，东门旁的白杨树下，一个人儿在驻足观望。说好了黄昏在这里见面，为什么已经繁星满天了还没出现呢？

此诗所运用的并非“起兴”的艺术手法，而是对真实情景的描摹，即“赋”。在焦躁难耐的等待中，诗人借白杨树声和“煌煌”明星之景的点染，来烘托不见伊人的焦灼和惆怅。全诗没有一句情话，但哀伤之情却自然显现，这正是此诗情感抒写上的妙处。由于起笔一无征兆，直至结句方才暗示出“被放鸽子”，使诗中的情感色彩出现逆转，营造了欢喜中夹带着哀怨的氛围。

两人相约黄昏的时候在东门见面，但对方直至已经满天繁星了却还未出现，谁遇到这种情况都会焦虑哀伤，但诗人却没有一句难过和埋怨的话语，而是继续等到了月朗星稀的深夜。看来爽约的人应该是个女人，毕竟迟到是女生的“特权”嘛，这只是恋爱中的一点小小的“考验”。

墓门

墓门有棘[1]，斧以斯之[2]。
夫也不良[3]，国人知之。
知而不已[4]，谁昔然矣[5]。
墓门有梅[6]，有鸮萃止[7]。
夫也不良，歌以讯之[8]。
讯予不顾，颠倒思予[9]。

注释

❶ 棘：枣树。
❷ 斯：用斧头劈开。
❸ 夫：指这个人。不良：品行败坏。
❹ 已：停止。
❺ 谁昔：往昔，从前。谁，通“畴”。
❻ 梅：梅树。
❼ 鸮（xiāo）：猫头鹰。萃（cuì）：聚集。止：语气助词，没有实义。
❽ 讯：劝诫，规劝。
❾ 颠倒：是非混淆。

译　文

墓道门外有枣树，有斧将它来砍掉。
那人行为太不好，城中之人都知晓。
人人皆知仍不改，一直如此不可教。
墓道门外有梅树，猫头鹰来栖树上。
那人行为不太好，编个歌儿警告他。
我的告诫他不理，待到遭祸将我想。

解读

这是一首讽刺一位已经死了的统治者的诗。诗中的国君已经死了，但是百姓还是不想放过他，可以想象他活着的时候品行该是怎样的恶劣。

诗歌开篇以使用斧子砍树和猫头鹰哀嚎起兴，这些都是预示着不祥的事物，可以看出百姓对这位昏聩国君的诅咒。接下来是更悲愤的控诉：你这昏庸的国君啊，你的恶行全国上下谁不知道！国人都知道了，你却还不肯悬崖勒马，这些罪恶是由来已久的！你这昏聩的国君啊，国人用歌声来斥责你，你却置之不理，死了才想起国人的忠告！

作为一首政治讽刺诗，此诗仅两章十二句，却句句短小精悍，斩钉截铁，传神地表现出了诗人对国君的不满与指责。每章的开头以带有不祥色彩的动植物起兴，其象征意义耐人寻味，表现出诗人对品行不良的国君的诅咒和控诉，语言率直又不乏含蓄深沉。

水能载舟，亦能覆舟。华夏儿女从来不缺乏反抗精神，国君昏庸无道，百姓便会奋起抵抗，把他推翻。国君开明贤德，百姓便会舍身追随，死不旋踵。

防有鹊巢

防有鹊巢[1]，邛有旨苕[2]。
谁侜予美[3]？心焉忉忉[4]。
中唐有甓[5]，邛有旨鹝[6]。
谁侜予美？心焉惕惕[7]。

注释

❶ 防：堤岸，堤坝。
❷ 邛（qióng）：土丘。旨：美，好。苕（tiáo）：苕草，一种长在低湿处的植物。
❸ 侜（zhōu）：欺诳。予美：我所爱的人。
❹ 忉（dāo）忉：忧愁的样子。
❺ 中唐：庙和朝堂门内的大路。甓（pì）：砖瓦。
❻ 鹝（yì）：绶草。
❼ 惕（tì）惕：心中忧虑的样子。

译文

堤岸筑起喜鹊窝，土丘生出甜苕饶。
谁瞒我那美情妹？我心忧愁像火烧。
路上用瓦来铺道，土丘之上生绶草。
谁瞒我那美情妹？我心忧惧又烦躁。

解读

现代学者认为此诗是一首抒发害怕被人离间而失去爱情之感的作品。“予美”的意思是“我所爱慕的人”，所以此诗应该是一首爱情诗。

诗歌开篇罗列了一些不可能出现的事物，用来暗指那些别有用心的人在故意造谣生事：哪见过河堤上有喜鹊筑巢，哪见过土丘长出水草，哪见过大路上用瓦铺道，哪见过山上长有绶草？诗人通过发问的形式来表达自己的心绪：谁在离间我心上人？我心里害怕又烦恼。谁在离间我心上人？我心里忧愁又烦恼。

在艺术手法上，大量的比喻是本诗的特色。诗人采用的是自然界不可能发生的现象：喜鹊搭巢在树上，不可能搭到河堤上；紫云英是喜湿植物，不可能长在高高的山坡上；铺路的是泥土、地砖，绝不是瓦片；绶草生长在水边，不会出现在山坡上。有生活常识的人都知道这些自然现象是不可能出现的，所以一定是谣言，不要相信那些谣言，我对你的爱情是忠贞不渝的。这就是作者在诗中要表达的爱情誓言。

爱情是美好的，身处爱情中的人也是多疑的。一个眼神、一个表情、一句闲言碎语都可能给爱情带来意想不到的困难，只有充分的信任才能保证恋人之间感情的稳固。

月　出

月出皎兮[1]，佼人僚兮[2]。

舒窈纠兮[3]，劳心悄兮[4]！
月出皓兮[5]，佼人懰兮[6]。
舒忧受兮[7]，劳心慅兮[8]！
月出照兮，佼人燎兮[9]。
舒夭绍兮[10]，劳心惨兮[11]！

注释

1. 皎：明亮。
2. 佼（jiǎo）人：美人。僚（liǎo）：美好的样子。
3. 窈纠：女子舒缓的姿态。
4. 劳：忧。悄（qiǎo）：忧愁的样子。
5. 皓：洁白。
6. 懰（liǔ）：姣好的样子。
7. 忧受：舒迟的样子。
8. 慅（cǎo）：忧愁的样子。
9. 燎（liǎo）：美好。
10. 夭绍：女子体态柔美的样子。
11. 惨：忧愁烦躁的样子。

译　文

清澈明亮月升起，姑娘容貌真漂亮。
体态轻盈缓步行，时时想她心忧伤！
洁白明亮月升天，姑娘月下更娇美。
缓步轻盈身姿美，每时想她心不宁！
清澈明亮月升天，姑娘月下面容好。
身姿轻盈飘飘然，日日想她心烦躁！

解读

这诗描写了一位月光下的美丽女子，表达了诗人对她的爱慕之情。

此诗开篇以明月比兴：明月初上，月光皎洁。接着出现了一位娇美的女子：窈窕婀娜，娇美可爱。天上有着皎洁的月光，地上有着娇美的女子，此时此刻，此情此景，花好月圆，天惬人意，这是写景，也是写情。在月光下，她不但显得容貌姣好，而且身材那么苗条、秀美，真让人心驰神往；而更吸引人的是她还有一种美丽气质，举止舒缓，雍容大方，性情安静。最后，那窈窕的身姿，那雍容的举止，使得诗人一见钟情，却又无从表白，因而生出无限的忧愁和感慨。

这首诗的景色描写很有特色，有"月出皎兮""月出皓兮""月出照兮"，柔美的月光本身就有无限的情意，而让它作为背景来衬托，则女子的倩影愈发显得秀美。同时，在朦胧月光下，一个身姿优美的女子款款而来，更增添了几分神秘色彩，让诗也有了一种朦胧美的韵味。这一景色蕴含着丰富的画意，而画意又渗透了无限的诗情。

月光如水，美人如玉。虽一见倾心，却不能携手白头，这的确是人生憾事！自古以来，爱而不得的相思往往让人黯然神伤，可又有多少人痴心不改，苦苦相恋！

株　林

胡为乎株林❶？从夏南❷。
匪适株林，从夏南。
驾我乘马❸，说于株野❹。
乘我乘驹，朝食于株。

注释

❶ **胡为**：为胡，为什么。**株林**：地名。
❷ **从**：跟随，伴随。
❸ **我**：指陈灵公。
❹ **说**（shuì）：停车休息。

译　文

灵公为何到株林？追随夏南去游玩。
原来灵公到株林，那就是去寻夏南。
驾起我那四匹马，到达株郊就歇息。
驾起我那四匹驹，奔到株林吃个饱。

解读

这是一首讽刺陈灵公荒淫无耻、昏庸无道的诗歌。这首诗有着明确的讽刺对象：陈灵公以及他的臣子孔宁和仪行父。夏姬美丽而淫荡，是陈国大夫夏御叔的妻子、夏徵舒的母亲。夏御叔死后，夏姬与陈灵公、孔宁、仪行父三人私通，在朝廷上三人公开拿夏姬给的内衣开玩笑；在夏家饮酒时，陈灵公对仪行父说："徵舒长得像你。"仪行父回答说："也像君王。"夏徵舒听到后，不忍受辱，就杀死了陈灵公。

此诗第一章借用路人的对话，直陈其事：

"为什么要去株林？"

"是去夏南家。"

"不是去株林吗？"

"只是去找夏南。"

第二章换成了陈灵公、孔宁和仪行父的口吻，说道：

"驾上我的高大骏马，在株林郊外停下。"

"驾上我的高大骏马，到株林去吃早饭。"

这首诗的表现手法极具特色。全诗以路人问答的形式起始，明知故问，装傻回答，一问一答，幽默讽刺。诗的后半部分则换用陈灵公君臣毫不遮掩的话语表明此行的目的。全诗一"隐"一"显"巧妙地把陈灵公君臣的荒淫无耻、道貌岸然揭露得淋漓尽致。

"诗三百"内容丰富，表现手法多样。这首诗必定出于民间，手法辛辣，可见百姓的智慧是无穷的，堪称"高手在民间"。

泽陂

彼泽之陂[1]，有蒲与荷。
有美一人，伤如之何[2]！
寤寐无为[3]，涕泗滂沱[4]。
彼泽之陂，有蒲与蕑[5]。
有美一人，硕大且卷[6]。
寤寐无为，中心悁悁[7]。
彼泽之陂，有蒲菡萏[8]。
有美一人，硕大且俨[9]。
寤寐无为，辗转伏枕。

注释

1. 陂（bēi）：堤岸。
2. 伤：女子自指的代词，意思是“我”。
3. 寤寐：醒着和睡着。
4. 涕：眼泪。泗：鼻涕。滂沱：大雨般地淋下。
5. 蕑（jiān）：兰花。
6. 硕大：高大。卷：通“婘”，此指美好的样子。
7. 中心：心中。悁（yuān）悁：心中忧愁的样子。
8. 菡萏（hàn dàn）：荷花。
9. 俨（yǎn）：庄重，端庄。

译 文

那个池塘有堤岸，蒲草荷花塘里生。
有个男子世无双，我心爱他当如何！
无心做事日夜想，眼泪鼻涕哗哗淌。
那个池塘有堤岸，蒲草莲花池中生。
有个男子世无双，个儿高大真俊俏。
无心做事日夜想，心中忧愁仍难忘。
那个池塘有堤岸，蒲草荷花一同生。
有个男子世无双，身材高大真威武。
无心做事日夜想，翻来覆去枕上伏。

解读

这是一首抒发恋人之间思慕之情的诗歌。春秋战国时代，女性在爱情方面还有很大的自由，《诗经》中表现民间男女自由相恋的诗歌较多，都十分真挚动人。

诗歌第一章以池塘堤岸边的蒲草和荷花起兴，引出了女子对心上人的爱慕和思念，并因思念而涕泗磅礴、痛哭流涕。第二章仍是以池塘堤岸边的蒲草地和荷花起兴，重点转为对心上人形象的刻画：那人身材高大俊美。女子因思念而彻夜难眠，忧愁苦闷。第三章描写心上人不仅外表高大健硕，而且庄重威严、品德高尚。由此可见女子的爱恋之情在逐渐加深，痛苦折磨也日益增长，朝思暮想、夜不成寐。

诗中对起兴手法、复沓手法和疑问句式的娴熟运用加强了情感的抒发和渲染。诗人通过美妙的诗句把女子因爱慕思念而吃不香、睡不着、焦急彷徨、煎熬难耐的状态描绘得淋漓尽致，诗中女子情感真挚，坦诚真率，全诗弥漫着一股清新的气息。

春秋时期的女子还没有受到封建礼法的束缚，在爱情方面率真坦诚、热烈大胆。这是后世诗歌中女子很少具备的特点。当然，当代女子对待爱情的态度也十分“大胆奔放”，遇到自己喜欢的人，有时也会主动出击，引起心上人的关注。

羔　裘

羔裘逍遥[1]，狐裘以朝[2]。
岂不尔思？劳心忉忉。
羔裘翱翔，狐裘在堂。
岂不尔思？我心忧伤。
羔裘如膏[3]，日出有曜[4]。
岂不尔思？中心是悼[5]。

注释

1 逍遥：同“翱翔”，悠闲游荡。
2 朝：上朝。
3 膏：油膏，油脂。
4 曜（yào）：照耀。
5 悼（dào）：难过，悲伤。

译　文

你穿羔裘任逍遥，穿好狐裘来上朝。
难道我不将你想？心有忧愁苦难消。
身穿羔裘任你逛，穿好狐裘到朝堂。
难道我不将你想？我的心中忧伤多。
你穿羔裘有光泽，太阳一出闪闪亮。
难道我不将你想？心中忧惧多慌张。

解读

这是一首讽刺桧国朝政涣散的诗。桧国是周初位于溱洧之间的一个小国，周平王东迁不久，即被郑武公所灭。从诗意推测，此诗应该是桧国的臣民对国君不关心国事、整日无所事事的讽刺诗。

弱国小邦，虎狼环伺，随时都有国破家亡的危险，但国君和官员们却毫无危机意识，整日优哉游哉，穿着羊羔皮袄逍遥闲逛，穿着狐裘上朝，这能不叫人心忧吗?

此诗的末章极具特色，一改平铺直叙的路子，选取羔裘在日光照耀下柔润发亮犹如膏脂的细节，扩展了读者的视觉感受空间，具有极强的反衬效果。通常，面对如此纯净而富有光泽的羔裘，人们会赞叹它的富丽华美，但此时的羔裘是如此的刺眼，令人觉得不合时宜。那份因国之将亡而产生的忧愤之情跃然纸上。

国家危亡，势如累卵，可当政者却不思进取，终日享乐。这种“商女不知亡国恨，隔江犹唱后庭花”的戏份在历史的长河中不断重演。居安思危，未雨绸缪应是我们今人做事的重要准则。

素冠

庶见素冠兮[1]，棘人栾栾兮[2]，劳心慱慱兮[3]。
庶见素衣兮，我心伤悲兮，聊与子同归兮。
庶见素韠兮[4]，我心蕴结兮[5]，聊与子如一兮。

注释

❶庶：有幸。
❷棘：瘦。栾栾：瘦弱的样子。
❸传（tuán）传：忧愁劳苦的样子。
❹鞸（bì）：朝服的蔽膝。
❺蕴（yùn）结：心里郁结解不开。

译 文

看到丈夫戴白帽，面容消瘦多可怜，我心忧伤很不安。
看到丈夫穿白衣，我心伤悲没法除，愿意与你同死去。
看到夫系白蔽膝，心忧郁结难排遣，我愿同你赴阴间。

解读

这是一首痛惜贤臣遭受迫害而被放逐的诗。奸臣当道，贤臣却遭到放逐，怎能不让人痛心！

此诗共三章，首章写有幸见到那位遭受迫害的贤臣，他头戴素冠，身体羸弱，形容枯槁，忧心忡忡，诗人的描写由外在形貌延伸到内心活动，将人物形象逐渐展现出来。第二、三章，首句仍写贤臣的服饰，一身白衣，衬托贤臣高洁的形象；第二句写诗人内心情感，诗人因为贤臣的遭遇而悲伤忧虑；第三句写诗人的愿望，诗人愿意追随贤臣一同归去，变成和贤臣一样高洁的人。

读完此诗，如同欣赏一幅人物肖像画：画中人白衣白冠，面容憔悴，却昂然挺立。诗中主人公高洁的形象跃然纸上，让人钦佩。这人为何如此忧心忡忡？都是为国操劳、受人迫害才如此的。这崇高的精神让人愿意追随他一同归去，愿意变成和他一样道德高尚的人。

物以类聚，人以群分。诗人对这位贤者的赞美表达了自己对高洁人格的钦佩和向往。我们生活中也会遇到这种一见面就会让人想接近的人，那可能也是诗中所描绘的这种感觉吧。

隰有苌楚

隰有苌楚❶，猗傩其枝❷。
夭之沃沃❸，乐子之无知❹。
隰有苌楚，猗傩其华。
夭之沃沃，乐子之无家。
隰有苌楚，猗傩其实。
夭之沃沃，乐子之无室❺。

注释

❶ 苌（cháng）楚：植物名，即羊桃。
❷ 猗傩（ē nuó）：枝条柔美的样子。
❸ 夭：肥嫩的样子。沃沃：有光泽的样子。
❹ 乐：羡慕。子：指代羊桃树。无知：没有知觉。
❺ 室：妻室。

译 文

低湿之地长羊桃，枝儿旖旎姿态好。
小树茂盛光泽艳，羡你无知不烦恼。
低湿之地长羊桃，花儿怒放风中摇。
小树茂盛光泽艳，羡你无家乐陶陶。
低湿之地长羊桃，果实美丽挂满枝。
小树茂盛光泽艳，羡你无妻喜洋洋。

解读

这首诗的主旨是诗人自叹不如草木生活得更快乐。如果只从诗歌文字表面来看，这首诗内容并不复杂，甚至可以说是比较简明直白的，诗中反复表达的无非是羡慕羊桃生机盎然、无忧无虑、无家室拖累，语义明晰，无可争议；至于诗人为何产生这一奇特的心理，则不得而知，引人无限遐想。不过，从诗人羡慕草木无知无室的内容猜想，诗人必然经历了重大的不幸和苦难，才会有“人不如草木”之感吧。

全诗三章，重章叠句。每章前三句都是对羊桃的描写，最后一句抒发内心情感：那低洼地上长着羊桃，枝叶繁茂，繁花似锦，果实累累，颜色葱郁，真羡慕它无忧无虑，无需为家室烦恼。

这首诗的抒情手法特立独行，读后给人以惊艳之感。在整首诗中，诗人不曾言说自己内心一丝一毫的忧伤烦恼，但是通过羡慕眼前草木的无知无觉，无家无室，读诗之人却又能完全体会到诗人内心的痛苦和无奈。诗人把自己内心的感受，用艺术外化，寓深情于诗外，不说一句苦，而苦自深。凡不说的苦，都是因为太苦了，这便是本诗要让人去体会的诗外之意。

真正经过苦难的人，却从不轻言苦难。“欲说还休，却道天凉好个秋。”

匪风

匪风发兮[1]，匪车偈兮[2]。
顾瞻周道[3]，中心怛兮[4]。
匪风飘兮[5]，匪车嘌兮[6]。
顾瞻周道，中心吊兮[7]。
谁能亨鱼[8]？溉之釜鬵[9]。
谁将西归？怀之好音[10]。

注释

1. 匪（bǐ）：彼。发：风声。
2. 偈（jié）：疾驰的样子。
3. 周道：大路。
4. 怛（dá）：悲伤。
5. 飘：旋风。
6. 嘌（piāo）：飞奔，疾驰。
7. 吊：悲伤。
8. 亨：烹。
9. 溉（gài）：洗。釜鬵（xún）：釜，锅。
10. 怀：送。

译文

那风刮得发发响，那车快速奔驰忙。

西去大道我回望，心中思乡甚忧伤。

那风回旋天地转，那车疾速奔向前。

西去大道我回望，心中忧伤思故乡。

谁能烹制那条鱼？我刷锅儿来支援。

谁要西归回故乡？请他捎信报平安。

解读

这是一首行人思归的诗歌，诗人身在异乡，思念故土，见他人归去，心中忧伤不已。

此诗前二章字句略同，意思重复，写法也一样，前两句写眼前所看到的情景，后两句直接抒发心中的忧思。开篇就进入环境描写：那风呼呼地刮着，那车儿飞快地离去。诗人茫然四顾，只剩下空荡荡的道路，不禁悲从中来，无限感慨：谁能烹制鲜美的鲤鱼？我愿意为他把锅洗净。谁将要西归故乡？请为我捎回我一切安好的口信。

夕阳西下，秋风乍起，诗人滞留在东土，伫立在大道旁，见车马急驰西去，触动思归之情，他的心也随着急驰的车辆飞向西方。但是，车马过后，只留下一条空荡荡的大道和他孤身一人，车已去，人犹在。诗人用风、车的快速运动和诗人自己的原地不动构成了一幅凄美的画卷，这一静一动形成鲜明的对比，抒发了那种归心似箭的思乡之情。

在古代，通信手段不发达，交通不畅，远行在外的人因为山高水远，很难与家人取得联系，思乡之情的浓烈是我们很难体会得到的。试想：春节过年时，别人都坐上回家的高铁，而你却因为没买到车票，只能看着一辆辆火车飞驰而过，那种孤独之感和思乡之情是什么滋味呢？

蜉 蝣

蜉蝣之羽[1]，衣裳楚楚[2]。
心之忧矣，於我归处[3]？
蜉蝣之翼，采采衣服[4]。
心之忧矣，於我归息？
蜉蝣掘阅[5]，麻衣如雪。
心之忧矣，於我归说[6]？

注释

1. **蜉蝣**：一种寿命极短的虫，其羽翼极薄并有光泽。
2. **楚楚**：鲜明的样子。
3. **於**：哪里。**归**：归依，回归。**处**：地方，居所。
4. **采采**：华丽的样子。
5. **掘**：穿，挖。**阅**（xuè）：穴，洞。
6. **说**（shuì）：止息，歇息。

译 文

蜉蝣翅白又透明，漂亮衣裳五彩画。
心有忧愁不欢乐，人生归处在哪里？
蜉蝣展翅白又亮，华美衣服真高贵。
心有忧愁不欢乐，生命将往何处去？
蜉蝣出土白而亮，麻布衣裳似白雪。
心有忧愁不欢乐，人生意义何处寻？

解读

这是一首感叹人生短暂，韶华易逝的诗。蜉蝣是一种生长于水泽地带的有翅昆虫，类似蜻蜓，体型却小得多，成虫生命周期特别短，一般都是朝生暮死。蜉蝣喜欢在日落时分成群飞舞，交配繁殖，死后坠落地面，能积成厚厚一层，会引人注目，乃至给人以惊心动魄之感。诗人借这朝生暮死的小虫表达了对人生短暂、脆弱的慨叹和困惑。

此诗开篇即以“蜉蝣之羽”作比：蜉蝣的翅膀，像一件华美的衣裳，艳丽多彩，这种美丽来之不易，转瞬即逝，宛如昙花一现。诗人见此情景心中忧伤，不禁感慨：我的生命将会归于何处呢？一种珍惜生命、把握当下的紧迫感油然而生。第二章、第三章是重章叠唱的手法，结构上基本相同，内容也逐层递进。

这首诗的内容简单，结构单纯，但有很强的表现力。全诗变化不多的诗句经过三个层次的反复，产生了强烈的感染力。蜉蝣那美丽的小小翅膀，经过这样反复吟唱，便有了一种不真实的光艳，蜉蝣的一生竟然带上了华丽的色彩；但对这种美的赞叹和描绘又始终伴随着对人生短暂的深深忧伤和无奈，那种昙花一现、浮生如梦的感觉就分外强烈。

人生如白驹过隙，转瞬即逝，我们该如何度过这短暂的一生？这个人类的终极问题不仅令古人困惑忧伤，也同样让我们今人深深思考。越是面对美丽短暂的事物，我们越是容易反问自己：人生百年，我怎样度过才有意义？

候　人

彼候人兮[1]，何戈与祋[2]。
彼其之子[3]，三百赤芾[4]。
维鹈在梁[5]，不濡其翼。
彼其之子，不称其服[6]。
维鹈在梁，不濡其咮[7]。
彼其之子，不遂其媾[8]。
荟兮蔚兮[9]，南山朝隮[10]。
婉兮娈兮，季女斯饥[11]。

注释

❶ **候人**：在路上迎候宾客的小官。
❷ **何**：同“荷”，扛。**祋**（duì）：古时的一种兵器。
❸ **彼其**（jì）**之子**：他这个人，指前面提到的小官。
❹ **赤芾**（fú）：指大夫以上的官穿戴的冕服。
❺ **鹈**：鹈鹕（tí hú），一种水鸟。**梁**：鱼梁。
❻ **不称**（chèn）：不配。
❼ **咮**（zhòu）：鸟嘴。
❽ **遂**：如愿。**媾**（gòu）：宠，这里指高官厚禄。
❾ **荟、蔚**：云雾弥漫的样子。
❿ **朝隮**（jī）：早晨的云。
⓫ **季女**：年轻的女子，少女。**斯**：语气词，无实义。**饥**：挨饿。

译 文

那个候人官真小，肩上扛着戈与祋。
再看他们那些人，三百大夫穿赤芾。
鱼鹰站在鱼梁上，不曾沾水湿翅膀。
再看他们那些人，不配穿那大夫衣。
鱼鹰站在鱼梁上，长嘴未湿身未动。
再看他们那些人，不配君王施恩宠。
云霞漫漫浮天空，朝云升起南山颠。
年轻漂亮令人羡，少女贫苦受饥寒。

解读

这是一首讽刺曹君昏庸无道、女宠过盛的诗。曹国宫廷淫气冲天，而民间女子却嫁娶失时，忍受煎熬，这都是国君的昏聩和无能所引起的，所以国人写诗来讽刺他。

理解这首诗的难点在于开始两句和末尾四句："候人"本是守护道路，迎接宾客的官员，然而诗中却拿着"戈"和"祋"，那是一般士卒的装备，"候人"不再是迎客的官员，这说明这"候人"没有处在他该在的岗位上，所以结尾处才有女子对婚姻的渴望与这种现象对应。各种大小官员不能就职合适的岗位，民间女子到了婚配年龄却不能出嫁，造成现在这一现象的原因是什么呢？那就是诗歌中间两章所描述的：那些贵族尸位素餐、不能履行各自职责所导致的啊！此诗的讽刺相当委婉。

一个国家的繁荣稳定和为政者有很大关系，执政者如果不能很好地治理国家，那么最终受苦的还是普通百姓，国家政权也不能稳定。这首诗歌所讽刺的现象值得我们思考和借鉴。

鸤鸠

鸤鸠在桑[1]，其子七兮。
淑人君子，其仪一兮[2]。
其仪一兮，心如结兮[3]。
鸤鸠在桑，其子在梅。
淑人君子，其带伊丝。
其带伊丝，其弁伊骐[4]。
鸤鸠在桑，其子在棘。
淑人君子，其仪不忒[5]。
其仪不忒，正是四国[6]。
鸤鸠在桑，其子在榛。
淑人君子，正是国人。
正是国人，胡不万年！

注释

❶ 鸤鸠（shī jiū）：布谷鸟。
❷ 仪：仪容。
❸ 结：死结，比喻意志坚决。
❹ 弁：礼帽。伊：助词，表示判断。骐：青黑色。
❺ 忒：差错。
❻ 正：模范，法则。是：指示代词，这，这些。四国：泛指四方各个国家。

译　文

布谷筑巢桑树顶，七个雏鸟得喂养。
好人君子善处世，言行态度总一样。
言行态度总一样，用心如一意志强。
布谷筑巢桑树顶，雏鸟飞落梅树上。
好人君子善处世，用丝制作衣带长。
用丝制作衣带巾，青黑皮帽戴头上。
布谷筑巢桑树顶，雏鸟飞落棘树间。
好人君子善处世，言行态度不改变。
言行态度不改变，天下四方好楷模。
布谷筑巢桑树顶，雏鸟飞到榛树上。
好人君子善处世，国人视他为模范。
国人视他为模范，何不祝他活万年！

解读

这是一首颂扬周天子的诗。这首诗借着对鸤鸠的赞美来颂扬周敬王的仁德贤明。

全诗四章，每章都通过鸤鸠起兴，然后转入对“淑人君子”的颂扬：布谷鸟在桑林筑巢，尽心喂养它的七只雏鸟。品性善良的君子，仪容端庄，始终如一。仪容端庄，始终如一，内心操守坚如磐石。各章通过反复吟唱，使抒发的情感逐层递进：这样的君子必然受到百姓的敬仰，成为各国的榜样，万寿无疆。

在《诗经》的起兴中，“鸤鸠”是一个正面意向，往往比喻勤劳善良的父母对子女的悉心照料、无偏无私、公正如一。这首诗以“鸤鸠”来比喻周天子能够公正无私地统领诸侯，治理天下，使百姓安居乐业，国泰民安。诗歌对“君子”的服饰仪态进行了不厌其烦的描绘，突出了周天子的威严形象，最后点出这样的人必然会成为各国的楷模，受万世敬仰。

自古以来，百姓的愿望和需求都是简单淳朴的，只要统治者能够让他们吃饱穿暖，安居乐业，他们对统治者是不会吝惜自己的赞美之辞的。诗中的周天子能够统领诸侯，使天下繁荣稳定，百姓也自然愿意祝他万寿无疆。

下 泉

冽彼下泉❶，浸彼苞稂。
忾我寤叹❷，念彼周京❸。
冽彼下泉，浸彼苞萧。
忾我寤叹，念彼京周。
冽彼下泉，浸彼苞蓍。
忾我寤叹，念彼京师。
芃芃黍苗❹，阴雨膏之❺。
四国有王，郇伯劳之❻。

注释

❶ 冽：寒冷。下泉：泉水在地下流。
❷ 忾（kài）：感慨。寤：醒来。
❸ 念：怀念，想念。周京：周的京城。

❹ 芃（péng）芃：繁盛的样子。
❺ 膏：润泽，滋润。
❻ 劳：慰问，慰劳。

译文

寒冷泉水地下流，浸泡莠草难生长。
醒来一声长长叹，怀念成周心悲伤。
寒冷泉水地下流，浸泡萧艾难生长。
醒来一声长长叹，怀念成周心悲伤。
寒冷泉水地下流，浸泡蓍草难生长。
醒来一声长长叹，怀念成周心悲伤。
黍苗青青多繁盛，细雨浇灌助它长。
天下各国有国君，郇伯劳苦来勤王。

解读

这是《诗经》中一首感叹世事的抒情诗，以自然界的萧索，来比喻当时社会的内乱、动荡和衰败，这个观点，今人和古人难得的统一，没有异议。《下泉》出自《曹风》，《曹风》在《诗经》中一共就有四首。曹国的第一代君主是周武王的弟弟，地理位置大致就是如今山东菏泽一带。顾名思义，曹风，就是这个区域的诗歌。比起《秦风》的豪迈慷慨，《郑风》的绮丽婉转，《曹风》好像不是很有存在感，《下泉》这首诗出自曹国，但却是在怀念周王室，感慨政局不稳，王室内乱。《下泉》这首诗也许在当下知名度不是很高，但它对于中国古典诗词的影响，却是不容小觑的。

全篇就只有一个基调，那就是“悲凉”。开头“冽彼下泉”，寒冷的地下泉水在流淌，冰冷的泉水浸泡着杂草，“稂”是狗尾巴草，“萧”是野生的艾蒿，“蓍”是一种长在荒地的、耐寒的野草。这样的画面像是一部电影开篇的空镜头，在这种氛围下，主人公睡醒了，或者说从梦境回到了现实，开始怀念周朝的首都，镐京。我们知道，他怀念的不是镐京，而是那个繁荣昌盛的周王朝。而眼前的环境越是萧瑟，越能对比出他所怀念的曾是多么美好。作者用了三章来反复描绘这样的画面，一方面是为了诗经复章叠唱的形式，另一方面也是在给这种“悲凉”的基调不断地增加悲剧色彩。如果我们把它当作一部电影来看，全片都处于一种萧瑟冰冷的调性之中。最后一章变了，不再重复萧瑟，而是开始回忆曾经的辉煌，“芃芃”是生长繁茂的意思，黍苗可不是杂草，而是粮食。粮食繁茂，雨水充沛，四方来朝，这是何等繁华的景象。这样的笔法我们可能会觉得似曾相识，《红楼梦》的结尾，宝玉独自一人走在白茫茫的大地上，心里想的应该就是烈火烹油一般的曾经，和那些带着脂粉香的过往。

除了《红楼梦》，《牡丹亭》里有个名句：“原来姹紫嫣红开遍，似这般都付与断井颓垣。”李后主更会写：“流水落花春去也，天上人间。”我们能够记住这些名句，很大程度上是因为它们带给我们一种强烈的冲击感。而《下泉》也是一样，曾经是黍苗，现在是杂草；曾经是细雨，现在是冷泉；曾经万国来朝，如今国都动荡。其实作者不用描摹，他的心情已经全部跃然纸上了。

我们常说悲剧更容易被人铭记,《下泉》显然是一个悲剧故事。后世文人对这首诗的化用，是值得思考的。东汉的王粲，面对长安大乱，在南下避难的时候，写下了《七哀诗》，其中就有:“南登霸陵岸，回首望长安，悟彼下泉人，喟然伤心肝。”隔了几百年，两个人的心境竟是一模一样。时间到了南宋，宋诗中再一次出现了《下泉》，“一心中国梦，万古下泉诗”，这是南宋遗民在家国沦丧之后的悲痛。可见，无论时代怎么变换，故国情怀，一直如此。

七　月

七月流火[1]，九月授衣[2]。
一之日觱发[3]，二之日栗烈[4]。
无衣无褐[5]，何以卒岁[6]？
三之日于耜[7]，四之日举趾[8]。
同我妇子，馌彼南亩[9]，田畯至喜[10]。
七月流火，九月授衣。
春日载阳[11]，有鸣仓庚[12]。
女执懿筐[13]，遵彼微行[14]，爰求柔桑。
春日迟迟，采蘩祁祁[15]。
女心伤悲，殆及公子同归[16]。
七月流火，八月萑苇[17]。
蚕月条桑[18]，取彼斧斨[19]，
以伐远扬[20]，猗彼女桑[21]。
七月鸣鵙[22]，八月载绩[23]。
载玄载黄，我朱孔阳[24]，为公子裳。
四月秀葽[25]，五月鸣蜩[26]。
八月其获，十月陨萚[27]。
一之日于貉，取彼狐狸，为公子裘。
二之日其同[28]，载缵武功[29]。
言私其豵[30]，献豜于公[31]。

五月斯螽动股[32]，六月莎鸡振羽[33]。
七月在野，八月在宇。
九月在户，十月蟋蟀入我床下。
穹窒熏鼠[34]，塞向墐户[35]。
嗟我妇子，曰为改岁[36]，入此室处。
六月食郁及薁[37]，七月亨葵及菽[38]。
八月剥枣，十月获稻，
为此春酒，以介眉寿[39]。
七月食瓜，八月断壶[40]，九月叔苴[41]。
采荼薪樗[42]，食我农夫。
九月筑场圃，十月纳禾稼。
黍稷重穋[43]，禾麻菽麦。
嗟我农夫，我稼既同，上入执宫功[44]。
昼尔于茅[45]，宵尔索绹[46]。
亟其乘屋[47]，其始播百谷。
二之日凿冰冲冲[48]，三之日纳于凌阴[49]。
四之日其蚤[50]，献羔祭韭。
九月肃霜[51]，十月涤场[52]。
朋酒斯飨[53]，曰杀羔羊，
跻彼公堂[54]，称彼兕觥[55]，万寿无疆。

注释

1 **流**：落下。**火**：星名，又称大火。
2 **授衣**：授予妇女缝制冬衣的工作。
3 **一之日**：周历一月，夏历十一月。以下类推。**觱发**（bì bō）：寒风吹起。

④栗烈：寒气袭人。
⑤褐：粗布衣服。
⑥卒岁：终岁，年底。
⑦于：为，修理。耜（sì）：古代的一种农具。
⑧举趾：抬足，这里指下地种田。
⑨馌（yè）：往田里送饭。南亩：南边的田地。
⑩田畯：农官。喜：请吃酒菜。
⑪载阳：天气开始暖和。
⑫仓庚：黄鹂。
⑬懿筐：深筐。
⑭遵：沿着。微行（háng）：小路。
⑮蘩：白蒿。祁祁：人多的样子。
⑯公子：诸侯的女儿。归：出嫁。
⑰萑（huán）苇：芦苇。
⑱蚕月：养蚕的月份，即夏历三月。条：修剪。
⑲斧斨（qiāng）：装柄处圆孔的叫斧，方孔的叫斨。
⑳远扬：向上长的长枝条。
㉑猗（jī）：攀折。女桑：嫩桑。
㉒鵙（jú）：伯劳鸟，叫声响亮。
㉓绩：织麻布。
㉔朱：红色。孔阳：很鲜艳。
㉕秀葽（yāo）：秀是草木结籽，葽是草名。
㉖蜩（tiáo）：蝉，知了。
㉗陨：落下。萚（tuò）：枝叶脱落。
㉘同：会合。
㉙缵（zuǎn）：继续。武功：指打猎。
㉚豵（zōng）：一岁的野猪。
㉛豜（jiān）：三岁的野猪。
㉜斯螽（zhōng）：蚱蜢。动股：蚱蜢鸣叫时要弹动腿。
㉝莎（shā）鸡：纺织娘，一种虫。
㉞熏鼠：堵塞鼠洞。
㉟向：朝北的窗户。墐（jìn）：用泥涂抹。
㊱改岁：除岁。
㊲郁：郁李。薁（yù）：野葡萄。
㊳亨：烹。葵：滑菜。菽：豆。

㊴ **介**：借为“丐”字，求取。**眉寿**：长寿。
㊵ **壶**：同“瓠”，葫芦。
㊶ **叔**：拾起。**苴**（jū）：秋麻籽，可吃。
㊷ **荼**：苦菜。**薪**：砍柴。**樗**（chū）：臭椿树。
㊸ **重**（tóng）：晚熟作物。**穋**（lù）：早熟作物。
㊹ **上**：同“尚”。**宫功**：修建宫室。
㊺ **于茅**：割取茅草。
㊻ **索绹**：搓绳子。
㊼ **亟**：急忙。**乘屋**：爬上房顶去修理。
㊽ **冲冲**：用力敲冰的声音。
㊾ **凌阴**：冰室。
㊿ **蚤**：早，一种祭祖仪式。
51 **肃霜**：降霜。
52 **涤场**（dí cháng）：打扫场院。
53 **朋酒**：两壶酒。**飨**（xiǎng）：用酒食招待客人。
54 **跻**：登上。**公堂**：庙堂。
55 **称**：举起。**兕觥**（sì gōng）：古时的酒器，兕角杯。

译　文

七月心宿偏西沉，九月制衣把令下。
十一月来北风刮，十二月来天气寒。
粗麻衣服没一件，我拿什么度年关？
正月忙于修农具，二月抬脚来犁田。
老婆孩子都劳动，向阳田里来送饭，田官赶来好欢喜。
七月心宿偏西沉，九月制衣把令下。
三月里来天温暖，黄莺鸣叫声婉转。
女奴手提那深筐，沿着小路缓向前，采摘嫩桑于田间。
春天白昼长又长，采蘩人多不得闲。
姑娘心中有悲伤，怕被公子来糟践。

七月心宿偏西沉，八月割取芦苇忙。
三月修整桑树枝，取来那些斧和斨。
砍下高挑桑树枝，手拉枝条采嫩桑。
七月伯劳声声唱，八月开始将麻纺。
又染黑色又染黄，染成红色更鲜亮，我为公子做衣裳。
四月远志把子结，五月蝉儿声声叫。
八月开始割庄稼，十月萚树叶儿掉。
十一月来去打貉，猎取狐狸把皮挑，我给公子缝皮袄。
十二月来需集中，练武打猎仍操劳。
猎取小兽归自己，大兽要向公府交。
五月蚱蜢唧唧叫，六月莎鸡振翅膀。
蟋蟀七月在郊野，八月回归房檐下。
九月来到大门旁，十月进屋床底藏。
堵塞孔隙熏老鼠，泥抹门来封北窗。
唉唉我妻和儿女，新年马上至身旁，住进此屋莫心凉。
郁李葡萄六月吃，葵菜豆儿七月尝。
八月枣熟打下来，十月割稻收获忙。
用稻酿成好美酒，喝了延年又寿长。
七月吃瓜多采摘，八月葫芦断下秧，九月全来拾麻子。
臭椿当柴荼当粮，以此活命我心伤。
九月筑成打谷场，十月五谷全进仓。
小米高粱和杂粮，粟麻豆麦皆收藏。
可怜我们众农夫，各种谷物全装仓，还去公家修住房。
白天需去打茅草，晚上搓绳长又长。
急忙登屋修好房，又将开始春播忙。
十二月来凿冰响，一月里来冰窖藏。

二月里来得早祭，摆上韭菜献羔羊。
九月天高又气爽，十月万物尽凋伤。
两壶美酒都奉上，宰杀一只小羔羊，
走进庙堂去议事，兕牛角杯高高举，万寿无疆喊得亮。

解读

《七月》是《诗经》里的名篇，是《国风》中最长的一首，也是《豳风》的第一篇。豳，大约在现在的甘肃、陕西一带。这是一首叙事加抒情的长诗，现在看，更像是一部纪录片，记录了当地农民历时一年的日常生活，从中我们能看到四季农时，能看到农民一年劳作的辛苦。在古代诗歌中，抒情诗占多，而叙事诗较少，这一篇就像是听一个人在给我们娓娓讲述，每个时节要做什么，会发生什么，一幅田园背景男耕女织的画卷，就慢慢这样展开了。

这是一个叙事者的视角，全篇很长，一共分八章，但叙事者不疾不徐地把一年的时间拉开，第一章从年末岁寒写到春耕开始，第二章写春天女性开始植桑养蚕，第三章写采桑之后开始制作衣服，第四章写从夏到秋冬开始打猎，小的留给自己，大的要上交公家，第五章是年末准备收拾房子过冬，第六章主要讲收获，哪些是上交的，哪些是自己留下的，第七章是收成结束后出劳役为公家修房，最后第八章是年终岁尾，全家聚会。一年下来，生活清苦，但忙碌而充实。

前几年，《诗词大会》让《七月》火了一次，“七月在野，八月在宇，九月在户，十月蟋蟀入我床下”，这是古人在用昆虫的行踪来描绘季节的变化。当代诗人流沙河先生有过一段话大概意思是：一种盛夏的美好，随着蟋蟀从野到宇，再到户最后到我床下，而慢慢消逝，但当你听见蟋蟀的叫声时，就回想起来那一个个儿时的夏天。这就是中国古代传下来的一种时节意象，最终形成了中国人基因里的记忆。

比起“十月蟋蟀入我床下”，《七月》中最有名的是开篇第一句：“七月流火，九月授衣。”这是与我们今天几乎毫无关联的农时变化，也是被我们误会了很久的谚语。“七月流火”，并非七月天热，而是说七月时心宿，也就是大火星，开始向西移动，叫作“流火”。“九月授衣”，也不是说九月开始添衣服，而是说九月丝麻收成结束，所以，九月开始把制作冬衣的工作交给家里的女性。这就是农耕社会的一定之规，也是上千年来流传下来的所谓的农时节令。相较于古人，今天的我们，似乎特别珍惜时间，但实际上，时间的概念却变得模糊了。我们好像在分秒必争，但对天时毫无感觉，对季节也变得淡漠，似乎换季就代表着换衣服，但实际上，一旦我们的生活和时间割裂开来，我们终将失去更多。

▶ 七月

在春光明媚的季节，黄莺乱飞鸣声婉转，林间小路上有姑娘提着竹筐。到了五月，蚱蜢鸣叫，纺织娘六月振翅，七月流火，蟋蟀在田野，九月就可以缝制寒衣了，跃然纸上的俨然是一幅《诗经》年代的田园风光画。

鸱鸮

鸱鸮鸱鸮[1]，既取我子，无毁我室。
恩斯勤斯[2]，鬻子之闵斯[3]！
迨天之未阴雨，彻彼桑土[4]，绸缪牖户[5]。
今女下民[6]，或敢侮予！
予手拮据[7]，予所捋荼[8]，予所蓄租[9]，
予口卒瘏[10]。曰予未有室家！
予羽谯谯[11]，予尾翛翛[12]。予室翘翘[13]，
风雨所漂摇。予维音哓哓[14]！

注释

❶ 鸱（chī）鸮：猫头鹰。
❷ 恩、勤：勤劳。
❸ 鬻（yù）：养育。闵（mǐn）：病。
❹ 彻：寻取。桑土（dù）：桑树根。
❺ 绸缪：修缮。牖（yǒu）：窗。户：门。
❻ 女：汝，你。
❼ 拮据：手因操劳而不灵活。
❽ 捋（luō）：用手握住东西顺着抹取。
❾ 蓄：收藏。租：这里指茅草。
❿ 卒瘏（tú）：因劳累而得病。
⓫ 谯（qiáo）谯：羽毛干枯稀疏的样子。
⓬ 翛（xiāo）翛：羽毛枯焦的样子。
⓭ 翘（qiáo）翘：危险的样子。
⓮ 哓（xiāo）哓：由于恐惧而发出的叫声。

译　文

猫头鹰啊猫头鹰，你已抓走我儿女，不可再毁我的窝。
爱子使我付辛劳，抚养子女患病多！
趁着天还未下雨，取来桑根把皮剥，缠缚门窗加牢固。
现在住于树下者，谁敢把我再欺侮！
我的双手已累麻，还要拾取茅草花，我还多积干茅草，
我的嘴巴累病了。由于我无安全巢！
我的羽毛稀落落，我的尾巴已枯焦。我的窝有多危险，
风吹雨打任飘摇。提心吊胆叫喳喳！

解读

这是一首寓言诗。寓言是一种借用故事来阐述人生感慨或哲理的表现方式，它的主角可以是人，也可以是自然界中的花草树木、虫鱼鸟兽。

这首诗就是借用对猫头鹰的控诉来反映底层百姓的悲惨生活。从字面上看，《鸱鸮》是一首以写鸟来抒情的杰作：诗人通篇用了雌鸟的“语言”，逼真地描写出了丧失幼鸟，巢穴被毁的雌鸟的伤痛，塑造了一只虽然经历了灾难，仍不折不挠重建“家室”的可敬雌鸟的形象。这只雌鸟所受的欺凌以及生存的艰辛和恐惧，正是下层人民悲惨生活的形象写照。雌鸟那凄惨的呼号和悲怆的哀诉象征着饱受欺凌的人们的满腔悲愤。

《诗经》是我国古代一部“饥者歌其食，劳者歌其事”的现实主义著作。诗中百姓为自己的悲惨生活而呼号，让人为之伤心动容。和古人的生活对比，我们更应珍惜当今幸福生活的来之不易。

东　山

我徂东山[1]，慆慆不归[2]。
我来自东，零雨其濛[3]。
我东曰归[4]，我心西悲[5]。
制彼裳衣，勿士行枚[6]。
蜎蜎者蠋[7]，烝在桑野[8]。
敦彼独宿[9]，亦在车下。
我徂东山，慆慆不归。
我来自东，零雨其濛。
果臝之实[10]，亦施于宇[11]。
伊威在室[12]，蟏蛸在户[13]。
町畽鹿场[14]，熠燿宵行[15]。
不可畏也，伊可怀也。
我徂东山，慆慆不归。
我来自东，零雨其濛。
鹳鸣于垤[16]，妇叹于室。
洒扫穹窒，我征聿至[17]。
有敦瓜苦，烝在栗薪[18]。
自我不见，于今三年。
我徂东山，慆慆不归。
我来自东，零雨其濛。

仓庚于飞，熠燿其羽。
之子于归，皇驳其马[19]。
亲结其缡[20]，九十其仪[21]。
其新孔嘉[22]，其旧如之何[23]？

注释

❶ **徂**：往。
❷ **慆慆**：时间久。
❸ **濛**：微雨的样子。
❹ **我东曰归**：我在东边的时候听说要回家了。
❺ **我心西悲**：我心里想着在西边的家伤心不已。
❻ **勿**：不要。**士**：通“事”，从事，进行。**行**（héng）：含着，衔着。**枚**：古代行军时，为防止出声，士兵含在嘴里的小棍。
❼ **蜎**（yuān）**蜎**：蠕动的样子。**蠋**（zhú）：蚕虫。
❽ **烝**：助词，无实义。**桑野**：长满桑树的田野。
❾ **敦**（duī）：蜷缩。
❿ **果臝**（luǒ）：瓜蒌。**实**：果实。
⓫ **施**（yì）：蔓延，攀延。**宇**：屋檐。
⓬ **伊威**：一种小虫。
⓭ **蠨蛸**（xiāo shāo）：长腿蜘蛛。
⓮ **町畽**（tǐng tuǎn）：房舍空地。**鹿场**（cháng）：鹿的活动场所。
⓯ **熠燿**（yì yào）：荧光。**宵行**：萤火虫。
⓰ **鹳**：一种水鸟。**垤**（dié）：小土丘。
⓱ **我征**：我那远征的人。**聿**：助词。**至**：回来，到家。
⓲ **栗**：同“裂”。
⓳ **皇**：黄色。**驳**：杂色。
⓴ **亲**：母亲。**结**：系。**缡**（lí）：佩巾。
㉑ **九十**：泛指。**仪**：礼仪，礼节。
㉒ **新**：新人，新娘。**孔**：很，十分。**嘉**：美好。
㉓ **旧**：旧人，指妻子。**如之何**：如何，怎样。

译　文

我往东山去平叛，久久不能把家回。
今天我从东方来，迷茫细雨不曾断。
返乡消息刚听到，心向西方悲不安。
身穿新制平民装，不再衔枚战阵中。
蚕虫蠕动爬得慢，久在桑林身孤单。
躯体蜷缩成一团，战车下面不成眠。
我到东山去打仗，久久没能回故乡。
今天我从东方来，蒙蒙细雨心惆怅。
家中瓜蒌已结实，蔓爬房檐伸延长。
室内潮虫满地爬，门上蜘蛛结了网。
房前屋后鹿出没，萤火虫儿光闪闪。
家园荒凉好可怕，毕竟是家令人想。
我到东山来征伐，长久不能回故乡。
今天我由东方归，蒙蒙细雨心凄凉。
蚂蚁土堆鹳鸣叫，妻子叹息在新房。
洒扫房室堵窟窿，我的丈夫将回乡。
那个圆圆大葫芦，长久放在柴堆上。
自从未见此场面，至今三年时间长。
我往东山去平乱，久久没能回家乡。
今天我由东方回，蒙蒙细雨心忧伤。
那天黄莺在飞翔，太阳下面羽闪光。
这个姑娘做新娘，迎亲马儿赤白黄。
母为女儿挂佩巾，婚礼仪式讲得详。
新婚之时很恩爱，久未见面会怎样？

解读

这是一首表现战争题材的诗。这首诗以周公东征为历史背景，以一位普通战士的口吻，叙述东征后归家前的复杂内心感受，来表达对战争的思考和对人民的同情。

全诗每章回环往复地吟诵，不仅仅是音节的简单重复，还是情节与情感的推进：第一章是对过往军旅生活的回忆，这些年的种种艰辛困苦历历在目；第二章是对家乡的变化与前途的猜测，离家多年，家中是否已经因战争而破败不堪；第三章是主人公遥想家中妻子的生活状况，通过写妻子对丈夫的思念，更加突出了丈夫对妻子的怀念；第四章写男主人公继续沉湎于对往事的甜蜜回忆，更显出对回家的期待。

诗的开篇，以开门见山、直赋其事的手法，简明直接地表明了故事的背景和缘由。“慆慆不归”，既是对离家久战的直接表述，也是征人思乡的间接流露。“我来自东，零雨其濛”，在叙事之中，插入景物描写，这是这首诗的一个创举。这种情景交融的写作手法，为后世文人所继承并发扬光大。

自古以来，战争都会给百姓带来无尽的痛苦和灾难。和平稳定是每个人都向往的，不要鼓吹战争，战争永远都是一个国家最后的选择。

破斧

既破我斧，又缺我斨。
周公东征，四国是皇[1]。

哀我人斯，亦孔之将❷。
既破我斧，又缺我锜❸。
周公东征，四国是吪❹。
哀我人斯，亦孔之嘉。
既破我斧，又缺我銶❺。
周公东征，四国是遒❻。
哀我人斯，亦孔之休❼。

注释

❶四国：指商、管、蔡、霍四国。它们在周成王时作乱，周公率兵去平定。皇：匡正。
❷将：大，好。
❸锜（qí）：古代的一种斧子。
❹吪（é）：感化，教化。
❺銶（qiú）：古时的一种斧子。
❻遒（qiú）：安定，坚固。
❼休：完美。

译文

我的战斧被砍坏，斨上也已出缺口。
周公领兵去东征，四国叛者皆震惊。
可叹我们这些人，活着回来是万幸。
我的战斧被砍坏，锜上缺口深又大。
周公领兵去东征，四国叛逆都感化。
可怜我们这些人，活着凯旋运气佳。
我的战斧被砍坏，銶上缺口有多处。

周公率兵去东征，四国叛军皆顺服。

可怜我们这些人，活着凯旋是大福。

解读

这是一篇管蔡等四国的百姓赞颂周公的诗歌。周武王灭纣，夺取了天下，把殷商的土地封给纣的儿子武庚。武王死后，成王年幼，由周公辅政，管、蔡、商、奄等国叛变。周公率兵东征，历时三年，平定叛乱，于是管、蔡、商、奄等四国百姓写作这首诗来赞美周公。

全诗共三章，每章都抒发了曲折的思想感情。首先，诗人首先回顾了东征的战斗生涯：在激烈的战争中，我的武器都砍坏了。接着，诗人阐述了东征之役的重大意义：周公东征是为了平息叛乱，让百姓过上安稳生活。最后，诗人表达了自己内心感受：我们这些有幸活下来的人，真的是福大命大啊！全诗重章叠唱，层层递进。

《诗经》中的诗篇本是乐歌，利用音乐旋律，组织重叠词句，以宣泄诗中所蕴含的情感，一唱而三叹，可产生强大的艺术感染力。这种反复叠言咏叹的手法使整首诗节奏朗然、音韵铿锵、宛转整饬，富有浓重的音乐美。

古语云："得民心者得天下。"周公的征伐无疑是得民心的，所以才会有百姓的颂扬。

伐柯

伐柯如何[1]？匪斧不克[2]。

取妻如何？匪媒不得。
伐柯伐柯，其则不远[3]。
我觏之子[4]，笾豆有践[5]。

注释

[1] 柯：斧头的柄。
[2] 克：克服，完成。
[3] 则：法则。
[4] 觏：遇见。
[5] 笾（biān）：古时竹制的盛果物的器具。豆：古时木制的盛食物的器具。践：排列，陈列。

译　文

怎样砍成那斧柄？没有斧子做不成。
娶妻应当怎么办？没有媒人就不行。
砍斧把啊砍斧柄，标准就在手中擎。
我与这人结夫妇，摆好果肴来相庆。

解读

《伐柯》是一首迎亲诗，是一个男子在婚礼上唱的歌。现在我们都知道，婚姻这种形式，是家庭的基础，也是社会发展的基础，所以，男婚女嫁就在“礼”的范畴之内，周公制礼，就是为了规范行为，形成社会制度，婚礼也是一样。因为是礼，所以就需要有专门的人员来负责这件事，这就是所谓的“媒妁”，这种固定的形式，也影响了中国几千年的嫁娶观念。所以本篇看似一首生活短歌，但实际上它也代表了一种婚姻观念。

柯，就是斧子柄，伐柯，很容易理解，就是砍伐木材做斧子柄。本篇很短，一共就三十二个字，开篇就用了这么个形象的比喻来说明观点：想要结婚，没有媒人可不行，就像想要砍斧子柄，没有斧子就做不到。下一段就直接满心欢喜地赞美妻子，他并没有说妻子漂亮、温柔，而是说，我太太很善于料理祭祀的事。这和我们传统的理解不一样，我们认为古人更在意的是女子是不是能够生儿育女绵延子嗣，但在主人 公眼里，能够精通祭祀，才是真正的宜室宜家。我们能从短短几个字里面，感受到新婚男子的快乐和骄傲。

笾和豆是我们今天见不到的东西，笾是竹编的器皿，这个器皿是礼器，是用来祭祀的；豆，其实是古代的一种高脚盘，也是一种用来祭祀的礼器。“笾豆有践”，意思就是可以把这些礼器摆放得很好，很明白祭祀应该怎么做。我们常说古人的生活比我们简单，甚至很单调，可事实上，如果我们回到了古代，可能真的什么都不会做。

《伐柯》的比喻太过深入人心，因此后世把做媒的人叫作“伐柯人”，在某些地方，替人做媒也叫作“作伐”。在中国人的传统观念里，婚姻的过程应该是：媒人两家介绍牵线，最后双方同意，办了隆重的迎亲礼仪，妻子过门来，才算是真正地结成两家之好。今天我们的社交圈变大了，社会形态也改变了，我们可以恋爱自由，婚姻自主，我们可以不在意有没有媒人，婚姻的形式可以发生各种改变，但婚姻的本质是不应该改变的。曾经作为“礼”的一部分，男婚女嫁被定义为人类存在和发展的前提，而不是两人游戏人间的玩笑。《伐柯》里，男主人公强调的流程和标准虽然不再适用于现代，但婚姻却依旧是神圣的。

九　罭

九罭之鱼[1]，鳟鲂。
我觏之子，衮衣绣裳[2]。
鸿飞遵渚[3]，公归无所，于女信处[4]。
鸿飞遵陆，公归不复，于女信宿。
是以有衮衣兮[5]，无以我公归兮。
无使我心悲兮。

注释

[1] 九罭（yù）：指捕捉小鱼的细孔网。
[2] 衮（gǔn）：卷龙图案、花纹。
[3] 遵：沿着。
[4] 女：汝。信：住宿两晚。
[5] 有：收藏。

译　文

密网抓到鳟与鲂。
我所看的这个人，穿着龙袍和绣裳。
雁循沙滩缓飞翔，公若归去无居所，与我再住两晚上。
雁循陆地慢飞翔，公若归去不再来，与我再宿两晚上。

因而藏起你衣裳，勿使公归离我去。

不要让我心悲伤。

解读

这是一首款待贵客时吟唱的诗歌。周代风俗，宴会上主人和客人都会以唱歌来表达自己的情感，这首诗大概就是主人宴请高级官员时唱的歌。

这首诗歌的内容不难理解，它基本上是按时间顺序来进行叙述的。第一章是叙述先因后果：急急忙忙拿出渔网去捕鳟鱼、鲂鱼，因为那位穿着礼服的贵客来了。第二章和第三章的内容基本上是语义反复：鸿雁在沙洲水边留宿，贵客不要走，在此再留一晚吧。最后一章直抒胸臆：把他的礼服藏起来吧，不要让他离开，不要让我难过忧伤。

本诗只是一首在宴会上表达挽留贵客的乐歌，但是表达方式却十分有趣：贵客来访，必然是盛情招待，所以捕鱼设宴，主人在宴会上一再表达挽留的意思，但是贵客可能因为有公务在身不能久住，最后没有办了，就把他的衣服藏起来吧。

子曰："有朋自远方来，不亦说乎？"更何况还是贵客到访，我们怎么能不高兴呢？怎样能多留他住上几天呢？把他的礼服藏起来吧。如果是今天，恐怕我们就得把他的手机藏起来了吧。

狼跋

狼跋其胡[1]，载疐其尾[2]。
公孙硕肤，赤舄几几[3]。
狼疐其尾，载跋其胡。
公孙硕肤，德音不瑕。

注释

1. 跋（bá）：踏。胡：颔下垂肉。
2. 疐（zhì）：踩，牵绊。
3. 舄（xì）：古代的一种鞋。几几：华贵的样子。

译文

老狼前行踩了胡，后退便踩长尾毛。
公孙挺着大肚子，脚穿红鞋尖上翘。
老狼后退踩尾巴，向前迈步踩胡子。
公孙挺着大肚子，远远传扬名不好。

解读

当代学者大都认为这是一首讽刺贵族丑态的诗。诗中用一头老狼颠前倒后的走路姿态来比喻贵族的丑态，让人忍俊不禁。

全诗生动形象地描绘了一头老狼走路的形态，但是诗人的用意却不在此处，而在于接下来所说的贵族。贵族们生活腐败，整日吃喝玩乐，无所事事，将自己养得膘肥体壮，大腹便便，而百姓们的生活却是水深火热，食不饱腹，这怎能不让人气愤忧伤，所以诗人用老狼的样子来讽刺挖苦他们。

旧时“朱门酒肉臭，路有冻死骨”的社会状态必然激起尖锐的阶级矛盾，贫富差距的大小标志着一个社会的公平正义水平。我们国家正在进行的“第三次分配”正是防止贫富差距过大而作出的改革和调整措施。